U0033573

張開眼，看到他在旁邊，她整個人很清醒，很清涼。
像剛澆過水的草，剛吹過進行曲的小號……

—— 限量版第 0134 號 ——

61×57

他們沒有相加成一個整數，卻相乘出一種幸福

王文華

王文華

作品包括《蛋白質女孩》、《倒數第二個女朋友》等小說。和《史丹佛的銀色子彈》、《開除自己的總經理》、《創業教我的５０件事》、《空著的王位》等自傳。

王文華的臉書

01

林靜惠是一個平凡的女子。她在一個中產階級家庭長大，父親是公務員，母親是老師。家在台南，她一直到大學才離家。

她和妹妹靜雯從小得到父母的寵愛，物質和精神的需求從未缺乏。父母對她們的要求不多，好好念書就好。她的確好好念書，只是成績並不出色，小學起在班上的排名就在中等，一直到大學。家裏花了很多錢讓她補習，都沒什麼起色。

大學畢業後，她申請了幾次美國研究所都沒有上。做了四年事，才申請到德州一所大學。碩士畢業時，爸媽特別從台灣趕來參加她的畢業典禮。從台北到她學校，折騰了24小時。6月的德州豔陽下，兩位穿著太厚、太多、太正式的老人家坐在後排，努力撐頭看著舞台。當系主任吃力地唸出「Chin Huei Lin」，她低著頭上台，爸爸從座位上幫她拍了一張拍立得，洗出來的靜惠只有小小的一點。那晚，爸媽在中國餐廳為她慶功。爸爸替她夾起一塊肥魚，然後拍拍她的肩膀說：「學業完成，可以找個對象了。」

這隱隱觸到靜惠的痛處，她感覺魚骨卡在喉間，吞不下，也吐不出來。

靜惠是個可愛的女孩，稍微打扮，甚至有人會說她漂亮。從小到大，她給人的感覺是很聽話，而在她成長的年代，聽話的基本要求是感情空白。

高中時，當同學們已經開始戀愛和墮胎，她對男孩子正眼都不敢看。每晚補完習就回家，周末也很少出去玩。鄰居們都說：「你們家靜惠真乖，你這個媽好福氣！」「靜惠這麼漂亮，卻不貪玩，你們教得真好！」林媽媽總是堆滿笑容、客氣地說：「哪裡，哪裡……」，心裡卻無比得意。

只不過這個曾經令父母驕傲的優點，隨著靜惠長大，慢慢變成擔心的來源。特別是當林伯伯發過一次心臟病後，開始關心靜惠的終身大事。

「靜惠大學都畢業了，有沒有交過男朋友？」林伯伯問。

「不知道，從沒聽她提過。」林媽媽說，「你姊姊有沒有男朋友？」

「姊姊從來沒交過男朋友，」靜雯嚼著口香糖說。

「我懷疑她是同性戀！」

「你胡說什麼？」

「真的啊，我看到她在看女明星的寫真集！」

爸媽雖然不會把這樣的說法當真，但難免有些疑慮。

靜惠大學畢業後第二年，林媽媽的好友陳阿姨的大兒子碩士畢業。兩位媽媽煞費苦心，專程上台北，暗中安排了四個人港式飲茶。靜惠走到餐廳，看到有陌生人在，很得體地握手寒暄，整個飯局中笑容滿盈，像桌上燒賣裏滿出的蝦仁。

陳阿姨的兒子身高180，聰明體貼，拿到學位後立刻在台北一家跨國電腦公司工作，是一般女孩都會心儀的對象。他幫靜惠夾菜，有禮貌地把筷子轉過來。靜惠替他加茶，他捧場地一直喝。兩個媽媽吃得不多，離開餐廳時卻最開心。

「最近有沒有跟陳阿姨的兒子聯絡？」一個月後靜惠回台南，幫媽媽洗菜，林媽媽一邊刷鍋子一邊問。

「我們去看了一場電影。」

「玩得還愉快嗎？」

「還不錯。」

「陳阿姨說他兒子後來約你，你都沒去。」

「最近比較忙一點。」

這樣的對話反覆了幾次，靜惠每次都用忙著工作、忙著準備托福應付過去。她的態度很好，絲毫不會不耐煩或責怪她媽多事。但久了之後，林母也覺得自討沒趣。有時她希望靜惠耍個脾氣，她就可以藉機罵她兩句。但靜惠不會。她總是和顏悅色、彬彬有禮，你不知道怎麼和她生氣。

02

沒有人會生靜惠的氣，她好像從小到大也沒生過氣。她在學校人緣很好。下課時同學圍在陽台上談笑，她不會是中間那個耍寶的人，但永遠是旁邊拍手附和的一員。國中時，因為她人緣好，同學選她當風紀股長，結果班上秩序比賽連續幾周最後一名。有一次同學蹺課，事先來請她護航。她一句話不問，只說：「出去一切小心。」

「什麼？」同學問。

「出去一切小心。」

後來被老師發現，她說是自己請那個同學出去幫她買東西。她站在教室中央，老師拿著點名簿，在全班面前罵她假公濟私，講得她流下淚來。她立刻被解職，記了一個警告。

那位同學不知情，第二天問她：「昨天老師沒點名吧？」

「沒有啊。」

後來她才知道靜惠為她頂罪，她們變成了好朋友。

到了大學，同學間的交情比較淡，但她還是大家喜歡的對象。倘若有人問：「你覺得林靜惠這個人怎麼樣？」

「她人很好。」

「她很客氣。」

「她很有氣質。」

倘若你想問她最好的朋友對她的感覺，你會發現，她沒有最好的朋友。或是說，她是每個人最好的朋友。

她是每個人最好的朋友，所以她週末只能一個人待在家裏。

靜惠給人的感覺是：她是個好人，好得有點距離，好得十分無趣。她像紅十字會，默默行善，災難時特別耀眼，但平常時你不會想到她。她不是一個令人興奮、令人嚮往的人。

她當然也不至於與世隔絕。為了將來申請國外的研究所，她在大三時參加了一些社團活動，跟著慈幼社去育幼院帶小朋友玩。

因為她漂亮，孩子緣特別好。在孩子面前，她擺脫了成人世界的疏離。玩捉迷藏，被抓到時總是誇張地大叫大笑，跪地求饒，起初她還會用手遮嘴，後來就自由地叫出來。有時甚至像個小女生，躺在地上，雙手握拳在眼前轉動，像在哭鬧和擦淚，雙腿猛踢天空，奮力抱不平。

當時育幼院有個孩子叫阿金，被老師和其他孩子冷落。阿金個性孤僻，不喜歡吃飯，也不參加任何活動。老師跟他講話，他故意側過頭去。老師若逼他吃飯，他就跑到房間躲起來。育幼院的老師都放棄了阿金，但靜惠卻注意到他。

連續半年，每個禮拜三，她都做一份義大利麵給阿金。連續半年，那份義大利麵原封不動地被丟到垃圾桶。直到有一回她改變口味，帶來蚵仔麵線，阿金才開始吃。

她暗中觀察阿金，紀錄他喜歡什麼。同齡孩子喜歡的Game Boy、圓牌、機器人、遙控汽車，他完全沒有興趣。他唯一喜歡的，是收集帽子。他總是坐在角落，戴著棒球帽，把帽緣壓低，對著帽子內緣吹氣。

於是靜惠開始買帽子送他。她知道他不會收，所以不直接交給他，偷偷放在他床中央，像白床單上開出的一朵花。

起先阿金不知道是誰送的，不敢戴，通通放在床頭，一頂一頂排好。

慢慢他知道是靜惠，就開始戴了。有一回，靜惠買了兩頂相同的帽子，都是紅的。一頂戴在頭上，一頂放在阿金床前。當靜惠戴著紅帽，帶別的孩子在院子玩時，阿金走出來，紅帽反戴。

「看，阿金和林姊姊戴一樣的帽子！」

看著阿金，靜惠也把自己的紅帽反戴。

阿金第一次笑了。

靜惠一直和阿金保持聯絡，甚至她畢業後開始上班，週末還是常去看阿金。阿金上小學那天，心情很緊張。早上6點就醒來，8點還不願出門。靜惠請假帶他去學校。她牽著他，替他綁好鞋帶，檢查他口袋裏的面紙，順便塞進了一張百元鈔票。他走進教室之前，她叫住他。

「我幫你把水壺的帶子調一下。」

他的背帶太長，水壺拖到地上。她蹲下來，調整帶子的長度。帶子卡在鐵環上，半天解不開。她張開嘴，用牙齒去咬。她張牙舞爪的表情把阿金逗笑，紓解了他原本的緊張。

「好了，這樣的長度剛好。」

「你下課時會來接我嗎？」

「我會一直站在這裏，你若不喜歡，我就帶你回家。」

那是一個母親的責任。那年靜惠24歲，一名24歲的母親。

她是母親，卻不曾有過戀情。她長得可愛，愛情卻沒有來。追她的人不少沒有一個能走近。她喜歡的人是誰，沒有人知情。

對追她的男生，她會接電話，回E-mail，讓他們把她放在通訊軟體的名單。但當別人一旦開始約她，她就以一種有禮而疏遠的方式逃避。

「謝謝你的邀請，我可不可以看看我的時間表再給你電話？」

「不好意思，禮拜五公司有會，下次有機會再聚吧。」

「真對不起，最近家裏比較忙，過一陣子我再打電話給你。」

她的拒絕有禮而得體，卻令人不寒而慄。

03

大家所知道靜惠唯一的戀情，是她做事的第4年，認識了從美國回來的黃明正。

黃明正在台灣土生土長，去美國拿到電腦博士後就留在那邊創業，一做十年，在矽谷小有名氣。那年他回台北，創立台灣分公司。

他比靜惠大十歲，誠懇、穩重，有文化素養和經濟基礎。他追求靜惠時，靜惠也以同樣的禮儀疏遠他。但他不洩氣，電話從不停。他用在矽谷創業那股衝勁和毅力，把靜惠當做一個事業來努力，把第一次約會當作股東會在經營。

他打電話、送花，在公司樓下等她，早上給她送豆漿，晚上給她報明天的氣象。他被拒絕時很瀟灑，第二天照樣來電話。一個星期六晚上，靜惠一個人去看電影，片尾字幕完全打完，燈亮，她站起來，看到戲院裏另一個還沒走的人，竟是黃明正。她本來想偷偷溜走，但黃明正看到了她。

「靜惠！」

「嗨……」

「怎麼這麼巧？」

「是啊！」

兩人自然地一起走出戲院，談著剛才的電影。

「想不想去吃點東西？」

「謝謝，時候不早，不用了。」

「那我送你回去？」

「謝謝你，我自己叫車，很方便的。」

「沒關係，我開車，順路啊。」

「真的不用了，謝謝。」

黃明正很有風度地點點頭，站在路口陪她等車。車在路邊停下，黃明正替她開車門，她坐進去，他關門。她舉起右手再見，他微笑揮手。車開動，她轉過頭揮手，隔著後車窗看到黃明正拿出ＰＤＡ，記下車子的車牌號碼……

她叫車停下。

她和黃明正在一起時很快樂，像愛書人讀到一本好書、好廚師吃到美食。

明正和她不同，他建中台大美利堅，從小到大名字都排在前面。到了三十幾歲，在電腦界闖出一番事業，卻還很知識分子，喜歡讀書、聽古典音樂、看歐洲電影、研究軍事史。他回台灣只是暫住，行李箱中卻帶了一套12冊的明史。

「我考上大學那年，我爸花了兩萬塊買了一套鼎文書局的《二十五史》給我。兩萬塊！那時候不算小錢。一百多本，還得特別買一個書架來放。我當時就立志，一定要把它讀完。這麼多年了，老實說，我到現在還沒看完。」

「你工作這麼忙，哪有時間看？」

「當然有，這幾本書，不知道陪我進過多少地方的廁所。」

「你上廁所看歷史？」

「我整部宋史，是在學校實驗室的廁所看完的。」

「你真厲害，我上廁所看八卦雜誌，你看宋史。」

「不過後來我便秘，不知道是不是跟那本宋史有關？」

「因為文言文讀起來不通順？」

「不，是看到宋朝沒有出息，心痛啊！」

他看宋史，她看八卦雜誌。他在舊金山住了十年，跑遍世界大城，靜惠二十幾年都在台灣，到過最遠的國家是日本。她和他在一起，有一種上學的感覺。她認真學習，努力表現。明正是好老師，沒有高高在上的權威，永遠懂得分享和鼓勵。

有時候，靜惠在工作上不順利，會過度責怪自己。

「我放一首歌給你聽。」

他在書架上找出一張ＣＤ，「以前，我也和你一樣，什麼事都要求完美，要１００分，要１２０分，高中就想做大學的事，大學就想做社會上的事，趕啊，趕啊，每天都覺得來不及，我那時的女朋友放了這首歌給我聽……」

那是Billy Joel的〈Vienna〉，乾淨的鋼琴伴奏，年輕的歌聲：

「Slow down you're doing fine
You can't be everything you want to be before your time
Although it's so romantic on the borderline tonight

Too bad but it's the life you lead
You're so ahead of yourself that you forgot what you need
Though you can see when you're wrong
You know you can't always see when you're right

You got your passion, you got your pride
But don't you know that only fools are satisfied
Dream on but don't imagine they'll all come true

When will you realize

Vienna waits for you」

「『Vienna』是什麼？」靜惠問。

「維也納。」

「維也納跟這首歌有什麼關係？」

「我也不知道，我問了好多人，沒有人知道。」

「那維也納永遠會等著你是什麼意思？」

「我想，維也納可能代表著每個人心中的一個理想。只要你有心，只要你還在努力，你的理想就永遠會等著你。」

其實當時，靜惠心裏想的並不是維也納永遠會等著你，而是明正那句「我那時的女朋友放了這首歌給我聽」。

明正談過他的女朋友，在一起五年，分手時難的像戒煙。

靜惠從來沒有多問，她從來沒有五年的感情，她從來沒有五天的感情，不知道要如何想像或詮釋那種關係。

她不去想，也不問明正其他的戀情。像明正這樣的男人，應該有很多女人追吧。我不要知道，只要現在他和我在一起就好。然而當黃明正說「我那時的女朋友」如何如何時，她突然有一點酸楚，一點嫉妒。

曾經也有人叫他「明正」，那樣關心他，做他的心靈伴侶。「宋朝雖然在政治上積弱不振，但在文化工藝的成就卻很高！」那女孩也許能這樣聰明地反駁。那女孩也許比她漂亮，有更好的學歷，更好的工作，更有趣的個性。那女孩今天也許還在台北，明正也許和她還有聯絡。

「你們還有聯絡嗎？」

明正轉頭看她，吃驚她問這樣的問題。

「沒有了。當然沒有了。」

「你喜歡我什麼？」

「幹嘛突然問這些？」

「告訴我，我想知道。」

「我喜歡你的純真……很多方面，你還是一個高中生。」

「我是高中生，那麼那個女人應該是研究所囉！」

「別這樣說，」明正笑笑，「我跟她已經沒有聯絡了。」

「她是不是比我漂亮？」

「沒有。」

「她學歷是不是比我好？」

「我們不要講她了好不好？」

「你心裏有鬼？」

「她是我在柏克萊的同學。」

「所以她學歷比我好。她做什麼工作？」

「她在SAP做事。」

「SAP是什麼？」

「一家軟體公司。」

「她是不是有stock options？」

「我怎麼知道她有沒有stock options？」

「侯——你們還有聯絡喔，所以你知道她在哪裏工作！」

「我……」

「我是高中生，那你是不是比較喜歡像她那樣的研究生？」

「她雖然上過研究所，其實是個小學生。」

第一次的嫉妒，像清晨4點批發市場的青菜，垂手可得，很濕，很鮮，很便宜，很翠綠。靜惠把它放進冰庫，眼不見為淨。

04

除了嫉妒，靜惠也開始第一次感受到很多新的情緒。有時她找不到明正，會忽然慌亂起來，從書桌撤退到床上，一直盯著電話。

約會時，有時候明正一個不留神，沒聽到她問的問題，她會覺得自己說錯或做錯了什麼，不斷懊悔。內心的小劇場，徹夜加演。

像得知自己得了絕症，她突然害怕地發現：她二十多年來完全主控自己生活的日子結束了，她的喜樂，如今被另一個人牽引。

和明正交往最大的恐懼，倒還不是幾個小時找不到明正，而是明正遲早要回美國。

他們刻意不談這個問題，但兩人都知道明正在台灣只待一年。面對這個陰影，他們學會轉變話題，不談明正什麼時候回美國，而談靜惠什麼時候去美國留學。

像所有傳統的台灣家庭，靜惠和家人一直認爲她要留學。不管她喜不喜歡、會不會念書、能申請到什麼學校，美國總是得跑一趟的。

但因為托福成績不好，家裏又無法資助她，她只有先工作，一邊念托福，一邊存錢準備出國。

「我可以借你錢。」明正說。

「不要。」靜惠答。

那「不要」是很堅定的，彷彿是一種道德的尺度。如果她連父母都不依賴，怎麼能依賴黃明正？

黃明正也沒有強求，他想只要時間一到，事情自然會解決。

他專心地幫靜惠申請學校，特別是舊金山矽谷附近的學校。

他們到南海路的美國文化中心，在鋪滿地毯的圖書館，兩個人脫掉鞋，穿著襪子在一排排書架間找留學資料。他們背對背，隔著書架和上面厚重的書，坐在地上，輕聲爭論著各校的優缺點。

「我去東岸好了，」靜惠故意說，「東岸學校比較多——」

「不行！」明正大叫。

她好樂。

他們捧了一大疊書到桌上，長方形桌上只有他們兩個人。她的頭斜靠在他肩膀，一起看著靜惠申請入學的自傳。

「你這裏在提到自己優點的時候，必須很明確，只說我的分析能力強、組織技巧好不行，你要舉出一些實例，比如你在工作上的經驗，你的分析能力到底為公司賺了多少錢……」

她喜歡看他這樣認真，激動地抓出她的第三人稱單數的動詞沒加 s。好像他的世界只有她，她一份小小的自傳是他公司幾百萬美金的合約。

「好，這份改這些地方就好了……」黃明正從自傳中抬起頭，看到靜惠的手撐著下巴，臉朝著他，眼睛卻閉了起來……

她睡著了。

那是一個星期六下午，陽光想偷看這對情侶，不知什麼時候，透過落地窗，和紅色的十字形窗櫺，悄悄爬了進來。陽光先是鬼祟地流過地毯，然後爬上桌腳，撐著手臂跳上桌緣，然後放肆地咬住黃明正的右臂，最後，親上靜惠沉睡的額頭。

那一刻，明正在桌前，靜惠在夢中，兩個人都相信他們是可以在一起的。

05

半年後，黃明正要回美國了。靜惠沒有申請到舊金山的學校，她申請到最好的學校，在德州奧斯汀。

「沒關係，我每個禮拜飛去德州看你。」

靜惠點頭，「還是我去加州那間學校？雖然不在舊金山，總是近一點。」

「那間沒有奧斯汀好！」黃明正搖頭。

「我無所謂。」

「還是我在台灣多留一年，你再申請一次，也許明年可以上舊金山的學校。」

「我不要你為我改變計畫。」靜惠說。

「不然你跟我去舊金山，到那邊再申請。」

「那我在那邊幹什麼？」

「我們結婚。」

靜惠第一次聽到這兩個字，笑笑，畢竟他們才認識一年，「學業還沒有完成，怎麼結婚？」

「這兩件事有衝突嗎？」

「沒有，只是不合順序。」

「誰訂的順序？」

「大家都是這樣，總是先拿到學位，再成家。」

「為什麼每一件事都要符合順序？」

「因為……」靜惠說不下去。

他們沒有達成協議，最後的決定是一個模糊的「我會常去看你」。沒有戳記、沒有日期。

06

靜惠到了德州奧斯汀，立刻被課業壓得喘不過氣。感冒變成支氣管炎，咳了三個月，喝遍市面上所有的咳嗽藥水，連中藥也試了。

為了不讓明正擔心，她沒有告訴他她病了。每次講電話，她都用力憋氣，猛喝水，不讓自己咳。幾個周末明正說要來找她，她都以要考試而婉拒。

「你是不是交了新的男朋友？」

為此他們大吵一架。

第一個寒假明正終於來了，住在五星級飯店。她去找他，看他房間只有一張雙人床，肌肉立刻抽緊。她帶他玩奧斯汀，台北的愉快又都回來了。晚上回到旅館，12點了，看到雙人床，她突然慌張。

「我好累，該回去了。」

「喔……」明正當然很失望，「累的話要不要就在這兒休息？」

「不用了。」

「沒關係啊……」

「不用了！」

「好，那我陪你回去。你一個人，總是不方便。」

「我說不用了！」

靜惠大叫出來，連她自己都吃了一驚。

靜惠走出房間，明正跟在後面。她按鈕，電梯從別層慢慢來，兩人沒有說話，盯著電梯所在層數的數字看。門打開，兩個人走進去，同時抬頭看顯示樓層的數字。一個個減少，一層層下降。到一樓時，鈴響門打開。

「我先走了。」

靜惠快步走開，不給明正追上的機會。明正錯愕地站在電梯前，不知該前進或後退，彷彿是一個侍衛，跟丟了他該保護的人。

第二天，靜惠還是按時去找明正，兩人都當做什麼事都沒發生。走在街上，話少了，聲音低了。點菜時，沒有仔細的討論和撿選，明正選了幾樣，靜惠點頭說「很好」。她又退化成那個有禮而疏離的林靜惠，奧斯汀變成了大學時代的台北。

明正飛回去那晚打了個電話報平安，之後一個禮拜都沒有消息。

後來他又開始寫信給靜惠。她忙著念書，沒立刻回。拖久了，也不好意思回了。

第一年結束後的暑假，靜惠想去舊金山找明正，卻拖到暑假開始後一個禮拜才打電話給他。她打了幾次都沒有人接，最後一次勉強留了話，只是淡淡地問他好不好。幾天內沒接到他的回話，她就回台灣了。

開學後她收到他的E-mail，原來他根本沒收到留言。他在E-mail中寫著：「如果你遇到了別人，可以讓我知道。我們還是朋友，我還是關心你，只是用不同的方式。」

她沒有遇到別人，但也沒有回。

一年後靜惠畢業，在當地一家銀行找到一份外匯交易員的工作。偶爾到舊金山出差，會撥個電話給明正。

如果剛好碰到星期五晚上，他們會見面、吃飯、逛購物中心，甚至看場電影。每每想到靜惠禮拜六一早就要趕回奧斯汀，兩人很有默契地讓夜晚在11點前結束。

「你變黑了。」明正說。

「在德州嘛。」

「你要小心，德州的太陽很毒，會得皮膚癌的。」

「你怎麼知道？」

「我看『60分鐘』啊。」

「我剛去奧斯汀留學的時候，夏天打陽傘，還被當地的報紙拍下來，好糗啊……」

「因為美國人是不打陽傘的，他們喜歡曬太陽。」

「後來我就再也不敢打陽傘了。」

「不打陽傘，太陽又大，那怎麼辦呢？……」明正故作深思狀，「不然你就別待在奧斯汀，搬到舊金山來吧！」

她笑笑，不知如何回應。

「下一次什麼時候再來？」

旅館門口風大，明正撥開靜惠的頭髮。突然間，她想起在美國文化中心圖書館那個星期六下午。她回頭，夜裏的舊金山，好像有陽光照在她背上。

「1月，也許2月……」

「早點告訴我，我可以請假，我們可以開車去塔荷湖。」

「滑雪？」

明正點點頭。

他擁抱她，摸她的頭髮。她在炎熱的德州冷了好久，突然覺得好溫暖。他在她耳畔，用氣音說：

「Vienna waits for you.」

她低著頭，一步步走向旅館，自動玻璃門打開，她走進去，轉身，自動玻璃門關上，她向門外的黃明正揮手……

第二年夏天，靜惠辭掉工作，但不是搬到舊金山。

她一個人在德州，累了，想回家。

她沒有跟明正商量，就做了決定。

她搬回台灣。

他們終究沒有去滑雪。

07

靜惠和徐凱在一場派對上認識。

那時靜惠回國已經2年，一直沒有男朋友。

她的同事帶她去一個生日派對，她不認識壽星，不過當天一半的人都不認識壽星。

徐凱和他的朋友站在一起，他的朋友過來和靜惠的同事打招呼，4個人就聊開來。

和大部分人一樣，靜惠對徐凱的第一個印象是他的外型。他帥，毫無爭議，連男人也服氣。

那年靜惠32歲，帥哥看過不少，但徐凱仍讓她顫動了一下。

他的帥沒有流氣，不至於雅痞。

他不隨時播弄自己的頭髮，眼神游移看有沒有人在注意他。

他不把手放在口袋，不時低頭看褲子的線直不直。

他不擠眉弄眼，抓住每一個機會放電。

他不娘，細緻到讓人緊張。

他穿著黑色高領毛衣，長髮和毛衣自然融在一起。外面一件西裝，很好很輕的料子。

他很年輕，很輕鬆，很安靜，很憂鬱。

「我叫徐凱，」他開口，聲音很低沉，超過他的年齡，「在廣告公司做事。」

「哇——廣告公司，」靜惠的同事問徐凱，「你們做過哪些廣告？」

「最近會跳舞的手機那支廣告看過沒有？」

「那是你們做的？我很喜歡結尾男主角送訊息給那個女的。」

「真有趣，我認識的女生都喜歡那個結局，男生都不以為然。」

靜惠的同事和徐凱聊了起來，徐凱的朋友和靜惠則沉默對看。徐凱分出眼神看靜惠，靜惠並沒有察覺。

「你們在哪高就？」徐凱問。

靜惠和同事都拿出名片。

「嘿，我用你們銀行的信用卡！」

他們又聊了一會兒。徐凱去拿飲料來給大家喝。

「我很喜歡你的耳環，」徐凱對靜惠說，「哪裏買的？」

「通化街夜市。有個頭髮染成金色的男孩，他和他女朋友各有一個攤子。女朋友賣女裝，他賣飾品。他們一起到泰國批貨，帶回國內賣。」

「革命情侶，真好。」

「我問她他們在一起多久，她說十年了，但我看他們才二十幾歲……」

「青梅竹馬，更好！」

徐凱微笑，把柳橙汁拿給靜惠。靜惠驚訝自己變得多話，拿過柳澄汁，用吸管堵住嘴，

靜惠和同事離開派對時又撞見徐凱和他朋友，徐凱說：「過兩個禮拜我們公司聖誕派對，找你們來玩。」

「謝謝。」靜惠說。

那晚見面後，靜惠和徐凱沒有聯絡。

她雖然給了他名片，但並沒有接到電話。

兩個禮拜後的聖誕派對，靜惠和同事都沒有受到邀請。

靜惠偶爾會想起徐凱，在漫長的公司會議、擁擠的捷運車廂、夜裏CNBC的財經新聞、清晨蓮蓬頭噴下的水柱中。當她遮住要打哈欠的嘴，抱住好不容易搶到的扶桿，記下電視螢幕下跑過的股價，抹掉臉上的水珠時，她會想起徐凱。但她知道，這是不可能的。她不喜歡這麼好看的男生。

聖誕過去，新年過去，靜惠去了幾個大而無當的party，交換了許多手機號碼。

農曆年時，她去了一趟奧斯汀，住在以前公司同事Ann的家裏。Ann的家在郊區，一個

樹多過人的小鎮。

兩層樓的大房子，屋內的佈置雖不豪華，卻很精緻。米色調的沙發和木頭地板給人溫暖的感覺，沙發上一個個膨起的椅墊像麵包一樣令人垂涎。高高的天花板，天花板上吊著一具咖啡色的轉扇，比太陽還緩慢地移動著。

「你們家好多日本的東西。」靜惠站在一個大型的搗米缸前。

「我和我老公是在日本認識的。」Ann說。

「那是什麼？」靜惠指著牆上一個玻璃裱起來的日文海報。

「那是Mitsukoshi百貨公司周年慶的促銷海報，我把它掛起來，紀念我們在那家百貨公司認識。」

「你們在百貨公司裏認識？」

「那年我在東京學日文，白天在Mitsukoshi工作，幫助調到日本的美國人租傢俱，我老公就是我的客戶。」

「好幸福喔！」

靜惠走到廚房，有二十坪大！窗明几淨，洗手台看出去就是一大片草坪。草坪中央有一張森林公園式的木桌椅，適合星期天的烤肉聚會。廚房正中央一張木桌，鍋盤懸在頭頂。靜惠打開水龍頭，強勁的水柱沖在手上，讓她感覺富足。

晚上臨睡前，靜惠走進客房內的廁所，洗手台上擺著鮮花和蠟燭，旁邊花籃裏放滿主人從世界各地旅館帶回來的小肥皂和洗髮精。馬桶上放著幾本雜誌：《Vogue》、《Good

Housekeeping》、《The New Yorker》……靜惠光腳坐在浴池旁的踩腳毛巾上，下巴頂著膝蓋，這是一個家，一個她一直想要的家。

離開奧斯汀前兩天，她打電話給明正。她刻意沒有事先告訴他她要來美國。隨緣吧，她對自己說，她不要讓他覺得她特地來找他。她打了好幾次都找不到他，留了言，輕鬆地說自己來奧斯汀過年，問他好不好，最後留了Ann家的電話。

第三天清晨她提著行李走到門口。

「一路順風。」Ann抱住她。

「你多保重。」靜惠說。

她走向停在門口的計程車，司機把行李搬進後車廂。她坐進去，隔著窗揮手道別，Ann也揮手。她搖下窗戶，大聲問：「你這兩天有沒有接到找我的電話？」

「什麼？」Ann跑到車窗前。

「這兩天有沒有接到找我的電話？」

「沒有。你在等電話嗎？」

「沒有，」她微笑，「我以為我媽會打來。」

08

年假結束了。美國回來後，靜惠又投入銀行忙碌而單調的工作。在奧斯汀那種對家的渴望立刻被磨滅。她既沒有去買精緻的傢俱，更沒有去找一個可以成家的對象。她很少待在家，家裏的佈置少得可憐。她的家，恐怕比她還孤單。她的生活，恐怕比她退休的父母還平凡。

唯一的驚喜是：程玲打電話給她。

當程玲走進咖啡廳，靜惠完全認不出她。

這個國中時抽煙、蹺課，靜惠曾因為罩她而被老師開除風紀股長職務的問題學生，如今已變成一個成熟女人。

「小姐要我填貴賓卡的資料，我趕時間，本來不想填的，但剛好看到上一張，叫林靜惠，我心想這個林靜惠是不是我認識的那個林靜惠，抄了電話號碼，一打，果然是你。」

程玲還是像國中一樣漂亮、熱情、大聲、開朗，生活粗枝大葉，打扮卻非常細心。她自己開了一家公關公司，規模不大但有幾個不錯的外商客戶。對於靜惠當年罩她，她有一份超越時空的感激之情，談話中不斷提起，頻頻問要怎麼報答。一個下午茶的時間，她和靜惠就接上了二十年前的交情。知道靜惠還沒結婚，她更是高興。

「沒問題，包在我身上，我替你介紹。」程玲說。

「那你呢？你不可能沒有男朋友。你國中時那個男朋友後來怎麼了？」

「那個混球，害我去墮胎。現在恐怕被關起來了吧。」

靜惠驚訝於她的坦白。

「那現在有新男友嗎？」

「現在這個好多了，不過比較boring，」程玲說，「他做愛都戴兩個保險套，就怕我懷孕。天啊，我為什麼不能認識中庸一點的人？」

靜惠笑笑，她喜歡被當做閨密。

「你們交往多久了？」

「兩年了。」

「哇……」

「沒錯，破我的記錄。我這種爛脾氣，沒有人能忍受超過三個月。」

「想結婚嗎？」

「講是講過，不過我還沒答應。所以我們還是可以去玩。」

臨走前，她們一起去洗手間，使用鄰近的兩間。

靜惠先沖水，蓋掉自己的聲音。程玲卻直截了當地開始。隔著牆，程玲的聲音大得連靜惠都覺得尷尬。

「週末一起吃飯，我幫你介紹男朋友。」程玲說。

「不用了，我自己自然認識就好了，刻意介紹多尷尬。」

「靜惠，」程玲宣布，「你已經錯過自然認識的年紀了！」

離開餐廳，程玲邀靜惠到她公司坐坐。

「今天沒開車，我們坐公車去。」程玲說。

「這邊就有捷運，坐捷運會不會比較快？」

「嘿，像我們這種美女怎麼能鑽到地下？當然要坐公車給路上的男人看囉！」

09

程玲果然是公關高手，總是有許多活動可以參加。時裝秀、週年慶、新網站的成立酒會、科技公司的新產品發表會。

這些活動雖然不是她辦的，但她都會被邀請。有時她拉著靜惠去開眼界，靜惠也因此認識了很多人。

有了共同認識的人可以八卦，她們的感情越來越好。程玲從沒放棄幫靜惠介紹男友的念頭，幾次的公關活動，其實是設計好的陷阱。靜惠也能體會程玲的好意，故意和程玲安排的對象多聊幾句，但後來總是沒有下文。

直到靜惠又遇到徐凱。

那並不是程玲的安排。程玲從電影公司拿了兩張《女生向前走》試映會的票，純粹只是和靜惠去看電影。散場時兩個人興致勃勃地說多喜歡這部片。

「我以前在學校，一定就像薇諾娜瑞德一樣，被人當成瘋子。」程玲說。

「其實他們都誤會了你……」靜惠支持她。

「沒錯。」

「你剛才有沒有注意到這部片的英文海報？我好喜歡它的文案……」靜惠說。

「是什麼？」

「Sometimes, the only way to stay sane is to go a little crazy.」

「有時候保持清醒唯一方式是……」

「發一點瘋！」靜惠說。

「你啊！你才不可能相信這句話呢！你是最不可能發瘋的那種！」

「林靜惠！」

一名男子叫她們，她們沒聽到。程玲繼續說，「你怎麼可能發瘋？你在銀行工作，沒交過男朋友——」

「林靜惠！」

她們轉過頭……

「嗨，我是徐凱，去年12月我們在一個party上認識……」

「我記得……」靜惠說。

「你們也來看電影？」

「嗨，我是程玲，靜惠的朋友。」程玲主動自我介紹，露出專門給帥哥的高伏特笑容。

「我是徐凱。」

「你怎麼會來看這種電影？」程玲問。

「我喜歡薇諾娜瑞德，她那個有點精明，有點憂鬱的樣子……」

「你不覺得跟靜惠很像？」

「沒錯，我正要這麼說。」

三個人聊了幾句，徐凱很有禮貌地走開，畢竟只是巧遇，靜惠還跟朋友在一起。靜惠看他上計程車，跟他揮手再見。

「難怪不希罕我介紹，原來已經有了型男！」

「我們只是點頭之交，第二次見面，上一次還是在去年12月。」

「如果只是點頭之交，對上一次見面的時間還記得這麼清楚？」

「你饒了我，你知道我喜歡的不是這種型的。」

「我怎麼知道？你喜歡的是哪種型的？」

「我……總之不是這種型的。」

「所有女人都喜歡這種型。」

「你……」靜惠笑出來，「你根本還不認識他。」

「他叫徐凱，他知道我叫程玲。」

「但你知道他的個性，他的想法，他是怎麼樣一個人嗎？」

「他如果這麼帥，其他那些都不重要了吧！」

「你開玩笑？」

「沒錯，我開玩笑，」程玲拍拍靜惠，驚訝靜惠竟然如此認真，「不過他真的很好看。」

「也許吧，不過不適合我。」靜惠說。

「沒錯，他不適合你。」

「你也這麼覺得？」

「他太愛玩了，你不會有安全感的。」

「你覺得他愛玩？」

「拜託，誰都看得出來！你以為他真的喜歡這種電影？不是來把妹，就是來躲人的。」

10

三天後，徐凱打電話給靜惠。那時靜惠的同事正坐在旁邊，解釋著一個重要客戶的外匯需求。

「喂？請問林靜惠在嗎？」

「我就是。」

「我是徐凱。」他絲毫沒有解釋是何時何地的徐凱，好像靜惠理所當然應該記得。

「請你等一下……」靜惠遮住話筒，對同事說，「不好意思我接個電話，我待會兒去找你。」

「快一點，他們今天就要買美金！」同事催。

「一分鐘。」靜惠懇求。

靜惠潤喉，「喂？」

「你在忙嗎？」

「沒有沒有，」她急忙辯解，「同事聊天，不重要。」

「你還記得我嗎？」

「當然記得啊。」

「沒什麼事，打個電話看你好不好。那天在戲院門口你和朋友在一起，不好意思多聊。」

他們接著聊起《女生向前走》。

「我很喜歡這部片。」靜惠說。

「你看起來不像片中那些叛逆的女生。」

「我不是。但我還是喜歡。」

「為什麼？」

靜惠沉默不語，她還沒有準備好要向他自我剖析。徐凱聽出她的猶豫，很有默契地轉移話題，「哪一天有空，我們出來喝個東西。」

「好啊。」她說。

「禮拜五怎麼樣？」

「沒問題。」

「7點好了，我去你公司找你。」

11

那天是禮拜一，離禮拜五還有四天。

掛上電話，靜惠鬆了一口氣。像剛做了簡報般精疲力盡，但對自己簡報的內容卻記不清。她站起來，看著電話發呆，好像在等它再度響起，以證明剛才並不是一個幻覺。徐凱約她，她竟然這樣迅速地答應了。她坐在桌前，完全忘記要回去找同事的事。

同事最後來找她，她頻頻對不起。

「你還好吧？」同事問。

「很好啊……」

「你看起來心神不寧。」

接下來幾天，她都心神不寧。她試著不把這件事放在心上，照樣開會、加班、幫客戶買賣美金、忙到9、10點，回家再看美國開市的行情。

但和徐凱見面這件事一直在她心上。像一顆痣，平常你感覺不到它的存在，但在最私密的時刻：脫衣、洗澡、擦身體時，你會突然看見。

終於到了禮拜五。6點50分，靜惠就到大樓外等。

她一轉身他就出現了，沒看到他從哪裏來。

徐凱穿著一件灰色毛衣，棉線很粗，織成的橢圓形圖案一坨一坨地排列。白襯衫的寬領從毛衣領口暢快地伸出，好像在和她打招呼。

「嘿……」徐凱大口地笑，很大學生式地無思無邪，很羅斯福路式地笑著。

他的頭髮很多很長，風吹得在額前飛揚，幾乎要發出聲響。他的雙眼皮好深，裏面好像藏著寶藏。

「你沒有等很久吧？」徐凱問。

她搖搖頭。

「我有個東西要送給你。」他從背後拿出一根長筒子。

「是什麼？」

「外面風好大，先找家餐廳，坐下來再給你看。」

十分鐘後，他們在一家法國餐廳坐下。

不是只是要喝個東西嗎？她想。

「你打開……」徐凱把長筒子拿給她。

是個圓筒。她打開白色塑膠蓋，把裡面的東西慢慢抽出來……

是《女生向前走》的電影海報。

「哇，你怎麼會有？」

「我去戲院偷的！」

「真的？」

「哈，騙你的啦。我有一個朋友，喔，你見過的，就是那天party上和我在一起的那個，他在電影公司做事。」

靜惠低著頭，慢慢捲起海報，卻塞不回細筒中。

「我來……」

他手很細，很白，靈活而俐落，「你知道我最喜歡這張海報的什麼嗎？」徐凱問。

「薇諾娜瑞德的臉部特寫，她空靈的眼睛？」

「沒錯，我喜歡薇諾娜瑞德，」他把蓋子蓋上，把細筒交給她，「但我最喜歡的還是這張海報的廣告詞：Sometimes, the only way to stay sane…」

「…is to go a little crazy.」靜惠無縫接上。

「你記得？」

「我記得。我也很喜歡這句話。」

一陣溫暖從頸背流過手腳。像一個插上電的玩具，她突然活了過來。

他們有了第一個連結。

12

他們聊了薇諾娜瑞德其他的電影，侍者走來，他們連菜單都還沒看。

「你想吃什麼？」他問。

「都可以，我不常吃法國菜，你說呢？」

「你問對人了，我在法國住了三年。」

「真的？你去法國幹什麼？」

「學畫。」

「學畫？」

「學油畫。」

徐凱很熟練地點了前菜和主菜，配合很好的紅酒。

她就從油畫開始認識徐凱。他高職美工科畢業，到技術學院學設計，學了兩年後休學，去當兵，當完兵跑到法國，學法文和油畫。回來後做過好幾份工作，擺地攤、賣保險、網路公司、廣告公司。

一開始靜惠用力地在聽：點頭、微笑、瞬間睜大眼睛，誇張自己的驚訝表情。但看著徐凱豐富的手勢，聽到他戲劇化的聲音和與她全然不同的經歷，她慢慢放鬆下來。像是穿著睡衣上網，沒有目的沒有緊張。她撐著頭，手擠出臉頰的肉。她喝了一點酒，感覺自己在酒瓶中游。

「法國真的那麼好玩？」

「當然囉，改天我帶你去。」

你帶我去？靜惠想，好快啊！

「你要帶我去哪裡？」

「我帶你去巴黎，去羅浮宮，去卡繆寫作的咖啡廳。我帶你去史特拉斯堡，再帶你去德國。事實上整個歐洲你都該去！你去過歐洲嗎？」

她搖頭。

「我帶你去芬蘭，去『列寧格勒牛仔』的ＰＵＢ。」

「列寧格勒不是在俄國？」

「小姐，『列寧格勒牛仔』是芬蘭的一個搖滾樂團，團員的頭髮都梳成像雞冠，你不是喜歡看電影嗎？還有一部電影是拍他們呢！」

「我沒看過。」

「沒關係，我可以帶你去『列寧格勒牛仔』的ＰＵＢ。然後，然後我們去瑞典，我帶你去看瑞典的皇宮……」

「皇宮進得去嗎？」

「中國人不是說『民貴君輕』嗎？瑞典是最好的例子。他們的皇宮，還不如我們的台北市立圖書館。」

「真的？」

「他們國王整天騎著腳踏車在街上跑來跑去，好像是送報的。」
「真有趣，我好想去。」
「那你要對我好一點。」
「我請你吃飯。」
「這不行，這傳出去會讓別人笑話，哪有人第一次約會讓女方出錢的？」
他把這當做第一次約會呢！
「好吧，反正你滿有錢的。」
「我？我才窮呢！」
「窮你還能穿名牌？還能在法國住三年？我想留學，存了四年才去成。」
「打工耶，小姐，我那時多苦啊，每天在餐廳洗盤子，其他做過事都不提了。」
「其他做過什麼事？」
「比如說採葡萄。」
「採葡萄能賺錢？」
「當然。法國人做酒，你看要多少葡萄？我採到兩條手臂都是刮痕，你看……」他拉開襯衫袖子，果然一條條紫色細紋，「我採葡萄採到背痛，到今天都還沒好。」
「真的？我也有背痛。」
「你是怎麼搞的？」
「我在美國念書的時候，買了一張很便宜、很爛的沙發，每次坐，整個人就往下、往前面陷，姿勢很糟糕。坐了一年，有一天早上起來，背痛得不得了，一轉頭就痛。我看遍名醫都看不好，有一個中醫告訴我，我痛的地方是在『膏肓』——」

「在哪裏？」

「『膏肓』！『病入膏肓』的『膏肓』！」

「天啊，那你比較偉大，來來來，喝杯水。」

他拿起水來餵她，她的嘴在杯子裏笑，濺起許多汽泡。

「你病入膏肓，那今天可以點牛排，我請客，你想多點一份帶回家也沒問題。」

「就這樣而已嗎？」

「還有……你可以嘗這裏每一樣甜點——」

「不是要多點啦！我是說你在法國還做過什麼其他的事？」

「唉，其他的，都是一些瑣碎的事，不提也罷……」

「說一說嘛！」

「還有……」他故做不屑，「我演過電影。」

「你什麼？」

「我演過電影。」

「真的？哪一部？」

「《枕邊書》你有沒有看過？」

「喔——鄔君梅演的，我好喜歡她，她氣質好好。」

「我好愛你！你是我認識的人之中第一個聽過這部電影的人。」

「你演什麼？」

「我演一個侍者。」

「喔……」

「嘿，你可別瞧不起，就算侍者也是從兩百多個人裏面挑出來的。」

「我沒有瞧不起，我覺得很棒，我一定會去租來再看一遍。」

「不過你只能看到我的背影，我的台詞都被剪掉了。」

「怎麼會這樣？」

「唉，演藝生涯……」他誇張地感嘆。

「那你告訴我你的台詞是什麼？我看的時候可以想像。」

「我也不記得了，好像是跟鄔君梅說，『你要點什麼』之類的……」

「別說我了，說說你吧，你的工作到底在幹嘛？」

靜惠笑，像鄔君梅一樣有氣質。

「我在銀行負責買賣美金。」

「幫誰買？」

「幫公司客戶啊。客戶要買賣美金，會跟我們業務部門的人聯絡，業務的同事再告訴我客戶的需求。」

「我聽不懂，舉例來說，你的一天大概是怎麼樣？」

「我8點進公司，看一下路透社、美聯社的新聞，翻一翻總公司傳來的報告。9點開盤後，把今天美金和台幣的匯率報給各分行。然後開始交易，業務人員告訴我客戶要什麼，好比說，買5支美金，1支就是100萬，賣10支美金，在877買，884賣之類的——」

「什麼是877？」

「喔，32.877，是美金的匯率。」

「我喜歡你講行話，你講行話時亂性感的！」

靜惠笑了，「整個早上我都在看電腦，電腦上會一直出現最低的賣價，和最高的買價，如果價錢好，我就打電話到交易所去成交……」

「你們的電腦是不是電影裏面看到的那種，密密麻麻的……」

「我面前有三個螢幕，一台用來看價格的，一台是交易系統，一台用來做一般的PC。」

「所以我以後寄E-mail給你約你吃午餐，你未必會看到，因為你忙著看另外兩台……」

他不斷的暗示讓靜惠講得更快，「沒錯，9點到12點，我就一直盯著這三台電腦看，注意有沒有人『寄E-mail給我約我吃午餐』。」

他被逗笑，她繼續，「然後下午2點到4點，重複同樣的工作。」

「這麼好，4點就下班了！」

「沒有，4點是市場結束，我還得結清部位，算一算我今天到底賺了多少，賠了多少……」

「怎麼還會有賺賠？」

「當然啊，你買的時候一個價錢，賣的時候就變了，中間差額，就是你的賺賠。」

「所以你是拿客戶的錢在賭錢？」

「其實是拿我們公司的錢在賭。」

「你知道嗎，」徐凱交換翹起的腿，「從我第一次看到你，就有這個感覺。你外表很壓抑，其實是個賭徒。你在銀行做事，聽起來很乏味，結果你是幾千萬幾千萬美金在玩。」

「你覺得我很壓抑嗎？」靜惠噘起嘴。

「你是我見過最壓抑的人！」

「不會吧……」她一口喝掉整杯紅酒，向徐凱展示空杯，然後宣示性地說：「我怎麼會很壓抑？」

她驕傲地放下杯子。她這麼會這樣？她覺得自己好像變了一個人，變得很活潑，很好問，很炫耀，很小女生。她從來不是這樣的！看看表，現在已經9點，她已經32歲了啊，怎麼還會這樣？

「你幾歲了？」徐凱問。

「32……你呢？」

「真巧，我也32，你結婚了沒有？」

「什麼？」

徐凱再問一次：「你結婚了沒有？」

「當然沒有……」靜惠苦笑，「你怎麼會問這個問題？」

「只是一種感覺。因為你很壓抑，所以你有一種穩重，媽媽才有的穩重。」

「這是讚美嗎？」

「當然是讚美！」徐凱認真地說，「很多女人到了八十歲還是沒有這種穩重。」

靜惠坐正，微笑，「我還沒有結婚，」她停頓，「結婚的話我怎麼可能和你在這裏？」

「我們也沒幹什麼，只是吃飯而已。」

這句話似乎把先前的重重暗示一筆勾銷，聽起來很掃興。

但她沒有多想。她只是放鬆，享受跟一個好看的男孩子晚餐。

晚餐中徐凱電話很多，手機不停地響。他接起來，一直說「我再打給你」，她覺得被重視，有獨占性。

晚餐結束，徐凱請客。走到餐廳外，靜惠不知該說什麼。她已經很久沒有約會，忘記了約會的步驟。

「我們去走一走。」他說。

「好啊。」

13

他們走在敦化南路，風吹在臉上，剛才的酒意被吹乾。

「你和上一個男朋友什麼時候分手的？」他問。

她被這個突如其來的隱私問題震住。

徐凱的語氣有一種理直氣壯，好像是長官對部屬，好像他們已經熟到可以問這種問題。

兩人在紅燈前停下，靜惠沒有答腔。他也沒有追問，自己說了起來：「我和我女朋友最近剛分手。」

「為什麼？」

「第三者。」

他輕描淡寫地講起他和前任女友的故事。她是一個設計師，他們在健身中心認識，第一眼就有感覺。交往了半年，快樂和爭吵的比例慢慢偏向一邊。她遇到別人，他們和平分手。他唯一不平的，是她用他送她的機票，跟另一個人去法國。

「那是我的法國呢！」徐凱說。

靜惠一開始還不好意思聽這麼私人的往事，她和他畢竟是第一次晚餐。但隨著徐凱越講越仔細，靜惠有了一種感激：這個受傷的男人，他對我如此信任，我能給他什麼？

「我交往過最短的女友只有兩個禮拜，」他低頭，踩著紅磚道上的落葉，自己笑了起來，像在承認一個無傷大雅的隱疾。「在法國，在史特拉斯堡，史特拉斯堡是法德邊境的一個城市，剛去法國沒錢住巴黎，先到史特拉斯堡學法文。那個女孩叫凡妮莎舍曼，是我同學的妹妹。她本來在大學念德文，太愛玩了，被當掉，只好到一家酒吧當侍者。她超辣，老闆、顧客都想把，他們常帶她去飆車、跳舞，她也都來者不拒，玩得很愉快。」

他抬頭看天空，停頓了一下，「我第一次見到她時沒什麼感覺，她19歲，還是18，我也記不得了，漂亮是漂亮，不過我那時候忙著學法文，根本沒心情談戀愛。跟她學法文，學到的都是粗話，什麼……『Fait pas chier』，『Fait pas』就是『Don't』，『chier』就是『shit』，『Don't shit』就是『別來煩我』的意思，」徐凱笑笑，「我們唯一的共通點是音樂。她喜歡『The Doors』。我喜歡『The Cranberries』，就是『小紅莓』。你知道她多怪？她喜歡『The Doors』那首〈The End〉，你有沒有聽過？」

靜惠專心地看著他，雙眼皮都打結了。她微笑地搖頭。

「她喜歡〈The End〉裏那句『Father, I want to kill you. Mother, I want to fuck you.』，每次聽到這裏就把音量加大，站在床上跳來跳去。」

靜惠皺眉，徐凱注意到了，說：「沒錯，我也覺得她腦袋有問題，最好離遠一點。那時候小紅莓出了新專輯，叫《No Need to Argue》，我很喜歡其中一首歌，叫〈Zombie〉，殭屍，想去買CD。但你知道法國CD有多貴嗎？一張要一千多塊台幣。我採葡萄一小時才50塊法郎，200塊台幣，房租都付不起，還買CD？我跟她抱怨，她就說：『德國CD便宜，我帶你到德國去買！』說完就拉我上車。我們到邊界一個德國小鎮，叫Kehl。下午的時候，那時是春天，陽光輕輕地照下來，那個陽光細得好像雨一樣，照在皮膚上好像在化妝。空氣涼涼的，好舒服。我們買了CD，我第一次聽她劈哩趴拉地講德文，亂崇拜的。後來我們去喝露天咖啡，吃『kebab』，這是土耳其傳來的一種麵餅，有點像我們的沙威瑪，不過沙威瑪用的是麵包，kebab用的是像我們的山東大餅那種硬餅，裏面包牛肉、雞肉之類的。呼——人間美味，下次我們去德國，我一定帶你去吃。在德國那個下午太舒服了，真的有一種催情作用。回到法國，到她家聽CD，我們躺在床上，那時真的覺得戀愛了。」

徐凱停下來，微笑著看前方，好像還能看到那個下午，過了仁愛路，就是那個德國小鎮……

「第二天，她很開心地告訴大家我們在一起了，我們也真的快樂了好幾天。他老闆想把她，知道她被我搶走後很不爽，再也不請她去跳舞了。那些平常帶她去飆車的顧客知道後，也立刻不理她。突然間她習慣擁有的玩樂都沒有了，只剩下我。我，我一個窮學生有什麼？沒有錢，沒有車，沒有保險，什麼都沒有。兩個禮拜後，她跟我說拜拜。我已經愛下去了，哪能接受？我去她上班的酒吧找她，你知道她跟我說什麼？」

「『Fait pas chier』！」靜惠說。

徐凱抓住靜惠的肩，感激地點頭。她懂他！總是能接他的話！

「那一定很痛？」

「現在已經不記得了，我只記得在德國那個下午，那些涼涼的陽光，第一口的kebab。」

14

他們走過忠孝東路。

「你會不會覺得，每段感情都有一首歌？我想起凡妮莎，會想起『The Doors』的〈The End〉。我想起我前任女友，會想起『Dave Matthews Band』的〈Crash Into Me〉，你聽過這個樂團嗎？」

她搖頭。

「我本來也沒聽過，聽說在美國大學亂紅的。我們是看一部電影叫《Excess Baggage ──》，中文好像叫《老爸，我把自己綁架了》……」

「喔──艾莉西亞席薇史東，我好喜歡她！」

「你喜歡她？」

「對啊，她好可愛，你有沒有看過她最紅的那部──」

「《獨領風騷》！」他們異口同聲。

「你會喜歡艾莉西亞席薇史東？」徐凱搖搖頭，「我以為你只喜歡茱麗葉畢諾許那一類的……」

「喔，我也喜歡茱麗葉畢諾許，不過我更喜歡艾莉西亞席薇史東，我還買了《獨領風騷》的錄影帶呢！」

「所以我說你表裏不一。」

「別管我，先告訴我〈Crash Into Me〉那首歌。」

「它是《Excess Baggage》的插曲，前奏的吉他彈得很正，歌詞是講兩個人戀愛，就像兩輛車對撞一樣，是具有毀滅性的，最後會兩敗俱傷。」

「咦，不是有一部電影也是講這個，說撞車時的感覺就跟性高潮一樣——」

「對對對！」徐凱立刻接上，「那部電影好變態！」

「叫什麼名字……」

「荷莉杭特演的，記不起來了……」

她喜歡他們講同一部電影，卻都記不起片名的感覺。

「你是那種容易撞車的人對不對？」靜惠問。

他一下就聽懂了，微笑，「真的！我在法國看過一本小說，是講19世紀末法國礦工的生活，左拉寫的，叫《Germinal》，中文叫《萌芽》。女主角是一個礦工的女兒，男主角是一個組織工會的礦工，他們明明互相喜歡，卻壓抑自己的感情。女的甚至作踐自己，嫁給一個大老粗。整本小說他們都在壓抑，一直ㄍㄧㄥ、一直ㄍㄧㄥ。最後，當礦坑淹水，兩個人都被困在黑暗中面臨死亡時，才互相表達自己的心意。當時看到那裏我就把書甩掉，告訴自己，『Fait pas chier』，我永遠不要像他們一樣，永遠不要！」

他們過了民生東路，在徐凱的逼問下，靜惠講了一些黃明正的事。

只是她盡量模糊，聽起來黃明正頂多是個常見面的朋友。她覺得很不舒服，覺得跟一個陌生男人講黃明正是背叛了明正。她在想，如果每段感情都有一首歌，那她和黃明正的歌是什麼……〈Vienna〉？可是那是他跟別人的歌！他和黃明正根本沒有歌。

他們一直聊，從機場轉到民權東路。3點多，徐凱要送靜惠回家，民權大橋下沒有車。

「我們今晚在這紮營吧？」徐凱說。

「好啊，我們乾脆去內湖，湖光山色，正適合露營呢！」

「嘿……你不再壓抑了！」

徐凱打電話叫計程車。在車上他們還在爭辯靜惠是不是一個壓抑的人，一直到車停在她家公寓門口。

「要不要我陪你上去？」

「不用了。」

靜惠看著黃色計程車在巷口轉掉。她拿出鑰匙，插進鑰匙孔，不對。她換一支，再插，也不對。她把整串鑰匙抓在手中，低頭笑了……

2000年3月，我又開始約會了呢。這個好帥的男人，「Crash Into Me」。

15

第二天中午，她打開手機，徐凱的簡短留言：「只是想告訴你，昨晚很開心。」

靜惠並沒有刻意去想徐凱。她把那晚和徐凱約會當做一場電影。看完了，當時很愉快，就結束了。日後和同事聊天，也許會插上一句：「這部片子我也看過，很不錯。」講一講後又各自回到工作崗位。徐凱是一場電影，很少人一部電影會看兩遍的。是的，徐凱是一場電影，聰明人不會把電影和現實混在一起。

幾天後她和程玲吃飯，程玲把他男友周勝雄帶來了。

周勝雄和程玲看起來並不相配。程玲很亮很活潑，滿臉古靈精怪，每顆痣都是一個玩樂的點子。周勝雄白白淨淨，很斯文，一看就是老實人。他在國外念的大學和研究所，回國後在新竹科學園區做事，原本一直住在新竹，認識程玲後，在台北也租了房子，做「二五族」，每個禮拜二、五回台北。

「你們怎麼認識的？」

「我們在網路上認識的。」程玲摟住周勝雄說。

「什麼？」

「網路。」周勝雄補著說。

「不可能吧！」

「怎麼不可能？你難道不知道現在有很多人都利用網路交友嗎？還有網路一夜情呢！」

「我當然知道，我以為只有小朋友才會這樣。」

「那你就錯了。我們在交友網站上認識。上面多的是像我們這種三十幾歲的孤男寡女。我輸入各種條件，年紀啦、身高啦、學歷啦，蹦，周勝雄就跑出來了。」

「雖然是程玲找到我的，不過我其實已經注意她很久了。只不過她的profile的page view有5萬多次，我心想競爭這麼激烈，我哪有機會？所以一直不敢寫信給她。」

「5萬多次，是網站上的第2名吧。」程玲驕傲地說。

「很有可能。」

「第1名也不過6萬次。不過我懷疑那個人是梁詠琪。」

「梁詠琪？」

「她當然取了個化名，叫Stephanie，標準的清純玉女，和我完全不同的類型。」

「然後呢。」靜惠問。

「先通E-mail囉，一兩次之後就交換手機號碼，打了兩次電話就見面了。」

「然後就真的開始交往？」

「立刻就好得不得了！」程玲說。周勝雄補充，「你真的要相信網路的力量，替我們省了好多時間。」

程玲接上：「怎麼樣，要不要我們替你報名？」

「拜託喔……」靜惠叫。

「你看吧，你就是這樣，還說要瘋狂一點？」

此時她想起徐凱。他是她手上的王牌，有了他，她不需要和程玲爭辯。我很瘋狂呢，那晚，我和第一次約會的對象走過大半個台北。

付完帳，三個人站起來。周勝雄自然去牽程玲的手，抓得很緊，好像他們兩個人坐在雲霄飛車上。靜惠跟在後面，一直看著他們的手。

16

兩個禮拜後，總統選舉。周勝雄支持陳水扁，程玲和靜惠都投宋楚瑜。晚上6點，看著陳水扁的支持者提前慶祝，程玲打電話給靜惠，「氣死我了，晚上出去透透氣。」

「你和周勝雄，我不想當電燈泡。」

「我今天不想見到他。」

「我好累，晚一點再說吧。」

過了一會兒，電話又響起，靜惠讓答錄機去接。

「靜惠嗎？我是徐凱，你在家嗎……」

靜惠走到答錄機旁，徐凱背後好吵，他扯開嗓子，「你今天投誰？宋楚瑜輸了，我們現在在他的競選總部前聲援他——」

她抓起電話，「喂？」

「你在家？嘿，你好嗎？」

「我聽不到，你那邊好吵。」靜惠說。

「我們在宋楚瑜的競選總部前聲援他，你要不要來？」

擁擠的人群，當徐凱從背後拍她，她感到億萬個細胞剎那間醒了過來，一齊在她體內吐氣。她很怕，她沒有過這種感覺。

「我不知道你對政治也有狂熱！」靜惠扯開嗓子。

「我將來要搞革命勒！」

徐凱喊著口號，左手揮著旗子，右手牽著靜惠在人群中穿梭。

他走得很快，甚至把靜惠拉痛了。靜惠被拉著向前走，頭自然地往後傾。她雖然不舒服，臉上卻是笑容。像坐在暈車的交通車上，不舒服，但知道自己是往回家的方向。

活動結束後，他們站在便利商店外喝水。一瓶水，徐凱一口幹掉。水從他嘴角流下，流過喉結。靜惠看著他，他好像一個廣告。

「你打電話找我之前，怎麼知道我投宋楚瑜？」

「唉，」徐凱揮揮手，「你這樣子，一看就知道是投宋楚瑜的。」

那晚回家後，靜惠一直興奮著。

第二天醒來，還聽得到昨晚人群吶喊的聲音。她出門吃午飯，回家打開門，立刻瞄答錄機：有沒有留言？

她被這小動作嚇到了，她從來不會這樣，她從來不讓答錄機主宰自己的心情。

整個星期天，靜惠變得敏感起來。不管手邊做什麼事情，耳朵都用著力。連聽音樂的時候，也騰出百分之十的空間給電話鈴。

她感覺自己變成兩個人，一個是原來的自己，輕鬆、平靜、自足而滿意。另一個，站在一旁注視著答錄機，有氣無形，必須等待留法的畫家來賦予形體。

17

她很快糾正了這種不正常的心情。

接下來一週，讓自己比往常更為忙碌，晚上也待在公司看美國的行情。程玲和周勝雄找她吃飯，意外的現場有周勝雄的一位男同事。高高帥帥，是國外名校的碩士。穿純棉的襯衫，領帶的結打得很漂亮。靜惠給了他電話，從頭到尾露出甜美的微笑。但她知道，這是她生命中另一個有禮而疏遠的人。

星期五晚上，同事已經走光。清潔婦在角落吸地毯，中央系統的空調沉悶地響著。她看著徐凱的名片，和上面寫著的手機號碼。她把名片插在電腦鍵盤上的「6」到「0」之間。右手中指一直按著空白鍵。細長的游標從Excel工作表的「A1」一直跑到「M1」，然後從「N」那欄跑出了螢幕……

沒有游標，靜惠更孤單了。

星期六下午，一週最緩慢的一個小時，她打電話給徐凱。手機關機，立刻接到語音信箱。靜惠若有所失，卻又如釋重負。

幾天後徐凱打到辦公室給她，很體貼地是在4點以後。那時同事正和她描述一個難纏的客戶，靜惠在業界聽到過類似的評語，兩個人話接著話，聊得很激動。電話響起，靜惠心不在焉地接起。

「您好，請問是林靜惠小姐嗎？」

「我是。」

「林小姐您好，我們這裡是菲夢絲國際美容機構。我們聽說您最近減肥成功，想請您當我們的代言人——」

「對不起，請你等一下……」她遮住電話，對同事說，「我接個電話……」

「男朋友？」

「菲夢絲。」

同事莫名奇妙地走開，靜惠拿開遮著話筒的手。

「菲夢絲嗎？」

「是的。」

「對不起喔，您剛才說要邀請我做什麼？」

「我們聽說您最近減肥成功，想請您當我們的代言人——」

「喔——嗯，謝謝你的邀請。不過我個性很壓抑耶，不喜歡拋頭露面——」

「好厲害，」徐凱恢復正常聲音，「你怎麼聽得出來？」

「你果然演過電影，演技不差嘛！」

「我演技不行，其他技巧還可以。」

「喂！」靜惠聽出暗示，制止他開黃腔。

「你在幹嘛？」

「沒什麼……寫給中央銀行的報告。你呢？」

「哇——我在玩手機遊戲，你在寫給中央銀行的報告，我們差這麼多，怎麼交往下去？」

「我們有在交往嗎？」

「當然啊，難不成你想始亂終棄？」

「對不起，我們分手吧，」靜惠裝出沉痛的聲音，「這不是你的錯，這都是我的錯……」

「你要分手也要當面講，我們已經走過敦化南路了！」

「敦化南路跟這有什麼關係？」

「當然有關，」徐凱清清喉嚨，嚴肅地說，「如果我們只走過市民大道，分手根本不需要告知對方，不回電話就是了。如果我們走過和平東路，不包括師大那段，手機簡訊通知一下就好了。如果包括師大那段，就得送個E-mail，最好加個附件，好比說，一張幾米的圖之類的，祝福對方一下。如果走過信義路，而且還在大安森林公園裏漫步過，就要打電話了，不過對方沒接的話，其實你是非常希望對方沒接的，留言也可以接受。如果走過中山北路七段，坐過『Haagen-Dazs』和『廣田洋果子』，那就得用即時通訊軟體了，而且至少要維持5分鐘，如果打中文的話，還至少要10分鐘。如果回來的路上又跑到陽明山看了夜景，乖乖，這下就得親口跟對方講了，而且不管對方在電話中再怎麼大吵大鬧，你都得專心聽完，不能一邊聽一邊上網。如果像我們一樣，走過敦化南路，還彎到民權東路，還躺在地上看過飛機起飛——」

「我們哪有躺在地上看飛機起飛？」

「沒有嗎？」

「這是跟哪個女人？」

「沒有沒有……重點是如果走過敦化南北路，還彎到民權東路，分手就得見面談了。如果你們是走過神聖的仁愛路，特別是四段，在富邦大樓停下來看過池塘裡的魚，在國父紀念館外研究過紅磚道邊緣隔幾步路就突然凹進來那一塊塊究竟是什麼，喔——那你們不但要見面談，而且還要談好幾次，最後終於分了，過幾天還應該禮貌性地補個電話，確定對方沒有自殺……」

靜惠邊笑邊說，「你忘了一些重要的路，比如說南京東路。」

「沒有人會帶異性去走南京東路，除非是要借錢。」

「南京西路呢？」

「幹嘛，去墮胎嗎？」

靜惠忍住笑，「所以看樣子我們要見面談了。」她無奈地說。

「唉，見面談吧……」徐凱附和。

「什麼時候？」

「現在。」

「現在？」

「我請你喝下午茶。」

「都快天黑了，還喝下午茶？」

「那我們喝傍晚茶好了，名目不重要。」
「我還沒下班耶。」
「隨興一點嘛，你可以蹺班啊。交易不是結束了嗎？你事情做好了，還耗在那裏幹嘛？」
「還要忙很多事啊……」
「忙什麼事？是要忙著想我嗎？」
「哇——你怎麼知道？」靜惠配合他。
「我不怪你，我知道我有這個魅力。」
蹺班對靜惠來說當然是不可思議的事，蹺班去喝下午茶更難。但徐凱理所當然的語氣讓她覺得必須重新評估自己習以為常的邏輯。就好像聽到回教國家婦女出門終年戴著面紗，南美洲有些國家女性是一家之主，你起初會皺眉頭，覺得怎麼會這樣。後來想想在那個世界中這十分合理，他們搞不好還覺得台灣這些人很奇怪。這樣想，就開始對回教和南美洲有了尊敬。這樣想，徐凱的提議突然不再荒謬。
「好，在哪裏？」她問。
她並不是真的想去，只是怕徐凱笑她。笑她死板、膽小。怕他覺得她是規矩而無趣的女人。
「228公園。」
老闆不在，她關掉電腦。
「我去看醫生，喉嚨有點痛。」她跟同事說，假裝咳了兩下。

18

徐凱掀開格狀的野餐布，披在草地上。他放下竹籃，從裏面拿出果汁和蛋糕。他們坐下，看著不遠處的辦公大樓，天漸黑，辦公大樓的燈變得更明亮，公園相對地暗下來，好像悄悄地沉到地底，他們覺得隱密。

「這是我自己榨的果汁。裏面有柳橙、香蕉、芒果、奇異果、紅蘿蔔，和葡萄。」

靜惠看著碘酒色的果汁，不敢喝，「這該不會是你從法國採回來的葡萄吧？」

「唉——我以為你不會發現的……」

「所以這下午茶根本不是臨時起意的，你早上就做好果汁了嘛！還講什麼隨興不隨興？」

「當然是臨時起意的！這果汁是上週末做的，在公司冰箱放了四天，剛剛想到可以拿給你喝。怎麼樣，來一口吧，很補耶……」

他拿起吸管往靜惠嘴裏塞，靜惠害怕地叫出來。

他很高興有機會逗她，得意地笑著。他自己吸了一口，立刻故做中毒狀，滿地打滾，滾回來後臉上都是草。

「千萬別喝……」他做臨死的告誡。

「我叫救護車。」她拿起手機打１１９。

「來不及了，打給殯儀館吧。」

「你有沒有什麼遺言？」

「我……我有一個……朋……朋友……」徐凱邊咳邊講，十分吃力，「叫……叫……林靜惠，請……請你告……告訴她，我……我是真的……真的……愛她！」

說完，他就斷氣了。

他躺著，她坐著。他死了，她傷心。兩個人久久沒有移動。

最後他忍不住，突然坐起來。

「我不會把你嚇到吧？」

「怎麼會，你又不是第一個說愛我的男人。」

「但我應該是第一個死前還這麼說的男人吧。」

「謝天謝地，愛我的人都還活著。」

他坐到她面前，她撥掉他臉上的草。他們伸開腿，手放在背後撐著地。回到小學時的踏青，隔壁班的男女同學第一次坐這麼近。

「蹺班會不會讓你良心不安？」徐凱問。

「不會啊。何況我沒有蹺班，我喉嚨不舒服，去看醫生。」

「真的，我也是！我發誓我是這樣告訴我老闆的。」

「我們好有默契。」

「你知道，做壞事的默契，是比做好事的默契更難的。」

「那我們在一起只能做壞事囉。」

「正合我意……」他抱住她，做出想要親她的樣子。

「等一等，」靜惠不知道他是不是認真的，先控制住場面，「讓我先看看你的喉嚨，

啊……你抽煙了？」

「早上抽了一根。」

「約會前怎麼不刷牙。」

「你要我刷牙？我為什麼要刷牙？獅子刷牙嗎？老虎刷牙嗎？」

她不了解，皺起眉。

「這是毛澤東的名言。」

她把他嘴闔上，「你喉嚨沒事，可以回去上班了。」

他又躺下，她成功地化解了他的強吻。

「你喜歡你的工作嗎？」他問。

「很好啊，老闆很看重我。」

「從來沒有想離開？」

「我有一個創業的夢想，只是時機還不成熟。」

「真的？」他興奮起來，「告訴我！」

「不要啦，我還沒想清楚呢！」

「說說嘛……」

「我想開一家投資公司，專門幫客戶做個人化、整體性的理財服務。」

「很好啊！」

「我不需要太多客戶，二十個就差不多。我也不需要很多員工，兩三個人就好了。這樣我可以完全掌握我的工作，我的生活。」

「很好啊，為什麼還不做？」

「時機還沒成熟。」

「你一直講時機還沒成熟，為什麼還沒成熟？難道現在沒有人需要理財服務嗎？」

靜惠不回答。

「你開公司，我當第一個客戶。」

「你有多少錢？」

「耶……」

「你看吧，時機還沒成熟。這只是一個夢。」她巧妙地轉變話題，「你呢，你們公司怎麼樣？」

「你不要轉變話題，我想你一定要等到有一天撞到頭才會去追尋自己的夢想。」

「撞到頭？」

「法國有一個地方，叫『Mont Saint Michelle』，我們叫『海中城堡』。傳說中一千年前，上帝的大天使邁克叫一個名叫歐伯特的主教去諾曼地蓋寺廟。但是歐伯特覺得那只是他做的夢而已。邁克第一次叫，他不去，第二次，他還是不理。到了第三天，邁克再跟他說，他還是覺得是夢，正想忘掉，下床之後，立刻跌了一跤，撞破了頭。這時他才恍然大悟，這個召喚是真的！後來他真的開始籌建一座很美的城堡，在諾曼地和布列塔尼中間，一座80公尺高的海中岩石上。他和後人總共花了五百年才建成。黃昏的時候，美得要人命。下次我帶你去……」

「那你的『海中城堡』是什麼？」

靜惠坐著問，徐凱躺著說，「你知道我小時候最想做什麼嗎？革命份子！我覺得那是世上最浪漫的職業。」

「你這個不是海中城堡，是空中城堡了。」

「林覺民的〈與妻訣別書〉，我到現在還會背呢！意映卿卿如晤，吾今以此書與汝永別矣，吾作此書，淚珠與筆墨齊下，不能竟書而欲擱筆，」靜惠很順地接著背，「又恐汝不察吾衷，謂吾忍舍汝而死，謂吾不知汝之不欲吾死也，故遂忍悲為汝言之。吾至愛汝，即此愛汝一念，使吾勇於就死也……」靜惠接不下去，徐凱也打住。

「你背得好熟……」靜惠說。

風從草上吹來，他的頭髮飄動。他突然坐起來，身體緊繃著，「切格瓦拉你聽過沒有？」

「他是拉丁美洲的一個游擊隊領袖，幫卡斯楚在古巴搞革命。」

「你怎麼知道？」

「我讀MBA時研究過他組織群眾的方法。」

「哇，你們學校真好……那你應該知道，他跟你我一樣，是阿根廷一個中產階級子弟，還是醫學院畢業的高材生。但是他卻放棄了醫生的優渥生活，跑遍拉丁美洲，到處帶領農民搞革命。他先在古巴搞，幫助卡斯楚奪得政權後，又跑到玻利維亞搞，最後被玻利維亞政府逮到，秘密處決。」

「處決前還把他兩隻手剁掉。」

「好悲壯的死法。」

「你覺得這很浪漫？」靜惠問。

「我覺得革命本身是浪漫的，推翻主流系統，推翻一切習慣，不管是政權、制度，或價值觀……」

「殺人放火，你覺得浪漫？」

「那要看殺人放火的對象是誰，如果是壓迫的獨裁者，那超浪漫的。」

「我不知道耶，」靜惠搖頭，「我覺得武力就是不浪漫的，不管目的是什麼。就像死刑是不人道的，不管犯了什麼罪。」

「你太婦人之仁了！」

「你太大男人了！」

「切格瓦拉也很大男人啊！有一陣子我還留鬍子，就是為了學他，增加一點男人味。」

「這太幼稚了。」

「我知道……但是感覺很好。」

「後來為什麼不留了。」

「有人說我留鬍子像同性戀。」

「你怕別人說你是同性戀？你真是大男人中最糟糕的典型了！」
「那也沒什麼不好……」
「而且還是左派的大男人！一下子毛澤東，一下子切格瓦拉。」
「我是左派沒錯！我很引以為傲。我在法國還加入過共產黨！」
「你少蓋。」
「真的，我繳過黨費。100法郎。」
「用你採葡萄的錢？」
「勞工的錢，給勞工的黨。」
「但你今天搞廣告，最資本主義的東西。還穿Prada。徐凱，你對得起人民嗎？」
「我在內心深處還是共產黨，」他很認真地說，「每年勞動節，我都放自己一個禮拜的假，去做一些勞力的工作，紀念我們的勞工。」
「去年勞動節你做了什麼？」
「到香港shopping，呼——兩手提的好累——」
「你看你——」
「開玩笑的……但我真的是忠貞黨員，你看，我連約會都來228公園，就是要提醒自己革命尚未成功，同志仍需努力。」
她忍不住笑了。
「你不相信？下次帶你去『巴黎公社』。」

「你到底要帶我去多少法國的地方？」

「『巴黎公社』是台北的一個PUB，在羅斯福路，是我們左派的大本營。我帶你去念毛語錄。我有沒有告訴你，我在畫毛語錄？」

「什麼？」

「為了讓大家比較容易接受毛語錄，我要用漫畫方式表現它。」

「你是認真的？」

「當然，我畫一半了，到處找報紙連載，沒有人要理我，連網路媒體都不要。你認不認識什麼編輯？」

「這就是你現在的海中城堡？不是我要洩你的氣，實在很不切實際耶。」

他原本用力緊繃的身體鬆了下來，又倒到草地上。靜惠坐著，雙手抱著小腿，側著頭看他。

「我知道搞革命是活不下去的，還要做一些別的。」徐凱說。

「譬如說？」

「我想開一家店，專門賣果汁，不只是賣現榨柳橙汁那種，而是賣像你這種人不敢喝的，現榨的芒果加草莓加香蕉加鳳梨這麼複雜果汁。我連店名都取好了，叫『就是』。」

「什麼意思？」

「Juice的音譯啊！」

「可是這名字本身有什麼意思嗎？」

「沒有意思，但你不覺得你會想去一個叫『就是』的店嗎？這兩個字有一種堅決、自信的口氣。你不知道它賣什麼，但是它就是要你非來不可。」

「『就是』……」

「我連ＬＯＧＯ都想好了。」他拿起餐巾紙，先寫出『juice』，然後『e』最後的彎角剛好成為『就』左上角的第一點，『是』在『就』下面。『juice』和『就是』成90度的夾角，整個中英文形成蘋果被咬掉一口的一角。他把j的頭拉長一點，就變成蘋果的梗，也像吸管。

「怎麼樣？」

「我喜歡你把『juice』和『就是』擺在一起，人家看了會唸成『就是juice』，這不就有意義了嗎？」

「你真的是什麼都要講究意義！」

「這樣不好嗎？」

「當然不會，」徐凱搖搖頭，「只是人會變得很累，很膽小……」

靜惠不去想，接著說：「你這家店的特色是什麼？」

「所有的果汁都是室溫的，榨完後絕不冰它。」

「為什麼？」

「果汁加了冰，就像女人化了妝一樣，就不真了。」

徐凱躺在草地上，閉起眼睛，絲毫不理會靜惠地睡起來。靜惠一個人坐著，原本的瀟灑突然變成尷尬。

「躺下來嘛！」徐凱說。

「我穿外套，不方便。」

「那就脫掉啊！」

靜惠沒有脫掉，她像洗澡時走進一缸熱水，慢慢、試探性地躺下。當頸部碰到草地時，她還用力縮回一下。

「我還想去爬K2，我們一起去好不好？」

「到巴基斯坦？」

「去爬世界第二高峰。」

「我沒有爬過山耶。」

「我也沒有。我們一起鍛鍊，每天跑步半小時，重量訓練半小時。明年，明年這個時候就可以去了。」

靜惠笑一笑，她從來沒有遇到任何三十歲以上的人，還有這麼多不務正業的想法。從來沒有遇到第二次見面的朋友，就在約一年以後的事。

「打勾勾……」徐凱把右手伸到天空。

「勾什麼？」

「明年此時一起去。」

「好，打勾。」

「蓋章……」

「還要蓋章？」

當然也沒有遇過三十歲以上打勾勾蓋章的人。

他們躺著，徐凱閉著眼，他們的頭髮夾在一起，手蓋完章後就握著。徐凱的手機一直響，他關機。

他們離開公園時已經7點多了。走在路上，下課的高中女生三三兩兩地走過。徐凱興奮地叫起來，「你一定是北一女的，對不對？」

「我不是。我讀台南的家齊女中。」

「你看看這些北一女的，多性感。我對北一女的制服，有一種病態的迷戀。你知道，像有些怪叔叔喜歡收集女生內衣那樣。」

「看你的樣子也像。」

「因為我以前讀高職，想釣北么的都釣不到。北么的都很勢利，只看得上前三志願的。」

徐凱一邊走，竟開始和路上的北一女學生打招呼。

「嗨，下課啦，趕快回家喔，路上壞人很多呢！」

幾名女學生被他嚇到，加快腳步跑。

「你看，她們到現在還是不理我，」他氣得握緊拳頭，「林靜惠，你替我作證，有一天我要交一個北么的女朋友，和她上床，然後把她甩掉。我一定要報這個仇！」

「你好變態！」

「我一定要把到一個北么的！」

19

他帶她去吃飯。像上次一樣，他很快就選定餐廳，點好了菜，和侍者稱兄道弟。

「這是台北最好的求婚餐廳。」

「有這種分類嗎？」

「你不知道啊？真遜。下次帶你去最好的分手餐廳。」

「你常去？」

「在那兒被甩過好幾次，最後還要付帳。不過如果你是被甩掉的，老闆會給你打八折。」

「你真會蓋。」

「哪有？」

他的表情，好像狡辯的小朋友。

「這是求婚餐廳，來，我們入境隨俗……」徐凱整理儀容，故做嚴肅地說：「靜惠，我們認識五年了，這麼相配，你願意嫁給我嗎？」

「沒有戒指，哪算求婚？」靜惠玩得越來越順了。

徐凱四處摸自己的口袋，沒有替代品。他用力扯下西裝外套上的鈕扣，「靜惠，你願意一輩子扣住我嗎？」

她笑得低下頭，徐凱抓過她的手，把扣子放在她手中，然後用兩手把她的手包起來。

「現在，你也要回送我一個信物啊！」

「我沒有扣子。」

「給我內衣也可以。」

吃完後走出餐廳，靜惠穿上大衣，徐凱替她拉好衣領。

「今天很開心。」靜惠說。

「週末再出來？」

「我請你看電影，」靜惠指著面前開過的一輛公車上的廣告，「那部片星期六上映，我好想看。」

「《愛情的盡頭》？」徐凱皺眉頭，「你喜歡看這麼沮喪的電影？」

「我喜歡男主角，他是《英倫情人》的男主角。你喜不喜歡《英倫情人》？」

徐凱搖搖頭，「那種電影細膩地令我緊張。我喜歡那部……」另一部公車開過，載著《哈拉猛男秀》的廣告。

徐凱叫計程車送她到家門口，她下車，站在原地看計程車開走。徐凱回過頭，隔著後車窗向她揮手。

她走上四樓，靠在家門外，心還在一直往上爬……

洗完澡後，她站在床前疊剛洗過的衣服，電話響。

「你在幹嘛？」

「疊衣服。」

「讓我猜猜……嗯……你的床前有一個櫃子，樺木的，土黃色，四個，不，五個抽屜。第一層擺內衣，第二層擺內褲，第三層擺襪子，第四層是小飾品和化妝品，第五層，第五層呢……」

「你再掰嘛……」

「第五層呢……」

「你永遠猜不到。」

「沒關係，你很快就會請我去參觀對不對？」

「又讓你猜到我的心意啦……」

垃圾話像火種，他們總能燃起更多的話題。他問下午蹺班會不會怎樣。

「沒什麼，只是幾百萬美金的損失而已。」

「你越來越油腔滑調了。」

「都是被你帶壞的。我發誓，我在公司不是這樣的。我這一輩子都沒這樣過。」

「大器晚成，很好很好。」

他說她的手機在他的籃子裏，「你這種謹慎小心的人，怎麼會忘了手機？」

「有人食物中毒，我是為了打電話給119！」

「那也應該記得拿回來啊！」

「其實我是很糊塗的。」

「怎麼說？」

「我告訴你一個秘密，我從來沒有告訴過別人。有一次我去新加坡受訓，回來時在新加坡機場的免稅商店逛，我想都check in了嘛，就悠哉悠哉地逛。看看這個包包，試試那個香水。我還記得，我在看Christine Dior一個叫『Remember Me』的香水，好喜歡，然後突然聽到擴音器叫我的名字，催我登機。因為他們叫的是我機票上英文名字，起先我還沒有會意過來。他們重複了兩三次，我才發現他們在叫我，拔了腿就跑，香水也沒買。上機後所有的人都抬頭看我，糗死了。」

「真難想像。我一直覺得你像一架太空梭。」

「什麼意思？」

「你永遠是非常理性，非常精準。任何是事都有萬全的準備，事前經過多次的演習。起飛前要做上百項檢查，一有不對，立刻停止倒數。但只要一發射，很少有不成功的。」

「大部分時候是這樣，從小訓練的吧，加上現在的工作性質……」

「我比較喜歡新加坡機場那個傻大姐。」

「我是傻大姐，那你呢？你應該是……」

「我應該是一隻麻雀，飛不高，但想飛就飛了。」

他們一直聊到4點。她第一次晚上沒有看美國行情。

20

第二天下午，靜惠吃完飯回到公司，看到辦公桌上一個購物袋。她打開，裏面有一個方型紙盒、一杯果汁、一張卡片、一個塑膠袋，和她的手機。

她打開塑膠袋，裏面竟然是一個切格瓦拉式的黑色圓帽，上面還有一顆紅星。她打開紙盒，是個蛋糕。拿出卡片，手工做的，正面是徐凱昨天描述的「就是juice」LOGO。卡片裏寫著：

「歡迎入黨，從今天開始，一切為人民。

入黨儀式是請你去吃午飯，你不在。只好請你喝下午茶。

果汁裏面有10種原料，喝得出來嗎？有點沉澱，因為是一早起來做的。

謝謝你做我吸收的第一個黨員、第一個顧客。」

「想吃午飯，幹嘛不先打電話？」靜惠打電話問他。

「那是你們這些太空梭的想法。麻雀的做法是臨時起意，跑到你公司，如果你在，表示有緣，不在，也無所謂。」

「那我們無緣囉。」

「唉，我們無緣。」

「你少故做瀟灑。如果你真的是隨興，怎麼會一早起來榨果汁？」

徐凱不講話，靜惠吸一口果汁，享受扳倒他的快樂。

下班前徐凱都沒再打電話來，他該不會生氣了吧？

程玲來找她。

「周勝雄不在？」

「他到美國開會去了。」程玲逗她，「你最近很忙喔？週末不在，簡訊都不回！」

「哪有簡訊？你什麼時候發的，我都在啊！」

她們去吃飯，程玲講週末和周勝雄爸媽吃飯，悶得發狂，他們簡直是另一個星球的人，吃飯時會把餐巾圍在脖子上。

靜惠很熟練地附和，心裏卻想著徐凱。

「走，我帶你去玩？」

靜惠沒有問「去玩」是指什麼，不過她直覺的反應是婉拒。

「不行，明天一早要開會。」

程玲很喪氣，但還是開車送她回家。到門口，靜惠下車。程玲打開副駕駛座邊的電動窗，「跟我去認識一些新朋友嘛，他們都很瘋，很有趣的……」

靜惠轉過來，蹲低了身子，透過車窗說：「出去一切小心。」

「什麼？」

「出去一切小心。」

「你還是我的風紀股長……」

靜惠笑，程玲搖頭，快速開走了。

21

夜裏睡在床上，靜惠瞪著天花板：不會這樣就生氣吧！她看著手機，想拿起來打，卻強迫自己轉過身去。胡思亂想了半個小時，手機響了。

如釋重負，好像聽到小學時暑假前最後一堂課的下課鈴。

「睡了嗎？」

「沒有，你呢？」

「我還在公司，趕一個圖，明天要比稿。」

「你還好吧？」

「很好啊？怎麼了？」

「沒事。什麼圖，搞到這麼晚？」

徐凱說是一家化妝品的廣告，幾家公司在搶這個客戶。

「我看過那個牌子的廣告，一個女孩站在湖邊的那個。不過我覺得他們的定位一直不清楚，我看不出那個廣告到底要賣什麼——」

「沒錯！」徐凱興奮地切斷她的話，「那正是我跟老闆說的，『定位不清楚』。我們明天去比稿，就是要把原來那家廣告公司幹掉！」

靜惠躺在床上，徐凱的腿翹在公司的電腦桌上，他們聊起很多廣告。

「我沒想到你的行銷概念這麼清楚。」靜惠說。

「我也沒想到你的行銷概念這麼清楚。」

「我是學商的，當然要有點概念。」

「我也到政大夜間部去上過課。」

「真的？」

「去年2月到6月，每個禮拜2次，累死了，」徐凱說，「不過我發現自己對行銷很有興趣。」

「你真的是……」

「怎麼樣？」

「常常讓人驚喜。」

「嘿，我請美國的朋友幫我拷了一卷今年超級盃足球賽的轉播——」

「超級盃足球賽轉播的廣告是全年最棒的！」換靜惠搶他的話。

「我一直沒時間看，找一天我們一起看。」

「今年百事可樂有一個廣告，拍得很俏皮——」

「我聽說了，推銷他們的『Pepsi One』，1卡洛里的低糖可樂，說和一般的可樂味道一樣，完全不會感覺是低糖——」

靜惠自然地接起，「那個創意很好，一艘船，載滿上班族，因為風浪大，所以左右搖晃——」

徐凱接，「船上吧台前每一個乘客都在一邊看報一邊喝可樂，他們一個連一個坐著，有人喝『Pepsi One』，有人喝一般的可口可樂——」

「對啊，然後因為船左右搖晃啊，所以他們面前吧台上的可樂罐也跟著滑動，這個人的可樂，滑到另一個人面前，但是因為大家都在看報嘛，沒有人注意到，所以每個人還是拿起面前的那罐來喝，其實已經喝到了別人的可樂——」

「沒錯，其中有一個男的，本來在喝可口可樂，後來不小心喝到了旁邊那個人的『Pepsi One』，又回來再喝可口可樂，他都沒感覺甜味有什麼不同——」

「後來他放下報紙，看到旁邊的人在喝『Pepsi One』，還說：『Pepsi One，我應該試試看！』」

「其實他早就喝過了。」徐凱說。

「這廣告真有趣。」靜惠說。

「你怎麼知道得這麼清楚？」

「我看亞洲華爾街日報啊，他們有一頁專門談廣告。」

「嘿，我們的世界有交集了！」徐凱興奮地做結論。

他們又聊到4點。

第二天，靜惠第一次遲到。

22

她只睡三個小時，卻精神十足。

她看到的世界變得比較亮，聽到的音量比較大聲，聞到的味道比較濃，說話的力道比較重。

她打字的速度加快，影印時覺得自己臉上有光采。中午吃飯，她到SOGO買了一些化妝品，回來後在洗手間搽上，覺得自己更漂亮。她在茶水間碰到看過無數次的工讀生，第一次主動去詢問他們在學校的近況。

她從來沒有過這種感覺，像到了一個別人說過很多回，媒體拍了千百遍的國家。她第一次來，不會說當地語言，沒有旅行社安排好的行程。

她得找到那個比她先到的朋友，他說他來過，可以帶她去玩。

如她預期，他的「朋友」在下班前打給她。電話響時她很高興，不只是因為他打電話來，更是因為她猜測他會打來而最後他真的打來。

「你什麼時候下班，我帶你去慶祝。」徐凱說。

「慶祝什麼？」

「今天是我們認識四個月的紀念。」

「有這麼久嗎？」

「去年的聖誕節派對到今天。」

「你還記得！」

「我們約在捷運台北車站好不好？」

「你要帶我去哪裏？」

「你別管，到時候你就知道了。」

「捷運站的哪裏？」靜惠問。

「你幾點可以走？」

「7點。」

「你會搭板南線對不對？」

「沒錯。」

「好，待會見。」

「欸……等一下，你還沒有說在哪裏見。」靜惠追問。

「你7點準時出來，搭板南線，你一下車，自然會看到我。」

靜惠為這樣的周到和自信而高興，但仍忍不住抗議，「你瘋了，捷運車那麼多，車廂那麼長，台北車站人那麼多，你怎麼有把握看到我。」

「我有把握。」他很堅定地說：「嘿，不准帶手機。」

「為什麼？」

「考驗一下我們的默契。」

靜惠臨走時把手機放在辦公室桌上，走出門口又回來把手機放回包包。

7點一到，她走出辦公大樓。她知道他會算她的時間，所以努力保持自然的速度。

她走下捷運站，一大群學生排隊進站，她想這下慘了，徐凱怎麼可能料到這個？她在下月台的樓梯上看著一班車開走，他一定以為她在那班車上！

她超越黃線、伸出頭等下一班車。

車來，她走進，開始評估應該站在哪一節車廂。她氣自己對台北車站不熟，不然還可以算出哪一節車廂會停在最開放、最寬廣的那塊月台，一出來就被他看見。

忠孝復興、忠孝新生、善導寺……捷運從來沒有開得這麼快，她從來沒有搭得這麼緊張。

台北車站到了，全世界都要下車。乘客從身旁擠過，她退到後面。她突然不太敢出去，她怕一個人站在擁擠陌生的台北車站，沒有人來找她。萬一沒看見徐凱，是不是他們沒緣的徵兆？

她低頭走到月台，一朵紅玫瑰伸到她鼻前。

「我說我有把握吧。」

她抬起頭，心裏充滿感激。感激別人給了她一個不太可能達成的承諾，然後如此輕鬆地達成它。

「你怎麼知道我會在這下？」

「我就是知道。」

23

他帶她走8號出口，上來後是公園路。

「去哪裏？」

他笑而不答，帶她向228公園走去。她多少猜到要去228公園。前天下午在公園很開心，再來一次是正常的。

徐凱拿出一顆巧克力，「先吃顆巧克力，今晚會吃得比較晚。」

不是要去公園野餐嗎？為什麼吃得比較晚？

他們穿過補習街上課的人潮，走到台灣博物館的門口。正要進公園，徐凱突然想起一件事，「啊，對了，我有一個朋友在這附近上班，他一直要拿個東西給我。你介不介意我先去找他一下？」

「當然不介意。」她一聽就覺得奇怪，但樂於看他表演。

他們走到街上的辦公大樓。

「你在這邊等我一下，我馬上下來。」

徐凱離開，靜惠看他走進電梯。幾分鐘後，他回來，「你可不可以上來幫我一下，東西太重，我一個人搬不動。」

這時她覺得詭異了，但完全不知道他在玩什麼花樣。他要送給她一個禮物嗎？什麼東西那麼重？

電梯坐到8樓，門打開，一家公司，沒有明顯的招牌。她跟著他走進去，公司早已下班，一個人都沒有，燈都關了，走廊一片陰暗。靜惠看到牆上幾張電影海報，不知道這是什麼公司。

他拉著她轉了好幾個彎，來到公司最後面。

「東西在這房間裏面。」

他打開門，拉她進去。那門好重，不像一般辦公室的門，門後還有另一扇門，他再打開，拉她進去，裏面一片漆黑……

靜惠左邊牆上突然閃出一陣強光，她瞇眼，慢慢張開，竟然是電影銀幕。他牽著她站在黑暗中，銀幕上出現《英倫情人》男主角的名字，然後《愛情的盡頭》片名「The End of the Affair」被打出來……

那是一場電影……

房間裏沒人，那是一場專門為她放的電影……

她站在銀幕前，放映機射出的光穿過她的臉，她臉的黑色輪廓映在電影上……

她該說什麼？

她說不出來。黑暗中她把他抓緊，像是握住汽車內固定的扶手，她立刻覺得安全。

她在第一排坐下，看著銀幕，上面演著她想看的電影，她喜歡的男主角在銀幕上，她看到的卻是旁邊這個男人。

她想著這一切安排背後所花費的時間，每一個必須運用的關係，每一個可能出錯的環節，每一個聲東擊西的招術，每一個必須cue好的時間點。她想著，銀幕下的戲，比銀幕上更精采。

電影完後，字幕跑完，她還在一開始那種驚喜中。他站起來，她拉他坐下。

「我們再坐一會好不好？」

他點點頭。他們在黑暗的戲院內，牽著手，坐了五分鐘。

24

走出電影公司，整部電影的雨景讓街道上感覺有了濕氣。她覺得身體很輕，像飛機反覆嘗試降落卻無法著地。

「想吃什麼？」徐凱問。

「都可以，你說呢？」

「吃攤子可以吧？」他問。

他帶她到通化街夜市。他拉過鐵凳子，很自然地在攤子上坐下。

「當然！」

「你看起來像是那種一定要用餐巾才能吃飯的人。」他說。

「我是在鄉下長大的，你才是穿Prada的人。」

他們叫了牛肉麵，切了老闆特別推薦的大腸。麵吃完了，大腸卻沒怎麼動。

「你吃啊！」靜惠說。

徐凱吃了一口，做出要吐的表情。

靜惠看著自己碗中的濃湯，把大腸一條一條地夾起來，藏進湯中。

「你在幹什麼？」徐凱問。

「這是老闆親自推薦的。我不想讓他知道我們都沒吃。還是把它藏起來吧。」

靜惠把大腸埋在湯裏，再加上一大坨辣椒，讓湯的顏色更為渾濁，徹底遮住了下面的大腸。

他右手撐著頭，專注地看著她。

「怎麼了？」

「你真是一個很善良的女生！」

吃完飯，徐凱帶靜惠逛。他的手機一直響，他看了看螢幕，都沒接。

他認識很多攤販和店家，和他們熱絡地打招呼。她沒有看過他在人群中的樣子，對他熟練的社交手腕有些驚訝。他和他們講台語，握手拍肩，很興奮地試戴他們的飾品，談笑間把價錢殺低。

「這位漂亮小姐是……」

「我朋友，林靜惠。」

「是朋友還是女朋友？」

「你看呢？」

他抱住她的肩，擺出拍結婚照的親密姿勢。

「女朋友就有打折對不對？」

「那有什麼問題？」

他轉過頭來，攤開手，無奈地笑笑，「你委屈一點，省下的錢我請你吃蚵仔煎。」

他用低價把試戴了很久的一個手環買下。那手環粗大，不銹鋼的顏色，鑲了各種不同的幾何圖形，幾何圖形可以轉動，方形可以變成菱形。他在手上把玩了許久，然後拿下來，戴在靜惠手上。

「送給你。」徐凱說。

「你這麼喜歡，自己戴啊！」

「我本來就是要買給你的，你是我見過最不會用飾品的女生，」他一手拉起她的手，另一手轉著手環，「你看，你戴這個，立刻年輕了五歲。」

「我穿這樣，」靜惠看身上保守的上班服，「怎麼戴這麼勁爆的手環？」

「那你就錯了。你沒看過ＤＫＮＹ那個廣告嗎？一名西裝筆挺、拿公事包的男子穿著直排輪，滑過紐約的大街去上班？」他兩手抓住靜惠的肩，誇張地搖動，「你有酷的本錢，自己都不知道！」

在靜惠的感官中，他抓住她肩頭那個開玩笑的激烈搖動變成了慢動作……

她閉上眼睛，彷彿能看到自己的頭頂到胸前變成波浪，頭上的髮、鼻上的汗、胸前衣服上沾的毛，都隨徐凱的搖動一起緩緩落下……

她不是第一次有這種感覺。和徐凱在一起的每一刻，都有這樣的戲劇性。她感覺自己好像在演電影。她是街上拉來的新人，從來不知道自己能演戲。但編劇、導演，兼男主角告訴她，來，你戴這個手環很酷，你其實可以做明星！跟著我，我們演對手戲，把他們嚇死。好美的承諾，她相信了，跟著轉，跟著跑，跟著陶醉，跟著脫離自己……

「對，讓我們現在就把你變得酷一點。」

徐凱拉她逛每一間店。

「首先，你一定要有一雙靴子，讓我買一雙靴子送給你！」

「不用了，我從來不穿靴子。」

「什麼？」他當街驚叫，「我從來不認識一個女生是沒有靴子的。」

「所以你才會喜歡我啊！」

這句話把靜惠自己都嚇了一跳。也許是時間越來越晚，也許是他一直在演戲，也許是他的批評讓她心急，她開始越玩越大。

這句話果然得到他全部的注意力。他站定，轉過頭來看她，然後點點頭，舉起食指一直指她，「有自信，很好，你已經變得更酷了。」

他們走進鞋店。

「你喜歡哪一雙？」

靜惠挑了一雙短筒的。徐凱搖搖頭。他拿起一雙黑絨布表面的長筒靴，「你腿長，當然要穿長靴，試這雙。」

「先生眼光很好耶，小姐穿起來很漂亮。」

「看看有沒有更喜歡的。」

靜惠看時，徐凱走到店外。他把皮夾中的信用卡和現金都收起來，只剩一千五。

「你到哪去？」她問。

「丟個垃圾。有更喜歡的嗎？」

她搖頭，「不過這雙真的好看嗎？」

「相信我，我是專業的。這雙很棒，既可以讓你當童子軍，也可以讓你演S&M……」他轉頭對小姐說，「小姐，你們有沒有順便賣皮鞭？」小姐被問的一頭霧水，靜惠把他拉回來。

徐凱花了很久才說服靜惠，小姐開價四千，徐凱說沒帶那麼多錢。

「那你能付多少？」

「我看看，」他在小姐面前打開皮夾，「只有一千五耶。」他給靜惠一個眼神。

「不行啦，先生，這樣我們賠錢呢！」

「真的嗎？」

「一千五沒辦法賣啦。」

「好吧，」他裝出遺憾的口氣，「那就算囉。」靜惠有默契地開始脫靴子。

「先生可以刷卡啊！」

「你看我的皮夾，我沒卡啊！」

「小姐呢？小姐也沒有嗎？」
「我出門都是他付錢。」靜惠裝得像小女人。
她把脫下的靴子放回盒內，兩人牽著手走向大門。
「先生，等一等啦！」
她用力握了一下他的手，他們的一搭一唱成功了！

25

靜惠戴著手環，穿著新靴子走出鞋店。
「你還要一雙網襪，洞很大的那種。」
「你要把我變成什麼？」
「我在幫你發揮潛力！你才30出頭，穿得像50歲。」
他買了一雙性感的黑色網襪。
「我要在上面寫名字，你只能穿給我看，不能穿給別人看！」
「穿給別人看？我連穿給自己看都不敢！」
「好，今天先到此為止，下次帶你來買內衣。」
「哇——我等不及了！」

他們走出通化街。

「想不想去誠品？」

「買完網襪去誠品，我喜歡。」

他們到了誠品，徐凱跑到雜誌區，看日本的服裝雜誌。

「你對服裝也有興趣？」

「我對任何流行的東西都有興趣，」他翻著雜誌，「你不覺得這些東西很有趣嗎？」

「這些東西都只是有趣一陣子，很快就被淘汰了。」

「所以呢？」

「所以我不太花時間在上面，它們都不會長久的。」

「你在計程車上一定不常跟司機搭訕對不對？」徐凱問。

「這跟計程車司機有什麼關係？」

「照你的理論，任何短暫的東西都不需要去追求。既然你和司機只是萍水相逢，何必花時間去認識他？」

「不是這個意思……」

「你就是這個意思！」徐凱說，「我跟你的想法完全不同。人生很短，不能因此就不好好活。我當然知道這些都是很短暫的，這個時代有什麼是長久的？但我就會趁它們還很漂亮，很流行的時候享受它們。等到它們被淘汰了，再去追求新的東西。這就跟吃水果一樣，每一季有每一季的水果，不能說因為冬天吃不到西瓜，就連夏天也不吃西瓜了。」

靜惠無法反駁。徐凱察覺到她的尷尬，替她圓場，「不過話說回來，」他摔下手上那本雜誌，「這一季的衣服也真的太爛了！」

他帶她離開雜誌區，逛著逛著就分開了。

靜惠去看中文創作，她還記得出國念書之前好喜歡看小說，到美國之後，因為不好買，也沒時間，就沒再看了。

回國工作之後，覺得自己的人生進入了另一個階段，年輕的東西，自然地忘記，沒什麼動力再追尋，也不願意被提醒。就像現在再問她怎麼算梯形面積，她恐怕都說不清，嗯……上底加下底……

她的人生正處於看不到上底和下底的階段，而是她自己要趕著進入這個階段的。每一個階段有每一階段的事物，她是那種迫不及待要準時、按照順序進入下一個階段的人。她想，某種程度來說，她比徐凱還追求流行，她是這樣急切地想放棄眼前的一切，迎接下一個階段的來臨。

徐凱顯然不是，他走回來，抱著一疊漫畫書。

「不要笑！」徐凱說。

「《美味的關係》？」

「這是我最喜歡的日本漫畫。以前在租書店看過，一直想買，從來沒有一家書店有齊全的。」

「你的興趣真的是太廣泛了。」

「你別一副不可置信的樣子，我們一起看這套漫畫，你一定會和我一樣喜歡！」

26

離開誠品已經是凌晨5點。

「好累，」徐凱說，「我們坐著休息一下。」

他們在新光大樓的台階上坐下，黑夜已經漸漸疲倦，等著白天來催她入眠。稀疏的計程車快速開過，濺起地上的水。

「我們去泰國好不好？」徐凱的臉發亮，好像夜晚才要開始。

「我們去哪裏？」

「泰國。」

「東南亞那個泰國？」

「還有哪個泰國？」

「很難說喔，你知道一大堆奇怪的地方，『巴黎公社』在羅斯福路，『泰國』可能在安和路。」

「我說的是越南旁邊那個國家。」

「現在？」

「我們去曼谷的湄南河坐船，去中國城買布做衣服……」

「人家累的時候是回家睡覺，你累的時候是去泰國？」

「想到能出國，精神又來了。」

「我們又沒有訂機票，而且我也沒有簽證。」

「泰國是落地簽證，你只要帶著護照就好。」

「就這樣去？我們什麼都沒有準備……」

「要準備什麼？旅館都有啊！」

「這太瘋狂了！」

「不會啊。」

他很堅定地看著她，她忍住原先要爆發的嘲笑。

「還是你想去韓國、印尼，或是新加坡？」他問。

「這些都是落地簽？」

他點點頭。

「你知道所有落地簽的國家？」

「我隨時都準備出國！」徐凱說。

「你有在早上5點跑去泰國嗎？」

「晚上7點有，早上5點還沒有，」徐凱強調，「所以我們才應該去！」

「照你的邏輯，我們應該去做每一件沒有做過的事。」

「沒錯。」

「包括被那台計程車撞到。」

「被車撞是痛苦的事，去泰國是快樂的事！你知道泰國shopping多便宜？曼谷的人妖多美嗎？去人妖的PUB坐一天，你回來後會立刻想開始做臉。而且，那裏的天氣那麼好，你什麼衣服都不用帶，把這兩件脫了就好。台北這麼冷，窩在這幹嘛？」

他口沫橫飛時，靜惠把跟自己很要好的理性藏到口袋裏面。

她知道，經過了《愛情的盡頭》、靴子、網襪，和《美味的關係》後，她的理性已經不合時宜。

「我們走。」她說。

「真的？」

「我們走。」

他們跳上計程車，靜惠一直看著前方，很篤定地笑著。徐凱看著她，很驚訝她竟然會答應。車到靜惠家，她上去拿護照，徐凱坐在車裏等。她帶著簡單的行李下來時，徐凱站在路上，計程車已經走了。

「車呢？」

「我讓他走了。」

「為什麼？」

「我只是想知道，你是能夠隨時和我去泰國的人。」

「你在測驗我？」

「我在了解你。」

「你這個豬，」她用手上的袋子甩他，重複他剛才的長篇大論：「你知道泰國shopping多便宜？曼谷的人妖多美嗎？去人妖的PUB坐一天，你回來後會立刻想開始做臉。而且，那裏的天氣那麼好，台北這麼冷，窩在這幹嘛？」

兩人站著靜惠家門口猶豫了一會，還不想說再見。徐凱把靜惠白襯衫的領子翻起來，然後蹲下來，將她的裙擺往上摺，靜惠本能地退後一步，他不停止，繼續整理她的裙子。他站起來，看看靜惠，從自己的背包中拿出梳子。

「你是我見過唯一會隨身帶梳子的男生。」

「所以我才是你認識的男生中頭髮最漂亮的。」

「你的頭髮比我的還好看，你不覺得這太誇張了？」

「沒錯，你這頭髮在哪剪的？這還不是狗啃的，這是雞啃的，我剪的都比他好！」

徐凱替靜惠梳頭，清晨6點，她家的門口。

她回到高中時代，教官檢查頭髮，任意用手撥弄，像在挑白菜，她好怕裏面有寄生蟲。她只能閉著眼，咬著唇，希望能僥倖過關。他梳得很用力，很果決。她感到頭髮中刷出大量的靜電，傳過脊椎，電到腳底。

「好了，你照照鏡子，你可以當張惠妹了！」

「我比較喜歡孫燕姿——」

「什麼？」他又在大街上誇張地大叫。此時他的手機響起，他看了看螢幕，迅速看回靜惠，「好，拜拜，我討厭孫燕姿，我沒有辦法跟任何喜歡孫燕姿的人交往，」他倒退著走，「很高興認識你，祝你幸福，膽固醇不要過高，開車不要被拖吊，喝冰水不會牙痛，股票不要被套牢，我相信你只是怕傷害我，不是騙我，很愛過誰會捨得，好，一切保重，拜……」

他真的就這樣走掉，他們認識四個月了。

27

在辦公室，靜惠多了輕鬆愉快，少了昔日的專注緊張。每次走回自己的座位，她先看手機，有沒有「1個未接電話」和信封標誌。她聽留言，如果不是徐凱，她會好失望。甚至是老闆留言讚美她的表現，她都會無力地放下手機。但如果是徐凱的留言，她會對著手機笑，然後存下來，一整天反覆地聽。

徐凱並沒有讓她失望，在關鍵時刻：11點、5點、7點，總會打電話來。

他們交易室的電話因為都有時效性，所以沒有語音信箱，同事們會互相幫對方接電話，立刻幫對方處理。所以徐凱打來她若沒有接到，同事會幫她記留言。

但他不是留個言就算了。他會不斷地打，讓她手機不停地響，像救火車，鈴聲越來越急，越來越亮。有時靜惠在用電話交易，手機不停響，為了怕錯過徐凱，她會先按手機，讓他聽到她在講公事，匆匆談完，再抓起手機：「喂——喂——」

「講完啦？我打到公司——」

「我們交易室的電話都有錄音，我們直接在手機上講吧……」

「不不不，我要打到公司，我要被錄下來，我要你們全公司的人都聽到！」

他掛斷，打了公司電話。

「嘿，你偷公司的那一百萬美金，匯到我帳戶沒？」他故意大聲，講給錄音機聽。

靜惠很快就跟上他，故做嚴正地說，「我不幹，縱使你威脅要殺我我也不幹。」

「我就料到你會這樣。我在你們公司女廁放了炸彈，三分鐘後就要爆炸！」

「你別傻了，」靜惠笑出來，「我們公司又沒有人在監聽，我們只是錄音存檔，和客戶有糾紛才把帶子調出來聽。你還真以為有人會聽你這麼講，然後立刻疏散員工？」

「不是嗎？」

「當然不是。」

「太可惜了，不然我們又可以喝下午茶了。」

「你到底有沒有在上班？」

「有啊，只是今天下午很無聊。」

「你在幹嘛？」

「喝一杯可爾必思。」

「可爾必思？我大概有二十年沒喝了。」

「我從小喝到大。便秘就是這樣治好的。」

「喔喔喔，你不用告訴我這麼多你的優點。」

「真的，可爾必思治便秘很有效，你要不要試試？」

「等一等，如果這麼有效，你又從小喝到大，那你怎麼會得便秘？」

「又來了。你一定要這麼聰明嗎？」

「你這就像問我是不是一定要長這麼漂亮，我是沒辦法控制的啊！」

「唉，我好懷念當初那個壓抑的你……」

「我好懷念那天蹺班去公園，」她適時轉變了話題，她不要伶俐到令人討厭的地步。「天空好藍，好像剛剛漆過還沒有乾。」

「我來接你。」

靜惠笑出來，「去哪？」

「帶你去看天。」

「你真的都不用上班嗎？」

「我去拜訪客戶啊！你不是也該去了嗎？」

「我是交易員，不用拜訪客戶。」

「那你身體不舒服，月經來了。」

「你怎麼知道？」

「天哪，我竟然矇對了！趕快記下來，算你的安全期。」

28

靜惠下午請了假，拿著兩瓶礦泉水，站在台北車站的大廳等他。她四處張望，不知道他會從哪邊出現。

他從後面冒出來，摸她的頭髮，像摸狗一樣。

「快來，車要開了。」徐凱大叫。

「我們去哪裏？」

「基隆！」

他拉著她跑下電扶梯，衝過剪票員，再衝下月台。車已經開了，他先推她上車，把包包交給她，然後，然後竟站在原地跟她揮手拜拜。

「你在幹什麼？」她頭伸出車門大叫。

「旅途愉快，寄明信片給我……」

車越開越快，他越來越遠，她身體越來越向外。

「豬，你給我過來！」

「拜拜……」

她算著車和月台間的縫隙，準備跳回月台。

「不要跳！」他看她要跳，立刻向前衝，「我逗你的……」他大叫。

火車已加速，他跑得很快，靈活地閃躲月台上的人，但他們的距離並沒有縮小。她左手拉著扶桿，右手伸出來想抓他。他用力地跑，手劇烈搖擺。火車越來越快，月台到了盡頭，他漲紅臉跑著，天啊，下一站是哪裏……

他跳上來。

「你這隻豬！」

她搥他，他張開雙臂讓她搥，然後慢慢試著抱住她，「不生氣，不生氣……」火車全速前進，噪音淹沒了他安慰的話，在車門邊，風灌在臉上，他摸著她飄揚的頭髮，完全抱住了她……

坐下後兩個人不講話，靜惠從塑膠袋中拿出礦泉水給他，他打開，用嘴撕掉封條，把瓶口送到她嘴邊。她瞪他一眼，喝了一口，徐凱拿回來，直接對瓶口灌。

「我好久沒去基隆了。」徐凱說。

「豬！」

「不要這樣嘛，我說我好久沒去基隆了，你的回答怎麼是『豬』呢？」

「你剛才差一點撞死……」

「我怎麼會撞死？我還不能死，我還有好多心願沒有完成呢！」他把她從肩膀處拉過來，她沒有抵抗，頭頂著他胸膛。她聽到他的心跳配合著車輪，使勁敲，使勁敲……

「什麼心願？搞革命？在台灣根本不可能。」

「那又不是我最重要的心願……」

「那你最重要的心願是什麼？」

「我還沒和我的愛人做愛呢……」

這是這兩個字第一次出現，當下靜惠沒有說話，仍靠在他胸膛。不過幾秒鐘後她立刻說：「這恐怕比搞革命更不可能。」

他戲劇性地站起來，拿下行李架的包包，「我們回台北吧！」

「你好現實！」

「男人都很現實，」他達到了戲劇效果，安然坐下，「我已經算比較有靈性的了。」

「真的嗎？我感覺不到耶！下次你發揮靈性的時候叫我一下。」

「你知道嗎？」他轉過身，雙手抓著她肩膀，「其實你是很愛我的。」

「喔，你怎麼知道？」

「因為我把你隱藏了三十多年，個性中惡毒的一面，慢慢、慢慢地，都激發出來了。」

「這怎麼能證明我愛你？」

「因為只有當你愛一個人時，你心中的魔鬼，像欲望啊、貪婪啊、嫉妒啊、猜忌啊，才會出現。」

「那你對我一定是一見鍾情了！」

他笑出來，被她完全擊垮。

「好，我輸了，我們重來，」她喜歡他這樣，她喜歡能認輸的男人，「我好久沒到基隆了。」

「我也好久沒到基隆了。」

「你曾經去過基隆嘛？」

她搖頭，「我的確很少出門，台灣好像沒什麼好玩的。」

「台灣好玩的才多！我最討厭你們這些在國外待過的人，開口閉口都是紐約、東京，過年一定要出國，台灣好玩的地方卻不屑一顧。」

「嘿，是誰說他在德國一個小鎮買了沙威瑪，那是他一生最愉快的下午。」

「那你還沒聽過我在陽明山的下午，墾丁的下午，溪頭的下午，玉山的下午……」

「好了好了，不要告訴我你的情史。」

「你還沒聽過我在基隆的下午。」

「等一下，你該不是要帶我去你跟你以前的女友去過的地方吧？這樣recycle感情是不對的！」

「什麼叫『recycle感情』？」

「帶我去她帶你去過的地方啊，把她送給你的東西轉送給我啊，跟我一起看你們一起看過的電影的錄影帶啊……」

「嗯，這樣啊……」徐凱故做沉思狀，「抱歉，那上次那雙網襪我得拿回來……」

「你也曾經送給她網襪？」

「她曾經送給我。」

「她……」

「不要問了，很變態的，你還是別知道的好。」

「你們該不會是用在……」

徐凱慚愧地點點頭，「沒錯。」

「噁……我以為那種事只會發生在光華商場賣的ＶＣＤ中——」

「你在光華商場買過我們拍的ＶＣＤ？」

「你們拍過——」

「沒看過最好——」他轉變話題，「不能recycle感情，我的天，你的標準好嚴……」

「我要新鮮和原味，你有沒有？你不是想賣果汁嗎？你有沒有新鮮和原味？」

「你放心，我沒跟別人去過基隆，我以前的女友不喜歡天，她們只喜歡床。」

「喔——跟你有同好……」

「很經濟的嗜好呢，不需要買車票，省好多錢。」

他們抬槓了一會兒。徐凱拿出隨身聽和一個皮包，拉開拉鏈，裏面全是ＣＤ。

「你最近在聽什麼歌？」他問。

「孫燕姿。」

「天啊……」

「你在聽什麼？帶我聽啊！」她說。

他撩開她的頭髮，把一顆耳機塞進她耳中，另一顆塞進自己耳中。

「你的耳機線交叉了……」她把兩人的耳機拿下來，把纏繞的部分一圈一圈地解開，理成清楚的兩條線後，再把他剛才戴的耳機塞進自己耳中，把自己的給他。

她想，戴著剛才放在他耳中的耳機，他們的耳朵接吻了呢。

「聽到了嗎？」徐凱問。

「她的聲音好沙啞。」

「她叫 Macy Gray。黑人，聲音好好。」

「她在唱什麼？」

「你看……」他拿出歌詞，翻到其中一頁，「〈I Try〉……」他的手指隨著歌聲在紙上移動，

「I try to say goodbye and I choke
I try to walk away and I stumble
Though I try to hide it, it's clear
My world crumbles when you are not there……」

「我喜歡這一句：『我試著說再見但我嗆到。』」靜惠說。

「我也是！」徐凱真誠地睜大眼睛。

靜惠說：「我喜歡她把說再見這種很內心、很悲傷的事跟嗆到這種很外在、很滑稽的形象放在一起。你可以看見一個正要柔情萬種講再見的人突然像吃到一根骨頭一樣嗆到，漲紅了臉，一直咳嗽的糗樣子。」

「人真的會這樣，當你心情不好的時候，身體也會遭殃。」

「對啊，就像湯姆克魯斯那部電影──」

「《征服情海》！」他們一起叫了出來。她立刻打他的頭，許了願。他們的話越來越急、越接越緊、越來越大聲。

她說：「《Jerry Maguire》，好棒的電影！」

他說：「最棒的是那段，湯姆克魯斯被他徒弟fire之後回到公司，走在辦公桌之間──」

「撞到一台推車──」

「剛好跌了一個狗吃屎──」

「跌狗吃屎已經夠好笑了，特別是湯姆克魯斯這種英挺的人跌狗吃屎就更好笑──」

「也更突顯他內心的悲哀──」

「對啊，當你不順時，走路也不順，一切就都不順──」

「但是他還是立刻爬起來──」

「爬起來還裝著很尊嚴的樣子──」

「你記不記得他拍拍自己的西裝──」

「沒錯，一付若無事然的樣子，立刻要秘書把客戶的電話拿給他──」

「還說了兩次，『Wendy, bring me my numbers.』」他們一起講出這句對白，靜惠還刻意裝出男聲。

「這是全片最好的一段，」徐凱說，「我好喜歡這部電影──」

「還有另外一段──」靜惠欲罷不能。

「是不是他在客戶房間接到來搶客戶的徒弟的電話？」

「就是這一段！」

「他拿起電話，假裝自己是客戶，聽到是徒弟打來，整個人傻了。他整段都沒有講話，完全是表情。而且是要在眾目睽睽保持微笑的前提下，演出很複雜的表情——」

「你可以想像他那時的心情——」

「一定有很多矛盾的情緒撞來撞去——」

「他一方面不能讓電話彼端的徒弟知道他是誰，一方面又要讓身旁的客戶以為打來的是記者——」

「我最喜歡他照徒弟的吩咐，吸一下鼻子的那個畫面，甚至在那時他還都能保持微笑——」

「還有後來他打完電話，心都碎了，卻仍然微笑說——」

「『No comment！』」他們異口同聲。

「唉，我喜歡這部電影……」徐凱說。

「我也是……」

「好想當Jerry Maguire……」徐凱自言自語，「好想當Jerry Maguire……」

29

他們平靜下來，〈I Try〉唱完，她自動去按「重複鍵」，他看著她，「你也是會按『重複鍵』的人？」

她點頭。

「你知道，世界上有兩種人：」徐凱說，「一種是會按『重複鍵』的人，一種是不會按『重複鍵』的人。會按『重複鍵』的人聽到喜歡的歌，會一直重聽，一直一直重聽，10遍20遍，直到膩掉為止。不會按『重複鍵』的人，聽一次很滿足後，就安詳地聽下一首，等到下次『有緣』再重聽。」

「我絕對是會按『重複鍵』的人。」靜惠說。

「可是你看起來那麼像不會按『重複鍵』的人。」

「不會按『重複鍵』的人是什麼樣子？」

「他們很安靜，很壓抑，很中庸，很隨緣。他們要細水長流，不要一下就玩玩了。天啊，那不就是你嗎？」

「我是會按『重複鍵』的人！」靜惠強調。

「你確定？」

「我確定！」

他們真的聽了10遍。

「換這一張……」

「這首歌我聽過，有一次路過唱片行聽過，但不知道她是誰。」靜惠說。

「好清的聲音對不對？」

「鋼琴的前奏呢，現在很少歌只單用一架鋼琴了。我喜歡這種簡單，」靜惠慢半拍地跟著唱起來，

「『告訴我，你不是真的離開我，你也不願這樣的夜裏把難過留給我……』

徐凱加進來唱，

「告訴我，你不是真的離開我，你是要懲罰我的愛讓你失去自由，告訴我……」」

火車快飛，他們沒有喝酒，但有一點醉，各自看著窗外的單調風景，哼著同一首歌，他們在想：我是誰，他是誰，我們有沒有機會？

「你有沒有發現，每次我們出來，看的聽的都是悲傷的東西：《愛情的盡頭》、〈I Try〉、〈告訴我〉……」

靜惠沒有回答，徐凱也不再追問。CD轉著、火車的輪子轉著、熟睡的乘客眼瞼下的眼珠轉著、風景換著、他們各自想著，他們的心轉著……

30

下了火車，他們坐計程車到中正公園。

「不要誤會，這還不是看天的地方。每次來基隆，我會先來這裏敲鐘。你絕對不相信，過去五年，每一個我在這敲鐘許下的心願，通——通——實——現！」

「不可能！」

「真的！」

徐凱站到敲鐘的大木槌前，閉起眼睛，雙手合十，默念著。靜惠從來沒有看他這麼嚴肅過，甚至以為這是他另一個把戲。他敲鐘，圓滿，虔誠地退下。

「你試試看。」

靜惠就位。

「不過我得先解釋一下，」徐凱堵在木槌前，嚴肅地說，「你不能挑戰神明……」

「什麼意思？」

「意思是你不能為了證明神明靈不靈，就許『我要撿到一百萬』這種願，這對神明是大不敬！」

「所以過去你都許什麼願？」

「最過分地也只是保佑我痔瘡開刀一切順利。」

靜惠倒在他身上。

「你不要笑，我是跟你講真的，」他扶起她，還是一本正經，「你若挑戰神明，會得到反效果！」

「好比說痔瘡長了滿屁股。痔瘡會長滿屁股嗎？」

「你盡量笑吧，別怪我沒警告你。」

他退到後面，她閉上眼睛，忍住笑，兩手把槌向前送。

在槌敲到鐘前，在鐘響遍滿山前，徐凱說：「我只是不想你許一個『希望能和我永遠在一起』的願，然後得到反效果。」

靜惠聽到了，在大雨一樣的鐘聲中……

那鐘聲一直回音、一直回音，好像在咀嚼徐凱的話……

一直回音、一直回音，好像在考慮靜惠的願望……

離開公園，他們往另一邊山上走。徐凱向一輛輛開過的車揮手大叫。

「你有毛病？」

「這是我進行了兩年的一項實驗，我在台灣各地向駕駛招手，要求搭便車，看哪個地方的人先讓我搭。」

「結果呢？」

「台中的人停下過……」

「台中人是滿有人情味的——」
「不不不，那個人是停下來跟我問路。」
走了二十分鐘，他們在一個小型博物館前停下，博物館前一大片草地，上面停著一輛坦克車。
「我們爬上去，」徐凱說，「你先爬。如果你掉下來，我可以送你去醫院。」
她踢他。
「那我先爬，你爬的時候我可以在上面看你的胸部。」
「這麼高我怎麼爬得上去？」
「拉那些環啊！」
「我構不到。」
「我背你，你騎在我脖子上，手再向上一撐，就可以構到第一個拉環，然後就可以爬上去了。」
「我穿裙子——」
「喔，我知道，我一定會偷看的。」
「還是你先爬吧——」
他突然蹲在她身前，手伸到她小腿背上一抓。她措手不及，倒在他背上。他站起來，她大叫。
徐凱用力，「你……你……好重……」

她抓住坦克車車身上的環狀樓梯的最下面一階，他轉過身，臉貼著她的裙子，抱住她的大腿。她的腿突然麻起來，她的腿騎到他的脖子上，她的腿暖，她的腿輕，她的腿抬頭看著她的臉，一副炫耀的表情。她往下瞪，她嫉妒她的腿……

她爬上去，好希望花更久的時間。

然後他們躺在坦克車上看天，她的腿仍然留在環狀樓梯上。不，她的腿仍然留在徐凱的肩膀上。

雲和風，她在基隆。禮拜四下午，她所熟悉的人在台北的金融區奔波，她桌上三台電腦螢幕漆黑地像在哀悼。她看遠方，夕陽像一團累了的火。她揉眼，太陽變成了三個、四個……她的左肩碰著他的右肩，他什麼都沒說，左手玩著口袋裏的零錢。徐凱是誰，從哪來？何時來？來了多久？要待多久？她不知道。她從來沒有遇過這樣的人，過這樣生活，做這樣的自己。她從來沒有看過雲，沒有吸過草根之間的空氣。

下坦克時，徐凱逞英雄，爬到砲管，坐上去，屁股從砲尾往前移，從砲頭跳下。

「奧——」

他的手和腳一起著地。手痛得闔不起來。

天黑了，回台北的火車上，她把他的右手拿過來，輕輕地揉。他們什麼都沒說，一人一耳機聽著Rickie Lee Jones的專輯。她看著ＣＤ殼，微笑。第四首叫〈It Must Be Love〉呢，他們終於在聽不悲傷的歌了。揉著聽著，她睡著了，沒等到第四首，沒等到抬頭曖昧地問他，「你覺得這首歌怎麼樣？」她睡了，頭斜靠在他肩頭，嘴巴還張開。她聽見草上的風，看到砲管上面的雲。

31

不知什麼時候，計程車已經停在她家門口。

「要不要上來坐一坐？」她問。

「好啊。」

她打開門，開燈。

「哇……」徐凱叫出來。

「家裏很亂，對不起，我很少有客人。」

「你這叫亂，你應該看看我家。」

「你想喝什麼？」靜惠問。

「鹹豆漿加蛋。」

她笑出來，「我沒有。」

「鹹豆漿都沒有，還想招待客人？」他故做嫌惡的表情，「有啤酒嗎？」

「沒有。」

「你有什麼？」

「嗯……牛奶和柳橙汁。」

「現榨？」

「濃縮。」

「算了。」徐凱玩她餐桌上的水果和吐司，「你喜歡吃這種菠蘿吐司？」

她拉開椅子坐下來，「你知道我最喜歡的吐司是什麼嗎？紅豆吐司！你吃過嗎？」

「哪有這種東西？」

「我在奧斯汀的時候，每個禮拜到一家中國雜貨店去買，它的紅豆吐司好吃得不得了，吃著吃著就上癮了。回台灣後，怎麼找都找不到！」

「沒關係，我做給你吃。」

「你會做？」

「我不會。」

她把菠蘿吐司從他手上搶過來，「那就不要亂玩。」

「你不覺得吐司就是要白的嗎，像白開水一樣？紅豆吐司就像在白開水裏加糖，吃起來多奇怪。」

「我就是喜歡紅豆吐司！」

他們只是在藉這些無關緊要的對話化解兩個人獨處一室的緊張。

「這是我的房間。」

她打開燈，感覺到他緊貼在自己身後。

「我好喜歡女生的房間，不管是幾歲的女生，房間裏永遠有一種少女的甜味。」

「聽起來你好像常進女生房間……」

「我？開什麼玩笑，我指的是我媽的房間。」

「喔，當然，當然……」

他走到書櫃旁，「你怎麼會只有這些書？」

「我的書都在儲藏室裏，我從美國回來後，還沒有真正把它們拿出來整理過。」

「你看，」靜惠抽出一本書，「這是我最喜歡的書。」

沙林傑的《麥田捕手》。

「有沒有看過？」靜惠問。

「喔，我知道，梅爾吉普遜有一部電影，裏面說所有的變態殺手都讀過《麥田捕手》……」

「《絕命大反擊》！」他們一同叫出來。

「好難看的電影！」他說。

「不過《麥田捕手》很好看，這本送你好不好？」

「我看不懂英文。」他說。

「他寫的很簡單，你一定看得懂的！」

「你買一本中文的送我。」

「沒問題。」

「你會記得嗎？」

「我當然記得。」她堅定地說。

他走到書桌，拿起一本英文的郵購目錄。

「這是『L.L.Bean』，」靜惠解釋，「我所有的衣服都是跟他們郵購的。」

「我從來沒聽過這個牌子。」

「我以前也沒聽過。是到美國念ＭＢＡ，課堂上研究L.L.Bean公司的案例，才對這家公司產生崇拜。他們非常重視品質，每一個產品都經過很多次的試用和品管，同時還堅持要以合理的價格服務客戶，我很認同他們的企業哲學，所以是他們的忠實客戶。」

「哪有人是以企業哲學做為買衣服的依據？」

「你應該試試看。」

徐凱坐在床上，靜惠僵硬地靠在衣櫃上。兩人對望著，靜惠轉過頭去，「好悶，我把窗戶打開……」

「過來坐著嘛……」徐凱拍床。

「你真的不要喝什麼？」

徐凱搖頭。

「我給你倒一杯水。」

在廚房裏，她打開水龍頭，閉著眼睛，撐著水池。她怎麼了？她怎麼會把徐凱帶到自己的床上？她對他了解多少？他對她的感情有多少？如果他靠過來，她知道怎麼應付嗎？如果他堅持，她知道怎麼下台嗎？徐凱會怎麼想她？爸媽會怎麼想她？黃明正會怎麼想她？她會怎麼想她？

「嘿，你好嗎？」徐凱走進廚房。

「馬上好了。」

「不用麻煩了，我回去了。」

「怎麼了？」

「沒事啊，你累了，我該回去了。」

她不知該不該勸他留下。

「我借你的電話叫車。」

徐凱到家後沒有主動打電話來，她打去，響很久他才接起，「嘿，對不起，我睡著了。」

「我以為你還沒到家。」

「不好意思，一進門就掛了。讓你擔心。」

「沒關係，你先睡吧，明天再打電話。」

那晚她睡得不好。白天的快樂在那一秒鐘完全翻轉了。在她開窗、倒水那一秒鐘，她和徐凱好像突然變成陌生人。

32

第二天下午徐凱打給她，化解了她的擔心。

「我們今天要出去拍一個廣告。」

「什麼廣告？」

「一個洗髮精的廣告。」

「你們要出外景嗎？」

「我們去攝影棚，你要不要來探班？我們可以來接你。」

「今天恐怕不行……」她看到老闆在辦公室。

「沒關係，你晚上有空的話，打我手機。」

她下班時打他手機，沒人接。

她留了話，故意在公司多待了半個小時，卻沒有等到回電。

她離開公司，走到捷運站。捷運開來，風吹起她的頭髮。走進車廂，看著車窗上自己的影子，單薄地一推就倒。

她在期望什麼？他們只不過出去玩過幾次，聊過一些東西，他在她家坐了一下，連水都沒喝。他有必要每天準時聯絡，立刻回電嗎？

她在期望什麼？

那晚在家很難熬。不管靜惠怎麼否認，徐凱的出現，已經改變了她的生活和心情。

以前下班回家，手機立刻關掉，做一點沙拉和果汁，在餐桌上就著亞洲華爾街日報吃。她拿下隱形眼鏡，洗澡、洗頭、戴上眼鏡，用白毛巾盤著頭，坐在床上看CNBC的美國金融行情，12點準時睡覺。電話鈴響，答錄機去應付。那個NEC的答錄機是她的護城河，家是一個城堡，她自給自足，誰也不需要。

這麼多年來，沒有人能冒犯。試圖冒犯的幾個人都掉進護城河中，她路過時看著河裏那些男人，沒有丟下游泳圈，只是搖頭笑笑。

而徐凱像送報一樣，不打電話，不按電鈴，騎著單車，吹著口哨，輕輕一丟，就把自己丟了進來。護城河對他沒有功用，他不需要游泳，他用飛的。

那晚她看著手機和電話，想徐凱現在在幹什麼。她試著看一點書，兩頁翻過卻不知道說了什麼。她打電話回家，媽媽的嘮叨讓她把電話拿開耳朵，任憑媽媽對空氣講。她打開電腦，想上網卻怎麼也撥接不上。她打給程玲，未開機。她打回公司，查下班後還有沒有人留言給她。最後她再打給徐凱，還是沒人接。

那晚她3點才淡淡睡去。

33

整個週末徐凱都沒有電話，星期天晚上，手機響。

「靜惠嗎？」

「我是……」

「我是邱志德。」

邱志德是她大學同學，當時追過她，被她擋在「護城河」外，畢業後就沒有聯絡了。去年在一次講習會上，他主動來和她打招呼。原來他後來也出國念了ＭＢＡ，現在也在銀行做外匯。同學、同行相遇，當天聊了很多。後來他又開始常打電話，起先靜惠還跟他聊聊，後來發現他打來的時間越來越晚，講的事情越來越雜，就開始有禮疏遠起來。但他從不放棄，一個月總要留個三、四次話，靜惠從來沒回。

「嘿……好久不見。」

「靜惠，我現在剛好在你家附近，可以順便看看你嗎？」

她答應了。不能再悶在家裏。

她和邱志德約在附近一家咖啡廳，一坐下就後悔了。

邱志德是一個典型的銀行人，正式、保守、四平八穩、中規中矩。走到哪裏都拿著一本《經濟學人》雜誌，手機掛在腰際的皮套上。

他們聊了業界的人和事，靜惠看著西裝畢挺的他，想他怎麼能跟徐凱比？如果徐凱來找她，從窗外走過，看到她和邱志德在一起，他會不會覺得她背叛了他？她和徐凱之間，有所謂「背叛」的顧慮嗎？她看著邱志德細薄的嘴在動，想的都是徐凱。

「對不起，我得先回去了。」

「這麼趕？」

「不好意思，明天一早有會，待會要趕工。」

「星期天還要工作？」

「沒辦法。」

靜惠站起身，邱志德跟著站起來。

「嘿，靜惠，下禮拜匈牙利布達佩斯交響樂團要來台灣，」邱志德拿出褲子口袋的皮夾，拿出兩張票，「我有兩張票，你有——」

「謝謝，我下禮拜不太方便。」她倒退著走，連好好說個再見都沒時間。

邱志德點點頭，仍然保持著微笑。

「沒關係。」

「拜拜囉。」靜惠揮手，邱志德的手很重，但仍抬了起來。

她走出咖啡廳，四下張望。她快步走回家，沒有人來電。她覺得很失禮，打邱志德的手機。

「喂？」

「志德，不好意思，剛才走得很匆忙。」

「喔，沒有關係，你還好吧？」

「很好，你呢？」

「很好啊，我現在走向捷運站。」

「你坐捷運啊？」

「對啊！嘿，靜惠，很高興見到你。」

「我也是。謝謝你。」

她掛下電話。她的生活變得好小，徐凱變得好大。不論徐凱在不在她身邊，她都容不下別人。

34

星期一，另一個禮拜的開始。冬日的末尾，陽光慷慨地照進窗簾。靜惠起得很早，光腳走到廚房，拿起透明乾淨的玻璃杯，倒一杯水。安靜的早上，水倒進杯子都嫌吵。她慢慢喝，感覺流過咽喉的水的質地。

她突然決定穿上球鞋。

國父紀念館早已擠滿了人。她在太極拳和土風舞的陣式中左右閃躲，慢慢跑過。不一會兒，汗水已從頸背流下。她去摸，是冷的。她想，這樣也很好。為什麼要讓別人來操縱自己的心情？為什麼要把快樂交給別人來處理？她一向自主獨立，沒有必要到了32歲才變得needy。她叫林靜惠，生在民國57年。她曾經一個人過得很好，現在當然也可以。她看著國父紀念館兩旁的大廈。靜下來，不要胡思亂想，努力工作，有一天，我也可以住在這裏。

回到家，跳進浴室，打開蓮蓬頭。她刻意用冷水沖，逼走所有慵懶的念頭。洗完澡，坐在床上，輕鬆自在，又有了那種沒有負債、不怕催款的安寧。

在捷運車上她想，這樣也好，我可以這樣一直過下去。

直到她又接到徐凱的電話。

35

「我到東京去了，今天早上才回來。」

「東京？」

「去看一個朋友。我最好的朋友住在東京，我們很久沒見，我去看看他。」

「好玩嗎？」

「很棒，我過幾個禮拜還要去，你要不要跟我一起去？」

這個問題打破了靜惠花了整個週末建立起來的武裝。

他們約晚一點在電影院見面。靜惠先到，等了10分鐘徐凱還沒來。她站在售票口外，拿起電影院的雜誌，卻看不下幾個字。

「小姐，我們在哪見過嗎？」

「嘿，你來了。」

「等一等，我們認識嗎？」

徐凱又要玩了。

「對不起，我認錯人了。請問有什麼事？」

「不好意思，我剛才站在那邊，一直在注意你。我覺得你很有趣，想跟你做個朋友。」

「『有趣』，什麼意思？你覺得我長得很有趣？」

「不不不，我是說你很特別，站在人群中，拿著雜誌看，好像旁邊的人一點都不會影響你。」

「當然會囉，我現在不是在跟你講話嗎？」

「好吧，既然你已經被我影響了，我可不可以請你看場電影？」

「我根本不認識你，怎麼能跟你看電影？」

「我叫徐凱。你叫……」

「我在等我男朋友——」

「當然，這麼好的女孩怎麼會單身。那你們兩個我一起請好不好？」

靜惠皺起眉頭，不可置信地看著這傢伙，「我打給他，看他到了沒，」她拿起手機，撥了自己辦公室的號碼，當自己的留言出現時，她說：「John，你到了沒……什麼？……我等了20分鐘了耶……你為什麼不早講……好了好了，算了……」她生氣地按掉手機。

「怎麼了？」

「他要加班。」

「笨蛋，如果你是我女朋友，我連班都不上了，別說加班！」

「那可不行，我是要被人養的。」

「沒問題，我養你……」他拿出兩張《哈拉猛男秀》的電影票。

「我剛才看到它客滿了，你怎麼買得到票？」

「我中午就來買預售票了。」

「好有心，你本來要約誰？」

「沒有，我有一種預感，今晚會碰到好女生。」

「我是很壞的。」

「看不出來。」

靜惠瞇起眼睛，「我是很壞、很壞的。」

「讓我見識一下。」

他們走上電扶梯，好像只是百貨公司併排上電梯的客人。

「想不想吃爆米花？」

「不用了，謝謝。」

他還是買了，替她拿著。

「我要去洗手間。」靜惠說。

「我等你。」

徐凱拿著爆米花，杵在女廁門口。許多女子進出，給他白眼。

靜惠走出來，開門時差點打到他，「你杵在這兒幹什麼？」

「怕你出來看不到我。」

他們就這樣偽裝著。電影開始，徐凱笑得很大聲，靜惠也笑，不是為了電影，而是為了這種看電影方式。那包爆米花，兩個人都沒什麼動，放在徐凱腿上，被他笑時抖腿抖掉一半。她用眼角看徐凱，徐凱看得很專心。

散場後他們仍然假裝著。出戲院後，時間晚了，戲院門口已經沒什麼人。

「林小姐，我送你回家吧。」
「你怎麼知道我姓林？」
「美女都姓林，林青霞、林——」
突然他們聽到一名男子罵人的聲音。他們轉過頭，一對情侶在吵架。女生低頭坐在人行道的花圃上，個子矮小的男生站在她面前，以激動的音量和命令的語調罵她。女生手腳縮在一起，身體顫抖，怕得頭都抬不起來，更別說講話。她面前的男生卻不斷大叫：「說話啊！你給我說話啊！」
「如果有一天我們吵架，不要那樣好不好？」靜惠說。
「如果有一天我們吵架會是怎麼樣？」
他們繼續走，兩人都不出聲。
「你當年為什麼要走？」徐凱問。
靜惠不說話，再次配合徐凱的劇情。
「你就那樣消失了……你知道我花了多少時間找你？找你的家人，你的朋友。沒有一個人願意告訴我。我在你家門口站了兩天兩夜，93個人進出，沒有你。」
「當年我不懂。」
「不懂什麼？」
「我們的關係。和你在一起，我不知道未來在哪裏……我們是這麼不同，不同的年齡，不同的教育，不同的家庭，不同的工作，不同的興趣，不同的價值。我們是完全不同的人。」

「那你現在為什麼回來？」徐凱問，「我們還是不同吧，恐怕比當年更不同了。」

「我想你。」

「想是不夠的……」

「你想我嗎？」

徐凱笑場。

「你想我嗎？」靜惠悲苦地追問。

「好像廣告的台詞………」

「你想我嗎？」靜惠繼續。

徐凱停下，看著靜惠，然後抱住她。他抱緊她。那是靜惠最深，最緊的一次擁抱。沒有人，包括他爸爸，包括黃明正，抱她的時候，能讓她感到呼吸困難。沒有人，能讓她感覺脊椎瞬間破碎，可以不再用力，不再支撐，完全放下，完全依附。

他送她回家，計程車開過忠孝東路。夜裏車很少，一路是綠燈，她感到大官般倍受禮遇。這一晚太愉快了，令她感到尊貴起來。經過八德路口，在紅燈前停下。

「你看……」徐凱說。

靜惠抬起頭，看著高架橋上巨大的電影廣告看版。上面正預告著羅賓威廉斯演的《變人》。

「我覺得這是台北市最棒的一塊廣告招牌，在最繁忙的交叉口，俯視著整個城市。我一直叫我們媒體部的人去買，聽說被電影公司包了下來。每晚下班我都會經過這裏，看著招牌變了，就知道一個月又過去了。它好像是一個長輩，不斷提醒我我每天都在變老。」

靜惠看著招牌，《變人》，有趣的名字，認識徐凱後，她變了多少？

「我們如果10點前經過，它的燈還亮著，看板會更漂亮。」

「它10點就關燈了？」

「有時候晚回家，經過時燈已經關了，會覺得好孤單。」

她摸摸他的肩。綠燈亮了，車往忠孝東路奔去。

他們回到她家門口。

「我直接坐回家了。」

「喔……」靜惠有些失望。

「這是給你的。」徐凱從口袋拿出一個小禮物。

「為什麼？」

「算是見面禮吧，很高興你接受我看電影的邀請。可惜你男朋友沒來，否則我也可以給他一個。」

計程車開走，靜惠雙手緊握著禮物。

進了家門，她打開燈，在飯桌上坐下，把菠蘿吐司移開，把禮物放在燈光的焦點下。她輕輕拉開絲帶，小心地拆開包裝紙……

是Christine Dior的「Remember Me」香水。

上面一張黃色的便利貼：

「我沒有讓航空公司廣播找我。」

36

她又回到了原先那種雲霄飛車的生活：玩得刺激，有些害怕，想要下來，結束後卻想再玩一遍。下午程玲來電話，約她晚上見面。她雖然沒有跟徐凱約好，卻覺得應該保留時間給他。

「你最近在忙什麼？老是找不到人。」

「沒有啊……」

「晚上打電話到你家，你都不在。」

「你怎麼不留話？」

「該不會是在談戀愛吧？」

「哪有！」

「靜惠戀愛了，多不容易啊！」

下班前，她打電話給徐凱。

「嘿，你打電話給我……」徐凱驚呼。

「為什麼大驚小怪。」

「你很少打電話給我。」

「怎麼會？」

「你很少打電話給我，每次都是我打給你。有時我覺得，好像在打擾你。」

「你千萬不要這麼想。」靜惠說。

她拿著手機，走到落地窗旁，看著公司樓下的街景。計程車像顯微鏡下的變形蟲，不斷地黏合又分開。她走回座位，右手玩著一支削到很短的鉛筆。她很好奇徐凱現在的手放在哪裡，看的是什麼風景。

「我今天在網路上買了一本書，關於雷諾瓦的畫。」

「你喜歡雷諾瓦？」

「他是我最喜歡的畫家！」

「真的？」

「你為什麼這麼驚訝？」

「你喜歡看《美味的關係》，看不出來你也喜歡古典畫家。」

「當初我會去讀美工科，就是想變成雷諾瓦！」

「可是你今天做廣告？」

「好了，我們可不可以暫時不要審判我。我已經夠唾棄自己了。」

「你為什麼喜歡他？」

「你知道，雷諾瓦最會畫人了。他畫了很多豐滿的裸女，我國中看到，還真的有反應呢！」

「原來是賀爾蒙的關係！」

「當然不是。」

「他的畫風是怎樣的？」

「你公司E-mail的地址是什麼？我寄給你一幅他的畫。」

靜惠告訴他E-mail地址，「不過你不要寄給我豐滿的裸女，我會自卑。」

「我不喜歡豐滿的裸女，」徐凱辯解，「我喜歡我寄給你的這一型的……收到了沒？」

「哪那麼快？」

「雷諾瓦說：『為什麼藝術不能是漂亮的？特別是當這個世界充滿了這麼多醜陋的事物！』每次我花錢買好衣服，就這樣安慰自己。」

「所以你藉著買衣服，變成了雷諾瓦……」

「當然不是，我還是在畫，我一直想畫一幅雷諾瓦的畫，我希望我可以畫得跟他一樣好。」

「那你畫好了嗎？」

「我畫了10年，還沒開始。」

「為什麼？」

「我怕。」徐凱說。

徐凱沒有回應，靜惠等他。

「怕什麼？」

「一開始畫，就得證明自己到底行不行了。」

「你可以的，你應該趕快開始。」

「我不敢畫大畫，我的畫都是很小的。」

「為什麼？」

「在小的畫中，你可以省略許多細節，隱藏自己的缺點，你草率一點，沒有人會發現。你就用你熟練的那幾招，也可以讓人覺得你畫的很好。畫越大，你就得越誠實，你會暴露你的缺點，別人也看得一清二楚。畫越大，你就得有自信，有魄力，你得越努力，越要突破自己。」

「你有這個才氣啊，不試怎麼知道不行？」

「我試過一次，是用投影機把一張名畫的幻燈片投射到畫布上，再照著描……」

「結果呢？」

「感覺在作弊。」

「你不需要這樣啊，你可以自己畫的。」

「再說吧……」

「收到了！」靜惠體貼地轉變話題，「檔名叫……」

「『Irene』。」徐凱說。

「『Irene』？」

「這幅畫叫《Irene Cahen d'Anvers 康達維斯小姐的肖像》，又叫《Little Irene》，《小艾琳》。」

「一個女生的名字？」

「雷諾瓦是個窮畫家，唯一的經濟來源是替富人畫肖像。Cahen d'Anvers是當時法國一個有名的銀行家，他雇用雷諾瓦為他8歲的女兒畫肖像。這幅畫是在1880年畫的。」

「你先不要說，讓我打開來看——」

「等一下！」他嚴厲制止她，「在你打開之前，我要告訴你，這才是我喜歡的女生。」

「一定是波霸！」

「你聽到了嗎？」

「聽到了啦……」

靜惠對著附件按兩下滑鼠，檔案似乎太大，畫面遲遲不出來。她又再按了兩下，慢慢的，一幅油畫從上到下，緩緩、緩緩，出現……

「看到了嗎？」

靜惠不回答。

「看到了嗎？」

靜惠沒回答，她只是點頭。那是一個小女孩的側面肖像，她有一頭紅色而蓬鬆的頭髮，垂到胸前和腰際。她穿著一套淡藍色的洋裝，頭上綁著小蝴蝶結。她坐著，手安靜地放在大腿上，臉色有些蒼白，大眼睛憂鬱地看著前方，心事重重，沒有人了解……

「她長得跟你很像，對不對？」徐凱說。

「她……」

「去年在派對上看到你，我立刻想到這幅畫。」

「她……」

「我一直想畫的就是這幅，」徐凱的深呼吸從電話中傳來，「我希望有一天，能畫出這麼棒的畫……」徐凱低聲說，連他自己都不相信。

「你可以的。」

「你知道，原畫的尺寸是61公分乘以57公分……」

「那算大嗎？」

「61乘以57……」徐凱笑笑，「不算大，但我永遠也畫不出來……」

掛了電話，靜惠仍然為她和小艾琳的相像而震驚。

她拿出化妝盒，打開，看鏡中的自己，然後瞄向電腦螢幕上的小艾琳。她8歲，活在1880年，她32歲，活在2000年，他們怎麼可能如此相像？她把那張圖檔印出來，站在印表機前，紙慢慢露出頭，白色的反面在上，有圖的正面在下。她拉開紙的頭，確定有印出來。她看印表機吐出那幅畫，像目睹自己的妹妹從母體中誕生。

37

徐凱公司忙，他們約好晚一點見面。靜惠晚上自己吃飯，吃完飯後買了一個相片框，樺木的，淡黃色，聞起來有淡淡的香。回到家，她把小艾琳的肖像放入框中，然後把相框放在客廳的茶几上。她坐在沙發，小艾琳坐在茶几。她感覺家裏多了一個人，第一次，這房子有家的感覺。

「我今晚走不開，明天要跟客戶開會。我下面的人請假，我得自己下來弄。」

「真難想像你當主管。你就像那種20幾歲的父母，自己都照顧不好，怎麼可能照顧別人？」

「等一等，等一等，你罵我幼稚？」

「沒有，我讚美你童心未泯。」

「我生氣了，你先去睡吧。」

「我來陪你加班好不好？」

靜惠自己也被這個問題嚇了一跳。

她知道自己想見到徐凱，但她一向能控制自己的情緒。現在不見，待會兒也可以。今天不見，下禮拜也無所謂。這麼多年來，她已經把自己訓練成一灘水，到哪種形狀的容器就變成哪種形狀。沒有什麼堅持，沒有什麼退一步毫無死所的決心。她已經把自己訓練成專業與得體的企業人，不管在工作中或工作外。她的每一句話，大至報美金的價格，小到指示計程車司機怎麼走到目的地，都經過大腦的迅速思考，再緩慢而穩重地說出。

但是，「我來陪你加班好不好」，好像是穿過濾網的米，「蹦」一聲掉進水池，立刻流進出水孔，再也撿不起來。她笨拙地搶救，「如果你真的太忙，那就算了。」

「快過來。」徐凱說。

「真的嗎？」

「你可不可以帶兩盒『乳果在一起』？」

「什麼東西？」

「一種新的飲料，便利商店都有。」

靜惠站在7-11的冰箱前，一格一格地找。她在玻璃門上看到自己的臉，有著難得的興奮表情。她專心地找，好像是白天專心地看著電腦螢幕上的美金價格。乳果在一起……乳果在一起……等一等，是「乳果在一起」，還是「乳果我們在一起」？……她打開厚重的玻璃門，拿出一罐橘黃色的飲料，「『乳果在一起』……」她唸著，「他講錯名字了嘛，明明是『乳果在一起』，他還說是『乳果我們在一起』！」

是徐凱講錯了嗎？

她擦掉飲料上的水珠，手上沾滿了幸福。

他在大廈門口等她。她遠遠看到他和警衛聊天，向他揮手。他立刻張開雙臂，跑到人行道來接她。

「你戴眼鏡？」

「工作的時候戴，我近視不深。」

「你戴眼鏡很有氣質呢！」

「你小心別愛上我喔。」

「你買到了！」電梯中他把飲料從袋子中拿出來。

「『乳果在一起』……」

「沒錯，『乳果在一起』……」

「這是你最喜歡的飲料？」

「喔，不，我們在做一個新飲料的案子，要研究現在市面上各種飲料的包裝和廣告，公司那幾盒不知道被哪個王八蛋喝掉了。」

她順利地壓下失望的表情。這只是他的工作而已，她想太多了。

她走進公司，徐凱桌上果然放滿了各式各樣的飲料。

「這就是我的辦公室……」

徐凱的辦公室不大，但與外面以玻璃牆相隔，看起來很寬敞。落地窗外就是大街的天空，18樓的夜景很美。天花板上吊下幾架模型飛機，在空調通風口外緩緩搖動。一面牆上釘著世界各個城市的明信片，當然以歐洲的居多。牆角掛著一套乾洗過的西裝，透明的塑膠袋還套著。電腦螢幕上是接龍的遊戲，顯然他剛才沒有專心。靜惠走進來，看到他的櫃子……

「天啊，你真是星際大戰迷！」

他的櫃子上是滿坑滿谷的玩具：鹹蛋超人、酷斯拉、還有一整塊的星際大戰區。有的像橡皮一樣小，黑武士的玩具則像電腦主機那麼高。

「去年星際大戰前傳上演時，我專程跑到美國去看。」

「不會吧……」

「其實也不是專程去看電影，我當然順便買了一堆玩具。我去之前特別申請了好幾張信用卡，回來後全部刷爆。」

她無奈地搖搖頭，「有時我真覺得，你不是我們這個星球的，你應該屬於星際大戰那個世界。」

「那你就錯了，你知道我們這個星球有多少星際大戰迷嗎？每年我去參加星際大戰高峰會，可以認識幾萬人！」

「什麼是『星際大戰高峰會』？」

「所有星際大戰迷聚在一起交換收藏品的聚會，今年會在舊金山，離喬治魯卡斯的農場很近，你想不想去？」

她微笑，搖搖頭。「你彈吉他？」靜惠指著靠在牆上的吉他。上面花紋絢麗，好像搖滾樂手會用的那種。

「我只會彈一首歌……」

「彈給我聽。」

「不行，不適合現在的氣氛。」

「彈給我聽嘛。」

他坐下，拿起吉他，神情肅穆。他調了調音，然後深呼吸……

「等一下，燈要暗一點，氣氛才對……」

他起身，關燈，坐下，若有所思……

然後他用單音彈出〈兩隻老虎〉……

玩具和吉他並不是徐凱辦公室的唯一特色。他的傢俱都很精緻，長形的玻璃桌，黑色的木頭外緣。銀色的桌燈，燈泡小卻亮光十足。筆罐裏只有一支鉛筆和Mont Blanc的鋼筆，連桌上放名片的架子都有Gucci的字樣。

「這個垃圾筒一定不是公司的……」靜惠踢著一個黑色鐵線「織」成的垃圾筒，上面有精細的圖形。

「公司的垃圾筒太醜了，這是我去遠企買的。」

靜惠知道徐凱重視這些東西，但沒想到是到這種程度。

「這些是什麼？」靜惠指著貼在書架上十幾張照片。

「喔……」他笑笑，「我以前開車，這是所有被拍超速的照片。」

「哇……」她一張張研究，「你真是哪裏都可以超速……現在怎麼不開了？」

「出了一次車禍，嚇到了，不敢再開車。」

「因為超速嗎？」

「只差一點點，我們可能就不會認識了……」

靜惠想：感謝那一點點。

「來，我帶你參觀一下……」

他帶她走出房間，「這一塊都是我們創意部門。我帶兩組人，Sharon和Jason坐這邊，小林和Tracy坐那裏。還有一個設計坐那裏。」

「這是Sharon？」靜惠看著她桌上一張照片，「Sharon很漂亮。」

「她文筆很好。」
「所以是才貌雙全囉？」
「跟她老闆學的。」
靜惠走過Sharon的座位，咬著下嘴唇。
「你們每天都在忙些什麼？」
「好比說這次這個新飲料的案子，客戶要推出一個新飲料，我們和業務部門會先去聽顧客的簡報，他們會告訴我們這個產品的特點或策略，我們回來，再想怎麼樣用廣告來傳達。Sharon是copywriter，她要想所有文字的東西，Jason是art director，他處理圖像。」
「那你幹什麼？」
「我其實沒什麼事，所以我才能常蹺班找你去玩。」
她喜歡他把自己講得很不重要。
「不過今天Jason請假，我只好自己下海，」他回到辦公室，脫下西裝外套，捲起深藍色襯衫的袖子，「這是我們客戶的飲料，還沒有定名字，我們暫時叫『星期六下午』——」
靜惠笑了出來，「這哪是飲料的名字？」
「我覺得這是很好的名字！」他辯護，很少看他這麼認真，「星期六的下午，懶懶的，慢慢的，睏睏的，暈暈的，這個飲料也是這樣，有一點淡淡的酒味，喝了後讓你慢下來，甚至有醉醺醺的感覺。Sharon的文案寫得還不錯，你看：

「又是一個疲憊的禮拜，
終於到了星期六下午。
在從來睡不飽的床上，
找到百分之百的幸福。」

「我們在安和路一幢大廈借了一個很大的臥房，拍了一百多張床和床頭茶几的照片。」徐凱把桌上一疊彩色印表機印出來的照片推到她面前。

「我們的想法很簡單，這是一個單身貴族的家，他忙了一個禮拜，每天睡不到三小時。星期六到了，他一直睡到下午，他翻來覆去，床被他弄得皺巴巴的。貓還沒醒，蜷曲在床下。床頭桌上有個鐘，已經下午3點20分，鐘旁邊擺著我們的飲料，吸管已經插到罐中。」

「我很喜歡這個概念。」

「我現在得決定用哪一張……你覺得這張怎麼樣？」他熟練地挑出一張。那張照片從地面仰角拍攝，畫面上有床、床旁有桌子、桌上有鐘和飲料，「為什麼沒有人？」

「你要人？那這張怎麼樣？」

「有沒有不是整個人的，比如說，只露出個腿，其餘都包在被子裏——」

「我也這麼想！」徐凱張大眼睛，「我喜歡這一張……」

「這張好。」

「這張呢？」

「兩個人？」床上露出四隻腳，顯然是一男一女，桌上的飲料也由一瓶變成兩瓶，「我不喜歡兩個人，太過了。」

「你不覺得兩個人在星期六下午一起睡午覺是很浪漫的事？」

「我會想起一夜情。」

「不會吧……」

「你不覺得一個人比較能突顯出飲料的重要性，他單身，養貓，一個人睡覺，唯一陪伴他的只有你們的飲料。如果是兩個人，大家的焦點都會在那兩個人發生了什麼事，反而不會去注意飲料了。」

他們就這樣討論著。她坐到他旁邊，他認真地在電腦上排著稿子，身後的街景越來越暗，他們兩個人的身影就越來越閃閃發光。

他們聊起公司裏的事情，業務部門和創意部門搞不攏，Sharon和Jason之間有心結。徐凱很多時候在處理人的問題，搞得他很煩。媽的，他是要搞革命的，那有閒情逸致babysit這些小朋友。他不想當主管，如果幹不了切格瓦拉，他就只想畫，畫一幅大的油畫，只想當雷諾瓦，最好是能穿Prada的雷諾瓦。

徐凱講這些，有一種孩子氣，好像一切能一走了之，毫不負責。靜惠順著他，跟他同仇敵愾，她喜歡聽他說自己的煩惱，讓他對她發洩。她喜歡參與他的工作，出點子，然後把功勞歸給他。她喜歡這一晚，遠超過法國餐廳和電影院，遠超過玫瑰花或陽明山的夜景。

一個晚上過去，徐凱身後的天空亮起來，靜惠往下看，計程車又開始穿梭。他們站在印表機前，看著整晚的成果慢慢印出來：從門口拍的一張床，上面睡著一個女生，她趴著，整個人摀在被子裏，只有小腿露出來。被子上有她上班的衣服，顯然是衣服都沒掛好就倒上床了。床頭桌子上的電子鐘顯示3點20分，鐘旁邊擺著飲料，上面插著吸管。

「好想喝一口呢！」她說。

「如果客戶通過，我要請攝影師把床和人拍模糊，焦點在背景的桌上的飲料，那樣就更有味道了。」

「客戶一定會喜歡的。」

「謝謝你來陪我。」

「我應該謝你，我玩得很開心。」

「要不要我送你回去？」徐凱問。

「沒關係，我自己可以回去。」

「我替你叫車。」

他打電話，車5分鐘到。

「你不回去睡一睡？」靜惠問。

「我在桌上趴一下就好了，9點要去跟客戶開會。」

「廣告中那個每天睡三小時的，其實是你對不對？」

他笑笑，「但我不養貓喔！」

他送她下樓，走到大樓門口。

「我下禮拜四要去日本，你要不要一起來？」徐凱問。

「喔，對，你要去看你朋友……方便嗎？」

「當然方便，你去過日本沒有？」

「去過一次，公司出差，什麼都沒玩到。」

「我帶你去玩。」

「真的？」

車子來，他替她開門，她坐進去，把窗子搖下來。

「加油，你一定會拿到這個account的。」

「沒問題。」

「『願原力與你同在』……」

「什麼？」

「『願原力與你同在』……」她說。

「你也喜歡《星際大戰》？」他疲憊的臉上露出新鮮的笑容，「你剛才為什麼沒說？」

她笑一笑，車子開走了。她回頭，徐凱一直站在大樓門口。她一直回頭看著後面，甚至當徐凱已經消失，也不願轉過來坐好。清晨的車開得飛快，原力與他們同在，他們要一起出國了。

38

靜惠早上到公司，第一件事是看自己的時間表。下禮拜五公司要開會，禮拜四走不掉。他立刻打電話給徐凱，徐凱說沒關係，他可以先去，靜惠再來找他。

她打電話給旅行社。

「你想住哪裏？」

她猛然發現：他們沒有討論住的安排。

「哪一家飯店最好？」她問。

「你想住『帝國』嗎？」

「我去過『帝國』，感覺好老氣。」

「『New Otani』呢？服務一流，柯林頓都住那裏。」

「有沒有比較年輕、比較新潮的高級飯店？」

「Park Hyatt好了，不過價錢比較貴……」

「多少錢？」

「一晚六萬塊日幣。」

「幫我訂下來，」她心想，徐凱禮拜四就到了，便說，「從禮拜四開始。」

「要不要幫你訂頂樓的New York Grill，那裏一位難求，是東京男人求婚的餐廳！」

她毫不猶豫地訂下。

下午，徐凱問她訂了哪家飯店。

「我同事說 Park Hyatt 很好。」她故意裝得非常隨意。

「呼……你真有錢。」

「要不要我星期四晚上也幫你訂下來？」

「不用了，我先住我朋友家就好了。」

她微微地失望，卻沒有表現出來。

「我傳了一封信給你，你收到沒？」徐凱說，「今天早上你走後我寫的。」

「沒有啊！」

「你去看看，我剛傳。」

她掛掉電話，走到傳真機旁。她笑了出來，信是用法文寫的。

她沒有打回去問，她要自己想辦法看懂。中午，她去問學過法文的同事。

「這是什麼？」

「別人寫給我朋友的東西，我朋友託我問的……」靜惠說。

「『昨天……下雨時……你……會不會見面……』，這個不合文法耶……」

她打電話給一個大學同學。

「你是不是在學法文？」

大學同學看了之後仍是一頭霧水，「我幫你問我們老師好了，他是法國人。」

一小時後，同學回：「我們老師說這封信的文法都不對，他也看不懂。他只能看出幾個句子，像是『去年的昨天下雨時……在辦公室等你……說了很多很多話……如果不會再見面……去吃法國菜……』」

晚上她見到徐凱。

「你這麼聰明，怎麼會看不出來？」

「聰明也沒用，你寫的是法文。」

「我知道你不懂法文，怎麼會要你看法文？」

「可是這明明是法文啊！」

「你再慢慢看吧。」

39

他們去吃飯。

離開餐廳，天氣冷，走在路上，他牽起她的手。她不吭聲，假裝理所當然。

第一次走路牽手呢，和去聲援宋楚瑜那晚牽手完全不同的感覺。走著走著，他把兩個人的手都放到他的外套口袋中。

「你怎麼有這麼多零錢？」她摸到他口袋裏的東西。

「壞習慣，每次付錢都拿整鈔，零錢積了一大堆。我家更多，整整一個魚缸。」

吃完飯，徐凱拿出整鈔，靜惠把手伸到他口袋，抓出一大把零錢。她一個一個慢慢挑，

他笑了出來，「你真是專業，從最小的單位開始挑起，先解決1塊，所有的1塊都用完了，再用5塊、10塊、50塊，我服了你。」

「以後，我就專門負責花你的零錢。」她說。

「為了報答你，我就專門負責花你的大鈔。」他說。

她笑了，把剩餘的硬幣放回他口袋，他伸進口袋抓住她的手。

他們逛街，徐凱走進好幾家店看衣服，靜惠耐心地跟著。

「你不會覺得很無聊吧？」徐凱問。

「怎麼會？」

「你幫我看看這兩件襯衫哪一件比較好看？」

「好啊。」

徐凱走進試衣間，「進來啊……」

「你要我進去？」

「當然，不然你怎麼看？」

她走進試衣間，他拉起簾子。窄小的空間，兩個人面對面。徐凱脫掉外套、襯衫，光著上身，抖一抖新衣。她專注地看著他的脖子，不讓視線往下移。他拿起新衣，抬起手臂套進去，她不小心看到他的腋毛，立刻低下頭看自己的皮包。

「你覺得呢？」

「好合身喔，你真幸運，買衣服都不用改。」

「你摸摸看，這料子好好……」

他胸前的扣子打開，她摸著那一塊的質料，食指的背面碰到他的皮膚。

「好軟喔。」

「顏色呢？」

「你再試試看藍色的。」

他脫掉，拿起另一件，穿上，扣著扣子。他扣到中間，靜惠接手幫他扣上面兩個。

「這件呢？」徐凱照著鏡子，她站在他身後，「喜歡嗎？」他問。

「我比較喜歡這一件。」

「我也是。」

「我們的品味很接近呢。」

「那我以後買衣服都要找你了。」

他拉開簾子，她覺得外面的光好刺眼。試衣間內是一個太早結束的黑夜，她的夢還沒有機會漫延。

靜惠的手機響起。她沒有接。

「怎麼不接？」

「沒關係，不重要。」

幾分鐘後又響了。她接起。

「喂……我是……什麼……我認識……真的……喔……謝謝謝謝……不好意思……好……我們過來拿……」

她按掉電話，「你有沒有掉什麼東西？」

「我的皮夾！」

「他們怎麼會打給我？」靜惠問。

他們坐計程車回到餐廳，老闆把皮夾交給徐凱，靜惠搶過來。她打開，翻裏面的東西……

她從徐凱皮夾裏拿出一張林靜惠的名片，上面用原子筆寫著：「緊急聯絡人」。

那變成了她最喜歡的一家餐廳。

40

在街角，徐凱從失而復得的皮夾中拿出一百元，請靜惠喝珍珠奶茶，「我就知道緊急的時候你會救我……」

她把他的一百元放進皮夾，從他口袋中拿出六個5元，一個10元硬幣。

「……還會替我省錢。」他補充。

她用力吸著最後一口，吸到塑膠杯發出噪音，杯子凹進去，她快樂，不在乎沒氣質。

他們走回敦化南路，剛才逛的店都關了，然而在人行道上卻發現了寶！

「看那個！」徐凱快步跑去，那是倒在樹下的一塊鐵牌。

「這是個交通號誌……」靜惠說。

「禁止通行！這個酷吧？」

「怎麼會掉在這裏？」

「可能是被風吹下來的。」

徐凱把它拿起來，「不重嘛！……走吧！」他拿著交通號誌跑了起來，靜惠跟上，「這可以拿嗎？」

「管他的，拿了再說。」

他們跑了幾分鐘，攔下第一輛停下的計程車。

「你瘋了……」靜惠邊喘邊說。

「快上車，警察來了！」

他們回到他家。他住在公寓的3樓，和辦公室一樣，簡單而精緻。他沒有太多東西，但是每一樣都是頂級的。一台三十多吋的平面電視，影、音設備一層層地疊在玻璃櫃中，玻璃門緊密關著，按一下就輕輕彈開。玻璃櫃的兩旁是兩個大櫃子，一邊是錄影帶和DVD，一邊是CD。米色的沙發，軟得像海綿。玻璃的桌子和茶几，杯子擺上去有清脆的響聲。

「這張餐桌是我特別從德國訂的。」

她摸著玻璃桌面，「你很喜歡玻璃？」

「我喜歡透明。光打上去很漂亮，你看……」他打開開關，天花板上兩條軌道特別裝的小燈，慢慢亮起。

「好夢幻……」

「看看我的廚房。」

那是比一般廚房大一倍的空間，裏面明亮乾淨，氣氛可以比美臥房。和簡單的客廳、飯廳相比，廚房顯得豐富許多，各式廚具整齊地堆在櫃子上，有些靜惠根本叫不出名字。

「給你看我的鍋，我最得意我的鍋了。」

徐凱把一個黑色的煎鍋拿下來舞動。

「這是我特別託人從芬蘭買來的。純鋁的，散熱很平均，鍋上有三層杜邦防止沾鍋的材料，上面再打一層粗糙的表面。不但不沾鍋，而且好洗得不得了。」

「你真講究……這是什麼？」

「喔，這個茶壺很特別，水燒開了，茶壺會變成粉紅色。」

「怎麼可能？」

「你看……」

徐凱把水倒進藍色茶壺中，茶壺兩旁是透明的，可以看到裏面的水。他打開瓦斯，水一會兒就滾起來。隨著水滾，茶壺果然從底部慢慢開始變成粉紅色……

「怎麼這麼快就煮開了。」

「這是這個壺的另一個優點，水煮開的比較快。否則站在這兒老半天等它變色，多無聊啊！」

「這又是從哪買的，瑞典嗎？」

「這個比較傳統，英國。」

靜惠指著架上的一排工具。

「這些都是做法國菜的工具，哪一天我做給你吃。」

「你可以在家開餐館了。」

「我手藝很好的，你餓不餓，我煮點東西。」

她打他，「剛剛才吃飽。」

「我想喝個湯。」徐凱說。

他開冰箱，拿出蛋和番茄，開水龍頭洗番茄、打蛋、點火、燒水。他的動作俐落、乾淨。

「來看看我的臥房。」

他把「禁止通行」的鐵板搬到臥房。他開燈，第一眼就是一張King Size的床。

「你一個人要睡這麼大的床嗎？」

「你一輩子三分之一的時間都花在床上，」他把「禁止通行」斜靠在床邊的牆上，「當然要買一張好床。」

他脫下西裝，小心放進衣櫃。

「你的衣櫃可以變成一個房間，」她走近看，「你怎麼會有這麼多衣服？」

他用手扶過所有的西裝外套，「十幾年的累積啊……」

「怎麼有一股怪味？」

「喔……」他笑笑，「我以前在這裏種大麻。」

「什麼？」

「我以前在這裏種大麻。」

「哪裏？」

「這裏，這個衣櫥裏。」

「你開玩笑，衣櫥裏怎麼種？」

「很簡單啊，你只要有種子，有土，最重要的是要有一個特別的燈，24小時開著，當做太陽，你看……」他指著衣櫃內側的一個洞，「我以前就把燈釘在這兒。」

她不可思議地搖頭。

「那燈不是普通的燈，託人從紐約帶來的，非常耗電，那幾個月電費一個月一萬多。後來想想，還是直接去買大麻比較便宜。」

「你抽大麻？」

「你要不要試試？」

「不要。」

「我告訴你，抽大麻對身體的危害比香煙還小，它只是一種草藥，跟你在中藥店買到的其他草藥沒什麼兩樣，它沒有尼古丁、不會讓你迷幻、不會上癮。它只會high，high有什麼錯？」

「那它為什麼被禁？」

「這就跟20年代美國禁酒一樣，完全沒有理由，只是宗教的壓抑和政治保守勢力控制社會秩序的方法。」

「我還是看你的書好了……」她轉頭，看他的書櫃。

「有一天大麻會合法的！」

他床旁邊是整面牆的書櫃，靜惠彎著頭看。

他湊到她耳邊溫柔地講，「有一天，大麻，會合法的！」

她轉移話題，「你是唯一會把《美味的關係》和《往事追憶錄》放在一起的人。」

她看著他，他很有默契地忘記大麻。

「你剛好講到我最喜歡的兩本書。」徐凱說。

「嘿，你還喜歡Puffy。」

「我非常、非常喜歡Puffy！」

「你多大了？」

「誰說年紀大一點就不能喜歡Puffy。我參加他們的演唱會，還看到六十歲的阿媽！」

「你還去參加他們的演唱會？」

徐凱走去客廳，拿了一樣東西走回來。

「這是Puffy環遊美國的錄影帶，是只送不賣的。當時我為了得到這卷錄影帶，還填了CD裏面一張又臭又長的問卷，寄到新力音樂參加抽獎。結果真的被我抽到了，我還特別跑到新力音樂去拿呢！」

「你真偉大。」

她走到書桌旁。

「這就是我的魚缸了。」

床旁的茶几上，圓球形的魚缸裏堆滿零錢。

「這裏面還有日幣，」靜惠抓出幾個日幣，「你應該把日幣和台幣分開。」

「沒關係，過幾天我們就去日本用掉。」

他靠上來時她並沒有預期。他的手摸上她的肩，她轉寰的空間變得很有限。他親吻她，她退到書桌上，屁股壓著桌緣，左手在背後撐著桌子。他閉起眼睛，很溫柔地吻了幾次。她張開嘴配合，卻把舌頭往裏面縮。他摸到她胸部時，她右手中的日本硬幣掉在地上，發出鈴鐺的響聲。他拉下她胸罩的肩帶時，她說：「你的湯……」

他繼續，好像沒聽到他的話。

「你的湯……」

「沒關係……」他很輕，照理說她不用怕的。可是她心跳得很快，不是興奮，而是恐懼。

他拉開一邊胸罩，摸到她的胸部。她看著牆上「禁止通行」的標誌，胸部燒了起來。

「你的湯……」

他停下來，低下頭，喘了一口氣，「你等我一下……」

徐凱回來時，靜惠拿著皮包坐在床上，匆忙中，她的扣子扣錯了一格，整件襯衫是歪的。

「我要回去了。」

「為什麼？」

「對不起。」靜惠說。

「不要對不起。是我的錯，我送你回去。」

「不用了，我叫車。」

「我幫你叫車。」

他打電話。

「讓我送你回家，這樣我比較心安。」

「真的不用了。我想一個人。」

他坐到她旁邊，用手去調她的扣子。

「請不要……」她把他的手推開。

「你的扣子扣歪了，我只是要幫你調正而已。」

她沒有說話。他把她的衣服穿好。車在下面按喇叭。

「到家後給我個電話。」

她走了。

回到家，她洗澡。洗完後坐在床上。

她拿出白天那張傳真，看著看著，看懂了，眼淚掉了下來。

「我傳了一封信給你，你收到沒？今天早上你走後我寫的……」

她拿出筆和尺，從紙的左上角畫到右下角，沿線被畫到的字母是：

B-A-B-Y-I-M-I-S-S-Y-O-U

每個字母都各自藏在一個法文單字中。那些法文單字的組合是沒有意義的。

徐凱打來幾次，她沒接。

她躺下，慢慢睡著。

41

接下來兩天，他們沒有講話。她知道他們互相喜歡，她卻不願讓它發生。

她沒有接他電話，不是因為氣他。她反而有些抱歉，覺得那樣走真的傷害了他。她只是對他們兩人的節奏不同感到可惜，他覺得已經可以，但她覺得還要等待。為什麼他們不接近一點？

收到他的E-mail，英文寫的，標題是：「活著的原因」。

「切格瓦拉

雷諾瓦

星際大戰玩具

Prada
廚房
法國葡萄酒
德國沙威瑪
Puffy
火線追緝令ＤＶＤ
還有，最重要的
小艾琳」

她很高興他給了她下台階。晚上睡覺前，她打電話給他。他人在外面，街道聲很吵。
「你方便講話嗎？」
「方便方便，你等我一下。」他走到安靜的地方。
「對不起，那天那樣地走……」
「是我對不起，你還好嗎？」
「很好，你呢？」
「我糟透了，一直擔心你。」
「別擔心我了，我很好……你要回家了嗎？」
「我快到家了。」

「我聽不清楚你的聲音，你回家後再打給我吧。」

過了兩個小時他打來，她睡了。

「你還沒睡吧？」

「沒有，你呢？」她說謊。

「當然沒睡，不然怎麼打電話給你……嘿，你下下禮拜五有沒有空？」

「下下禮拜五……」

「我們從日本回來之後。」

「有啊。」

「我剛剛去買了兩張《杜蘭朵公主》的票。」

「你喜歡歌劇？」

「我喜歡歌劇，也喜歡音樂劇，裏面的感情好強烈。我特別喜歡《杜蘭朵公主》！」

「為什麼？」

「因為杜蘭朵公主壓抑而冷酷，她的追求者卡拉夫勇敢而激情，仔細想想，跟你我的關係一樣耶！」

她半睡半醒，很恍惚，沒有接下去。

「你還是會來東京看我，對不對？」

「當然啊。」

42

知道徐凱喜歡聽歌劇，第二天一早，她打電話給旅行社。

「東京現在有歌劇可以看嗎？」

「《蝴蝶夫人》正在演，要不要幫你訂票？」

又是一齣悲傷的作品，她想。

她訂了票之後，整個上午投入忙碌的工作中。她看著螢幕，美金的賣價一直跌。她手上有幾個大的訂單，一個早上買賣之間，替公司賺了快10萬美金。中午休市時，她站起來，喝了一大杯水，她又有了專業的成就感。

吃完午飯，她才有時間看E-mail。

標題是：「救難的擁抱」。

附件是兩名嬰兒擁抱的照片。旁邊的文字描述這對雙胞胎自出生後，妹妹就陷入危急狀態。醫院將兩人放在不同的保溫箱，讓姊姊免於受到妹妹的拖累。一個禮拜過去，妹妹的情況越來越差，眼看就要夭折。照顧她們的護士不顧院方的規定，將妹妹放進姊姊的箱中。姊姊自然地把手放在妹妹脖子上，久久不放。而妹妹在姊姊的懷中，竟奇蹟似地心跳回穩，體溫正常，生命有再度有了希望。

徐凱寫：「我快死了，請給我救難的擁抱。」

那晚一見面，徐凱緊緊抱著她。

「你瘦了。」徐凱說。

「真的？」

「我喜歡跟很久不見的朋友說你瘦了，讓他們覺得沒有我他們就會消瘦。」

「我真的瘦了，」她配合他，「三公斤，每個同事都羨慕我。」

「真的？」

「真的。」

「好久不見了。」徐凱說。

「才三天而已。」

「三天很久呢。」

「是嗎？」

「來，我帶你去看一個東西……」他往前走。

「看什麼？」

「你跟我來嘛！」

他帶她往明曜百貨公司那方向走。

「到底要去哪裏？」

「你跟我來就對了。」

他們走進忠孝敦化捷運站，走下樓梯。

「我們要坐到哪裏？」

他笑而不答。走到售票機旁時，他抓著她：「不管我到哪兒你都會跟我去對不對？」

「我不怕你。」

「好！」

他拉她進男廁。

「等一下……」

她掙脫，笑得遮住嘴。

「你不是答應跟我去任何我想去的地方？」

「可是去男廁幹什麼？」

「你不要管嘛，跟著我就對了！」

「會不會很噁心？」

「保證不會。」

徐凱看裡面沒人，把靜惠拉了進去。他把她拉到一個尿池旁邊。

「看這個……」

尿池上方牆壁上掛著許多小相框，裏面都是縮小的電影海報。徐凱指的那個是勞勃瑞福和蜜雪兒菲佛主演的《因為你愛過我》。

「這部片子的英文名字叫《Up Close and Personal》。」

「我看過，我很喜歡有一幕，蜜雪兒菲佛要搭飛機，站在機場的電扶梯上，慢慢往上，勞勃瑞福則在電扶梯底下，不斷和她揮手……」

「不過我要你看的是它的文案。」徐凱說。

他們一起念出來，

「Every day we have, is one more than we deserve.」

「我們擁有的每一天都是恩典，都是我們不配得到的。」她用中文講一遍。

「所以……」他說，「三天是很久的。」

43

去東京前，他們在一起的時間更多，好像在去之前必須把兩個人的關係拉近到某一個程度，去了才能盡興。

他們一下班就混在一起，有時候並沒有精心規劃。

「我們應該去西門町，」徐凱說，「開始上班後就很少去西門町了。」

他們走出捷運站，「我帶你去打電動玩具！」

徐凱把靜惠推上賽車的駕駛座，他握著她的右手，幫她控制方向盤。她完全體會不出方向盤和螢幕上賽車之間互動的感覺，失聲大叫，幾秒鐘就撞翻了。徐凱自己上去時，萬分專注。他的身體栓在方向盤上，隨著賽車的方向用力扭轉。他的頭髮散到額前，她忍不住替他扶開。他瞄了她一眼，車就撞翻了。

「你真是個危險的女人！」

他帶她去玩吸盤式的手球，靜惠好久沒有這樣活蹦亂跳。她知道她的同事看到她這樣一定會嚇一跳，那個白天在電腦前為公司瞬間買賣幾千萬美金的交易員，晚上竟然擠在高中生之間玩吸盤手球。但她不在乎，在徐凱面前，她願意當個小孩。

他們離開電動玩具區，下到一樓。

「想不想看電影？」徐凱說。

「這些都是藝術片。」

「你不喜歡藝術片？」

「你喜歡嗎？你不是都喜歡《哈拉猛男秀》那種電影？」

「誰說的？藝術片我也看。我很喜歡《辛德勒的名單》，我跟我法國女朋友分手的時候，一個禮拜待在家裏不出門，坐在電視機前一遍一遍地看《辛德勒的名單》，還法文配音的，聽都聽不懂，哭都哭錯地方。」

「天啊，你也有陰暗的一面。」

「你沒有嗎？你最喜歡的電影是哪一部？」

「你有沒有看過一部電影叫《Before Sunrise》？」靜惠問。

「喔——我知道，伊森霍克和茱莉蝶兒演的，中文叫《愛在黎明破曉時》。」

「我很喜歡那部電影，兩個陌生人在火車上邂逅，同遊維也納一天，碰到一堆奇怪的人，聊了一些有的沒有的東西，然後就永遠不再見面。很詩意。」

「詩意個頭，那只是個一夜情的故事。講了一大堆冠冕堂皇的話，最後還不是做了那件事。」徐凱說。

「哪有？他們才沒有做！」

「要不要打賭？」徐凱很堅定，「那部片我看得模模糊糊，就是這一段記得最清楚。」

「好，我跟你賭，我看了十幾遍，怎麼會記錯？」

「賭什麼？」

「一頓晚餐。」靜惠說。

「太無聊了，這樣吧，輸的人要跟贏的人做伊森霍克和茱莉蝶兒最後做的那件事。」

她笑出來，「這樣不管輸贏你都占到便宜！」

「怎麼會？如果他們沒做，你就贏了，你贏了，我們就什麼都不做，像伊森霍克和茱莉蝶兒那樣。」

「你反應好快。」

他們看了看正在上演的片子，都是沒聽過的歐洲藝術片。不但不知道故事，連演員都沒聽過。

「就看《遇見百分百的巧合愛情》吧，跟《愛在黎明破曉時》的感覺有點像。」

「你知道劇情嗎？」靜惠問。

「就是不知道才有趣！」

漆黑的戲院只有四個人，徐凱戴上眼鏡，專注地看著銀幕。靜惠一直瞄著他，根本沒在看電影。

她心想：只有跟徐凱在一起才會臨時決定看一部一無所知的電影，只有跟徐凱在一起看完電影會仍然一無所知。

他送她回家，又經過忠孝東路和八德路交叉口那個電影看版，上面換成了茱莉亞蘿勃茲演的《永不妥協》。已經過了10點，看板的燈關了。

「好孤單喔……」他們抬起頭，一起說。

「你看，又換新片了。」他說。

「這個看板是我唯一的電影資訊來源。」她說。

「你也覺得這個看板很有效對不對？」

「當然囉，這麼大的看板，在台北最繁忙的街道上！」

車開過了，徐凱還回頭看。

到她家時，他問也不問就跟她上樓，她也沒有反對，似乎先前談過了性這個話題，獨處一室就不再有性的緊張。

「天啊，沒有我的時候，你都在家整理統一發票……」徐凱叫。

徐凱翻著靜惠桌上的一疊一疊的發票，每一張都平順整齊，像熨斗燙過一樣。

他搖頭讚嘆：「這些發票不能對，更不能丟，它們應該成為收藏品。」

「你可以把你的發票拿來，我替你整理。我運氣很好，中過四千塊。」

「你是我認識的人中唯一中過獎的人。我一直覺得統一發票是一個很大的騙局。我們花了這麼多時間保存、對獎，其實那些大獎的號碼從來不存在，根本沒有發票有那些號碼。你幾時在報上看過得獎者的報導，從來沒有對不對？照理說得獎者應該很受矚目啊，這麼多人在對，只有這幾個人得獎，大家一定都想知道是誰啊，為什麼從來沒有報導？哈哈，因為從來沒有人得過大獎！」

「好，讓我得一次給你看。」靜惠堅定。

徐凱說：「我們應該安排一次約會，星期六晚上，那裏也不去，什麼都不做，關上燈，點上蠟燭，脫光衣服……」

她張大眼睛，他故意慢吞吞地說完：「一起對統一發票！」

「太浪漫了！我一輩子都在找一個願意和我一起對統一發票的男人。」

「不過對統一發票之前，先讓我們一起消費。」

徐凱抓起桌上L.L.Bean的郵購目錄，「我們從來沒有一起買過東西，每次都是我買，你看，讓我們一起買一次……」

他坐在床上，翻著目錄中的女裝和家庭用品，她跪在旁邊，頭靠著他的肩。「這個好看。」他指著一雙雪白的毛拖鞋。

「藍的也不錯啊！」

「我穿藍的，你穿白的好不好？」

她打電話到美國。這個郵購專線打了無數次，從來沒有這麼興奮過。好像她是為了婚禮，或是婚後的新家購物。

她拿著無線話機，坐在床上，等待對方接通。徐凱坐在旁邊，摸她的耳朵。她忍住笑，跟銷售員講了型號和大小，徐凱在旁邊跟她比手勢。她叫對方等一下，徐凱說：「買兩套，一套放你家，一套放我家。」

買完東西後，徐凱起身。

「我該走了。再不走，我又想占你便宜了。」

她看他要走有些失望，聽他語氣中有諷刺的味道，臉突然沉下來。

「嘿，我是開玩笑的……」他搔她癢，她笑了。

「不過我得警告你，你今天跟我打賭一定會輸，他們在《愛在黎明破曉時》裏面真的做了。」徐凱說。

「我明天去租錄影帶，證明你是錯的。」

他笑笑，搖搖頭，沒再說話，走到門口，打開門，蹲下來穿鞋。她冒出一句，「我只是想等到我們都準備好……」

「準備什麼？」

「等我們再確定一些……」

「我們已經每天黏在一起了，還有什麼不確定的？」

「不只是這個，不只是時間而已，我要我們的感情也到極致……」

他站起來，「你覺得我們感情還不夠好嗎？」

「不是，我只是希望再確定一點……」

他看著她，伸手摸她的臉頰。她彎下臉，順著他摸的弧度。她親他的手，他走上前吻她的額頭。然後他突然睜大眼、張大嘴，以誇張的驚恐表情叫：「天啊，你該不是那種堅信結婚後才能發生性行為的吧？」

她跟他玩，故做沉重地說：「沒錯，你終於知道了！」

「不會吧……」

「抱歉。一定要先結婚。」

他大叫，「神啊，救救我！救救我！」他從樓梯落荒而逃。

每一次離開，他總要有戲劇性。

44

第二天下午，她收到一件快遞送來的牛皮紙袋。封面沒寫寄件人，外表摸起來硬硬的。她正在交易，沒時間拆開。4點半開會，她隨著簡報資料一起帶進會議室。會議室中燈光很暗，老闆正用投影機解釋國際匯市的新趨勢，她坐在長方桌的尾端，偷偷打開牛皮紙袋……

「徐凱，係台灣省台北市人，年三十二歲，民國五十七年一月十六日六時生
林靜惠，係台灣省台南縣人，年三十二歲，民國五十七年一月二十三日十時生
謹詹於
中華民國八十九年四月十日晚間七時在凱悅飯店舉行結婚典禮
締結良緣宜室宜家謹以
白頭之約書載明鴛譜此證……」

徐凱去文具店買了結婚證書，大紅絨布封面上鑲著金色的龍鳳。裏面自己簽名蓋章，還冒刻了主婚人陳水扁和介紹人宋楚瑜的章蓋上去。在靜惠應該簽章處，他貼著一張「Sign Here」的標籤。

結婚證書裏還夾了一張「囍」字的貼紙。

會議結束，同事走光了，她還坐在會議室不走。大白天會議室一片陰暗，投影機沒關，白幕上一塊黃光。她還坐著不走。她要記得這個地方、這種感覺。

晚上她去租《愛在黎明破曉時》，回家後興沖沖快轉到最後。伊山霍克和茱莉蝶兒躺在花園裏看星空，擁抱接吻，卻沒有性行為。下一幕就接到第二天清晨兩人走在寂靜的街道上。靜惠十分得意，正要打電話跟徐凱示威時，她注意到茱莉蝶兒的衣服。原本她穿了一件白色T恤，外搭一件黑色的細肩帶連身裙，然而現在只剩下黑色的連身裙。Oh，No……

她打給徐凱。

「你看了錄影帶嗎？」靜惠問。

「喔……我剛剛看了，」徐凱喪氣地說，「我輸了，他們沒有做那件事！」

她訝異。

「我們說輸的人要怎麼樣？請吃晚飯對不對？你想吃什麼？」徐凱問。

她知道，徐凱不是看錯，徐凱是故意讓她的。

45

去東京的前一晚，徐凱在公司忙到半夜。他打給靜惠時應該2點了。

「睡了嗎？」他問。

「幾點了？」

「2點多。你禮拜五飛機幾點到？」

「我不記得了。」

「你要不要去看看，我好到旅館等你。」

「你等一下……我得穿個衣服，裸睡起來是會著涼的……」

「嘿，你越來越會開玩笑了！我一直不知道你有幽默感。」

「我的事你不知道的可多呢！」

「我的事你不知道的也很多。我告訴你一件好不好？」他說。

「好啊，怎麼了？」

「你不會生氣吧？」

「怎麼了？你聽起來很嚴肅。」

「你記不記得我們第一次吃飯時，我跟你說我32歲？」

「記得啊，你還問我結過婚沒有。」

「靜惠，」他停頓了一下⋯

「我28歲。」他說。

「什麼？」

「我只有28歲。」

靜惠在床上坐下，手裏拿著機票。

「我不是故意要騙你的。我喜歡你，想和你交往。當你告訴我你32歲時，我不希望你因為我比你小就放棄我，所以我騙你說我也32歲。」

靜惠不講話。她看著手中的機票，突然變得心虛。

「那你現在為什麼要告訴我？」

「我們要一起出國。你遲早會看到我的護照，所以我想先告訴你。我不希望你自己發現。如果有一天你自己發現，你會擔心過去我說的其他事情也可能是騙你的。」

「我需要那樣擔心嗎？」

「不需要。」

靜惠回想過去這一個月他們做的事情，然後想像徐凱只有28歲。

「你不會介意吧？」

「不會啊……」

「我們在一起，你會覺得我比你小嗎？」

「不會。」

「就算你覺得我比你小也沒有關係，小就小嘛，我的學長歌德，專門愛上年齡跟他差很多的女人。」

「你的學長誰？」

「歌德啊！18世紀德國浪漫主義大詩人，他跟我一樣，都在法國的史特拉斯堡念過書。」

「你真會攀交情。」

「歌德20幾歲的時候先愛上比她大7歲的有夫之婦，到了72歲的時候甚至向18歲的小美眉求婚。」

「結果呢？」

「那小美眉拒絕了，歌德徹底心碎，寫了一首長詩，叫〈激情三部曲〉。偉大的愛情激發出偉大的文學，那是我讀過最好的一首詩……你見過72歲還會心碎的人嗎？」

靜惠被他逗笑了，她怎麼能跟歌德的學弟生氣？

「不生氣了？」

靜惠隔著電話搖頭。

「你還是會來東京吧？」

「會啊！我們不是講好了嗎？」

「你一定要來照顧你弟弟喔！」

是啊，一通電話，徐凱就變成她的弟弟了。

第二天晚上她送他到機場，他走進透明的海關門之前，將她緊緊抱著。手扶著她的頸背，嘴親吻她的頭髮。人很多，他被擠了進去。她加入透明牆外一字散開的送行人群。他始終轉著頭，帶著笑容，向她揮手，倒退著走，不甘願地被隊伍往前推。她的臉貼在透明牆上，吐氣讓塑膠模糊。

他突然對她用力揮手，比手勢要她拿起手機。她看到他在手機上撥號，然後自己的手機響起。

「喂……」她接起，聽到透明門另一邊的噪音。

「我愛你。」他說。

她拿著手機，猛點頭。

「我愛你。」他又說了一遍。

那一遍她沒有聽到他身後的噪音，一切如此清晰。她知道他在飛機上會為她寫一首長詩，像歌德一樣。她希望今晚就在夢中讀到。

46

然而當她禮拜五一到東京，事情就不對了。

她在旅館等徐凱，他遲了一個小時。出現後顯得非常煩躁。

「對不起，我感冒了，身體很不舒服。不好意思，你大老遠來，我應該很興奮的，沒想到卻感冒了。」

他這樣說，她也只能把失望的心情壓下去。

他還是帶她去六本木吃晚飯，匆匆介紹每一家店的特色，吃完後也帶她去喝東西，品嘗東京的夜生活。但才10點多，他就送她回飯店。

「你先休息，我去看個醫生。」

「我陪你去——」

「不用了，你剛到，一定很累。我朋友陪我去，我快去快回，待會兒再來找你。」

「現在還有醫生可看？」

他沒回答。

「真的不要我陪你去——」

他匆忙離開，不給她討論的餘地。

她一個人坐在飯店房間，從48樓看著窗外東京的夜景。霓虹燈在唱戲，她感到前所未有的孤寂。樓下是新宿的公車站，一班班乘客下光的公車開回來。她打開電視，跳過一台台笑鬧的日文綜藝節目，好不容易找到CNN，播出的是以阿衝突的血腥畫面。她攤開桌上的英文報紙，強烈的油墨味讓她想吐。她走到浴室，洗臉之後稍微好了一些。她把房門栓上，走進浴室淋浴。淺黃色的大理石地板很冰，她把左腳踩在右腳上面。她打開蓮蓬頭，始終覺得熱水太冷。

淋浴完，穿著白袍坐在床上，看著另一張空床，電話一直沒響。她坐了一個多小時，毫無睡意。勉強熬到1點，關燈躺在床上，仍然睡不著。1點半她起來，檢查電話的留言燈，沒有亮。2點她又起來，打開門看走廊，毫無動靜。她躺在床上，陷入半睡半醒的混沌狀態。3點半左右，終於有人敲門。徐凱走進來，說他回朋友家，朋友帶他去看病，再回朋友家，吃了藥，不小心就睡著了。

她能說什麼？她打開燈，坐在書桌前的椅子上。

「我覺得我這次來變成了你的負擔，你來看你朋友，現在又生病，卻還要招待我。我不忍心看你這樣跑來跑去，我還是提早回去算了。」

「你當然不是負擔。我朋友明天一早要去美國，我就可以陪你了。我很抱歉沒有好好招待你，我也沒想到會生病。但我今天去看了，已經好多了。你如果現在走，我會很內疚。我會覺得這次是完全的失敗，錯都在我。而我原本的計畫都泡湯了。」

「我不想再像今晚這樣……」

「不會的。我跟你老實說好了，我訂了旅館，明天要帶你去箱根過夜。我本來希望這是個驚喜，現在只好告訴你。你去過箱根嗎？」

靜惠搖頭。

「那就留下來跟我去，」他跪在靜惠的椅子前，「我們明天一早上山，吃燒肉，洗溫泉，你會忘掉今天的不愉快。」

「好，我們去箱根。」

47

但徐凱一直到中午仍在睡。靜惠9點鐘醒來，看他沉睡，也就跟著他繼續睡。中午，她沖澡出來之後，徐凱在床上發呆。

「你還好嗎？」靜惠問。

「頭好痛。」

「你的藥呢？」

「放在朋友家。」

「要不要回去拿？」

他搖搖頭。

「你介不介意我們今天留在旅館？」

「當然不介意。你確定你還好嗎？」
「我們去吃點東西吧，吃點東西後也許會好些。」
他們在飯店的西餐廳吃，沒講什麼話，好像他們只是一起出差的同事。
靜惠試著逗他，說了個日本男人喜歡在電車上亂摸女人的笑話，他只是不露齒地微笑，純粹出於禮貌。
下午待在房間，他拿出筆記本素描房間的裝潢，畫出輪廓後要她幫忙著色。他放日本歌給她聽。
「她叫鈴木亞美。」
她替他著色，和他用一付耳機聽著〈Reality〉。下午的陽光照進窗內，陽光照到的角落和沒照到的形成清晨和黑夜的對比。她坐在陽光中著色，看徐凱躺在陰暗的床上畫新的東西。她想，這是幸福。
但到了5點左右，他說他要去朋友家拿藥。
「我陪你去。」
「不用了，他家很遠，我自己去就好了。」
「你是不是還有其他的事？」
「我有什麼事？」
「那你為什麼不讓我跟你去？」
「你難得來東京，我不想要你一直跟我做這些無聊的事。我去拿藥，你去逛一逛，我們晚上一起吃飯，不是很好？」

她知道再講下去會破壞下午所有美好的感覺，便不再說話。

「我先走了，最多一個小時。」

他走了，她看到他留在床上的素描簿，他剛才竟然在畫她，她的側影，他在試圖畫雷諾瓦的那幅《小艾琳》。

她快樂，但很怕再在房間等他，她跑去健身房，紮實地跑了四十分鐘。在跑步機上她一直想著徐凱在東京奇怪的行徑，雖然有一些猜測，但不願多想。

回到房間，徐凱竟然坐在床上。

「你怎麼這麼快就回來了？」

「我沒去。坐上地鐵，覺得很不舒服，立刻就坐計程車回來了。我好像發燒了。」

她去櫃台借來體溫計。

「不曉得怎麼搞的，覺得沒有力氣。」

「36點9度，還好。」

「要不要吃點東西？」

他搖頭，「靜惠，你介不介意我回我朋友家？」

「你要回你朋友家？」

「我不舒服，不想傳染給你。而且我的東西都還在他家。」

「我來東京，就是來看你，陪你，現在你生病，卻不讓我照顧你？」

「我很抱歉，我沒想到我會生病。現在既然我病了，我寧可一個人躲起來，也不願板一張臉在你面前。因為我在乎你啊！」

「這是在乎一個人的方式嗎？」靜惠問。

「這不是嗎？」

「這不是。」

他們對坐，久久不講話。

「如果回去真的對你那麼重要，你就走吧。」她退讓了兩天，第一次表達了自己的意志。她心想：你沒有在說實話。但她不願說出來。她只要表達，還不需對決。

他想了一下，站起來。她雖然講得瀟灑，但當他真的站起來，她痛了。此時的處境好像是聯考的多選題，她是第一個被刪掉的答案，而她不知道其它的答案是什麼。

他打開門，她跟他走到走廊，希望他回心轉意。走進電梯，她的表情很沉重，這可能是她一生中第一次沉重的表情。電梯到了41樓的lobby，徐凱再按48樓的鈕。

「我們回房去吧……」他說。

到了48樓，電梯門開，他走向房間，她叫他，他不理。他走進房間，她關上門。

「你要走，我當然會失望，不然我會怎麼樣？拍手叫好嗎？你走了真是太好了，我大老遠跑來，終於可以在房間好好看我的報紙，看我的CNN！」

也許是她反諷的語氣太強了，在衣櫃旁，他突然大叫：「你讓我走好不好！」，然後奪門而出。

她嚇壞了，她從來沒有看過男人發脾氣。她試著安慰他，說不要這樣。她衝到門外，追上他，他在走廊上仍一語不發。她試著安撫他，當然完全沒用。走廊盡頭走來一對白人男女，和他們擦身而過。知道他們在吵架，瞄了他們一眼。他繼續向電梯走去，她跟在後面。她拍他的肩，他甩開。在電梯門口，她一直說「徐凱，徐凱，是我，是我……」她覺得他一定把她當成別人了。因為她從他身上感到一種恐懼，他們之間怎麼會有恐懼？

他們走進電梯，他慢慢平復下來。到了41樓的lobby，他快步走過，她跑步跟上他。他們搭上另一班電梯，直奔一樓。走到旅館門口，外面下著大雨，車子很難叫，等了十分鐘，他們都沒有講話。車來，他上去，頭也沒回就走了。

每一次離開，他總要有戲劇性。

她走回房間，呆坐在窗前。

過了一會兒，有人敲門，她興奮地跳起來，跑到門口。

「Room Service。」穿戴整齊的服務生把車推進來。

「我沒有訂Room Service。」她好失望。

「Sorry？」日本服務生聽不懂她的話。

「我沒有訂Room Service。」

他還是聽不懂，他把盤子上的蓋子打開，裏面是一塊牛排，旁邊還有血。

她搖搖頭。

服務生摸出口袋裏的紙條，想要搞清楚錯誤在哪裏。

「Thank you。」她給他小費，請他出去。她只想一個人靜一靜。

「OK？」服務生問。

「OK。」

服務生關上門，她坐在床上，看著推車上的牛排，血從邊緣流下……

電話響，她立刻接起來……

「林小姐，」對方是標準的英文，「這裏是52樓的New York Grill，我們想跟您確認一下晚上的訂位，兩位，7點，是嗎？」

那是東京的求婚餐廳。她訂了7點的位子。

48

「他在日本已經有女朋友了，他是去看她的。」程玲說。

靜惠回台灣，程玲來看她。

程玲坐在靜惠家客廳。傍晚了，他們沒開燈。遠處大樓日光燈的餘光一路漫延到她的客廳，好像那晚在東京的飯店。靜惠看著地上跳動的光影，眼皮也跳了起來。

「那他為什麼還要找我去？」

「也許本來以為另一個女人搞不定，拿你當墊背，但去之後搞定了，你就多餘了。」

程玲講得好冷，靜惠顫抖起來。她坐在沙發上，兩腿抬在胸前，抱著自己，上下輕輕搖動。她閉起眼，咬著嘴唇，太用力，竟把嘴咬破了。她舔著血，舌頭上一股苦味。她想起Room Service那塊滴血的牛排。

「不會的，他不會這樣的。」

「怎麼不會？你把這件事講給任何人聽，大家的反應都會跟我一樣。」

「我們在台灣的時候還很快樂的呢……」

「沒有人一開始是不快樂的。」

「不可能變得這麼快……」

「怎麼不可能？你們根本不適合。他小你四歲，喜歡玩，交過很多女朋友。你內向，喜歡看書，這可能是你的初戀。他愛買衣服，逛名店。你一shopping就頭痛，衣服都是郵購買來的。他沒上過大學，只在法國混過波西米亞的生活。你一路乖乖念書，每天12點前睡覺。他搞廣告，滿腦子花花綠綠的東西。你做外匯，整天只想著數字。你們根本是屬於不同世界的人。」

「他不是你講的那樣，他還有很多其他的東西。他說他最想做的是搞革命——」

「革個屁。對他們這種人來說，革命只是今年秋天的新流行。你把他的手機和信用卡拿走，他就活不下去了，還革命？」

「但我們很有默契呢……」她根本沒有聽程玲在講什麼。她想起他們共同喜歡的東西，互相接對方話時的流利。她從來沒有想過他們是如此不同，縱使想過，也覺得彼此製造的快樂是可以克服那些不同的。

「他還是有可能真的生病了。」她想起黃明正那年來奧斯汀看她，她也沒有留在他的旅館過夜。

「你當然可以這麼想，」程玲攤開手，「但我的原則是，一旦你的直覺告訴你他在說謊，他就真的是在說謊。」

「你為什麼這麼肯定？」

「因為……」程玲笑笑，「我常說謊。」

程玲輕聲講著，靜惠漸漸聽不清楚。她想起東京最後一晚的情景，覺得好疲倦。閉上眼睛，不知不覺就睡覺了。第二天早上醒來，發現自己坐在沙發上，程玲也在旁邊的沙發睡著。

49

程玲坐在徐凱的辦公大樓大廳的咖啡廳。她剛打過電話到徐凱公司的總機，確定他今天有進公司。

「要替您轉接嗎？」總機問。

「不用了。請問他分機幾號？我晚一點再打來。」程玲問。

她盯著每一台電梯，像是守衛看著監視器。

她等了3個多小時，晚上8點多了。不下來吃飯嗎？

她放下冷掉的咖啡、走向電梯、按鈕、走進電梯、按鈕、搭到徐凱的樓層。

總機已經下班了。玻璃門鎖了。

她拿起手機，打到總機，轉徐凱的分機。

「喂？」男子回答。

程玲掛斷。

很好，還在。

她在玻璃門外又等了半小時。一名女子從裡面走出來。

「找人嗎？」女子問。

「我跟徐凱有約。」程玲說。

「他知道你來了嗎？」

「知道。我可以進去嗎？」

「我不能讓你進去。請他出來接你吧。」

女子按下對講機，程玲要阻止已經來不及。

「喂？」男子問。

「徐凱有訪客。」女子說。

「謝謝你！」程玲點頭微笑。

女子走了。程玲站在玻璃門外。空氣，跟玻璃門一樣厚重。

徐凱走出來，他看到門外的程玲時，一時沒有反應過來。

但他還是開了門，慢慢地走出來。

「你是……」

「我是靜惠的朋友。我們見過。」

徐凱反應過來。

他沒有邀程玲進去。他關上玻璃門，和程玲站在電梯前。

「有……什麼事嗎？」

「我想請你放過靜惠。」

簡短、清晰。

「什麼意思？」

「靜惠玩不過你，放了她。」

下班後的大樓、空蕩的電梯口，回音很大。

「我不懂你的意思。」

「你當然懂。」

「是靜惠要你來的嗎？」

「她不知道我來。」

「那你來幹嘛？」徐凱的口氣轉硬。

「看不下去。」

「這是我們的事，請你尊重我們。」

「你好意思談尊重？」

程玲的語氣始終平靜，但每一句都有殺氣。

徐凱笑笑，「我真的不懂你在說什麼。抱歉，我很忙。我要進去了。」

他轉身走向玻璃門，程玲補上：「你喜歡玩，盡管玩。外面會玩的女人那麼多，幹嘛找靜惠？職棒打少棒，贏了又有什麼意思？」

徐凱搖頭嘆氣，「你這個人真的很奇怪。我不能再跟你講了。」

「你我都知道，她是最不會玩的女人。承認這次你選錯人了，趕快放手。你這樣搞下去，會出事的。」

徐凱用胸前的識別卡刷了門鎖，玻璃門彈開。徐凱拉開門，程玲再補一槍，「趁事情還沒鬧大些，放了她，否則最後就是兩敗俱傷。」

徐凱轉過身：「你是在威脅我嗎？」

「我是在保護靜惠。」

「我愛靜惠。請你不要再來騷擾我們。」

「你這種人，不配愛靜惠。」

「你又不認識我，憑什麼說這種話？」

「我當然認識你，我看過很多像你這樣的男人。公園野餐、私人電影、結婚證書、拼字遊戲……這種把戲我看多了。」

徐凱靜止不動，凝重地呼吸。然後笑笑，轉身再刷一次門鎖。

程玲看著他映在玻璃門上的臉，希望他再轉過身來。如果他衝過來對她動手，就更好了。但像一隻受傷的野獸，徐凱默默退回，他黑暗的巢穴。

「你又不認識我，憑什麼說這種話？」

程玲沒有機會補上那句：

「我當然認識你。我就是你。」

50

靜惠又回到認識徐凱前的生活，每天埋首於電腦螢幕上五顏六色的數字。她不再用隱形眼鏡，戴著棕色框的眼鏡上班。又開始和同事吃午飯，談早上的股市行情，批評各自的主管，互相告知百貨公司的促銷活動。她雖然沒有力氣講話，卻總是保持微笑在聆聽。失蹤了一陣子的靜惠回來了，大家覺得她沒什麼改變。那個準時、有禮、得體、疏離的靜惠回來了。「那個叫徐凱的還有打來嗎？」同事們在她背後竊竊私語，她低下頭，走回自己的座位。

她當然會想徐凱，想他那一晚到底在幹什麼？想他什麼時候回到台灣？現在在幹什麼？她想徐凱是很自然的。那晚他走掉，他們就沒再見面。他們交往的這一個月雖然充滿戲劇性，卻沒有一個結尾，一個斬釘截鐵，讓人大徹大悟、永不回頭的結局。他們留下一大堆疑惑、遺憾，像是一場到高潮時就停電的電影，觀眾在噓，戲院沒有人出來解釋，大家不知道要等待還是走開。像一個精美卻吃不完的生日蛋糕，在冰箱擺了好幾天，壽星不知道該把它吃完，或是全部丟掉。

她想打電話給他，卻絕不會這麼做。她去洗手間，回到座位時，會瞄一眼手機，看有沒有「未接來電」和留言。一旦有，她會立刻去按鍵，看打來的是誰。如果不是徐凱，她甚至不會聽完那通留言。

程玲沒有告訴靜惠她去找了徐凱。她每天給靜惠好幾個電話，晚上來找她吃宵夜，要介紹新朋友給她認識。靜惠站在陽台，看程玲的車開到樓下。她走下車，然後車被人開走。

「我不想認識新朋友。」靜惠一開門就說。

「好，不認識新朋友。那你想不想有一夜情？」

她知道程玲是開玩笑的，但她連一點鼓勵的笑聲都擠不出來。

「好，不想有一夜情，那去吃牛肉麵總可以吧？」

「我不想出門，在家吃吧。」靜惠走進廚房，「你叫周勝雄上來。」

「他昨天回新竹去了。」

「新竹？剛才不是他送你來的嗎？」

「喔，那不是他……」

靜惠皺眉，「那那個人怎麼把你的車開走？」

「我把車借給他。」

「哇……什麼樣的朋友，連車都可以借。」
靜惠無意刺探，但似乎引爆了地雷。
程玲打開水龍頭，把鍋子盛滿。水聲轟隆隆。
「周勝雄很好，是可以嫁的。」程玲關上水龍頭，「這個男的完全不同。我知道我跟他不會有什麼結果，但還是陷了下去。」
「你是說……」靜惠試探。
程玲點頭。
「多久了？」靜惠問。
「兩個月。」
靜惠打開瓦斯，卻不知道下一個動作是什麼。她從來沒有面對過這樣的處境，不知道該說什麼。
「怎麼會這樣？」靜惠問。
「你碰到一個男的，你腦子裏一百萬個不，但他一通電話來，你還是去了。」
靜惠想起徐凱。
「他要你來你就來，要你走你就走，你想，我幹嘛那麼沒尊嚴。下次他打來，我就故意不接。你腦中都預習好了。可是當他真的打來時，你又跑去找他。」
「你既然這麼喜歡這個男的，為什麼不跟周勝雄分手？」
「為什麼要分手？我喜歡周勝雄，想跟他有結果。這男的只是一時出軌，我不知道能維持多久，為什麼要放掉周勝雄？」

「這樣對周勝雄不是很不公平嗎？」

「愛情是沒有公平的吧？」程玲冷笑，「你看看徐凱怎麼對你？而你還在替他辯護。」

靜惠對程玲這個比較感到憤怒。程玲背著男友和別人交往，徐凱仍有可能只是感冒而已。

「你為什麼對徐凱那麼篤定？」靜惠問。

「看著我，靜惠，」程玲熄掉瓦斯爐的火，「我就是徐凱，而你就是周勝雄。如果你替周勝雄叫屈，為什麼不替你自己叫屈？」

51

程玲的自白讓靜惠更為混亂，她在國父紀念館跑步時，腦子裏想的是程玲和另一個男人約會的情形。她如何可以安心地和周勝雄講話、牽手、親吻，然後下一秒鐘再和另一個人做同樣的事？真的有人能這樣嗎？他們這樣的時候快樂嗎？徐凱真的可以畫完她的肖像，然後就立刻穿過東京去找另一個女人嗎？

她跑了幾分鐘就精疲力盡，手撐著膝蓋，彎腰喘氣。她的血中缺氧，周圍人的腳步聲變成鐘響，轟……轟……轟……她聽見有人在敲鐘，鐘搖動，而她被困在鐘裏面。

在台北的國父紀念館，誰在敲基隆中正公園的鐘？

靜惠和徐凱三個禮拜沒聯絡了。戲院還在停電，大部分的觀眾都走了，一兩個還在等待奇蹟出現。蛋糕還在冰箱中，沒有人敢吃，卻漂亮地捨不得丟掉。

星期一，她接到一通電話：阿金病了。

52

自從大學時做義工認識阿金以來，她一直和他保持聯絡。畢業後開始上班，她固定每個周末去看他。他越長越高，她覺得有成就感。

她出國前，阿金用小時候她送他的樂高玩具堆了一架飛機給她，要她常飛回來看他。在國外這幾年，阿金開始上國中、高中，每次寄來的照片，都比前一張更高。每一張，他都戴著她送他的那頂紅色的NIKE棒球帽。他總是在照片背後歪七扭八地寫著：「國一，學游泳，阿金。」、「國二，學校操場的單槓旁，阿金。」、「國三，參加繪畫比賽，阿金。」這些照片，成了靜惠一個人在國外時最大的精神慰藉。她感覺到這世界除了家人，有一個人在想著她。他想她，不是出自於義務，而是出自於感情。因為見不到面，說不到話，他們的思念只能往內堆積，養分慢慢長成一片防風林。周末的異鄉，失眠的晚上，樂高飛機吊在床頭，機頭朝家的方向，外面的世界可以狂風暴雨，防風林後面卻很安靜。

回台灣後，靜惠仍然定時去看他。他還是住在育幼院，只是已經變成了一個瘦高的高中生。靜惠摸著他黝黑的頸部上的喉節，感到與有榮焉。

育幼院的老師也把靜惠當做自己人，阿金有什麼好事都會打電話告訴她。「阿金又得第一名了。」「阿金開始替院裏的小朋友當家教。」「阿金想考大學。」

每次接到這樣的電話，靜惠都很高興。她的生活和周遭的人已與當年完全不同了，但阿金一直是她和過去的連結。阿金提醒她她曾經是一個怎麼樣的大學生，有過什麼樣的夢想和情懷。阿金反映出她所有美好的特質：純真、善良、耐心、謙卑。那些因為進入社會而慢慢消失的特質，只有當她和阿金在一起時才重見天日。

然而她怎麼樣也沒想到會接到這樣一通電話。

「檢查的結果怎麼樣？」

「肝癌。」

從來沒有任何兩個字能給她這麼大的打擊。她雖然在去育幼院的計程車上已經有了心理準備，然而當吳院長真正說出來時，她還是像第一次聽到時一樣震驚。她坐下，腿暫時失去知覺。她想舉起手喝水，卻沒有力氣。

「怎麼可能，他這麼年輕？」

吳院長不說話，她也問過自己千百遍了吧。

「阿金知道嗎？」

「他很勇敢，他說要接受治療，他說他還是想上大學，」吳院長的聲音很冷靜，這樣一個孩子，碰到這樣一件事，大人除了冷靜，其它反應也無濟於事，「醫生要他再去做一個電腦斷層檢查。大醫院太擠了，要排到兩個禮拜以後，醫生建議我們到小醫院做，當天就可以拿到片子。」

「我帶他去。」

「你有空嗎？」

「我請假。」

她去育幼院接阿金時，他已經瘦了一圈，好像知道自己生病這個事實就可以讓人消瘦。

「你好嗎？」

「我很好，謝謝你來看我。我好想你。」他雖然生病，卻依然熱情。

「我也想你，待會兒照完後，我們去吃麵線。」

她帶他上車，告訴司機地址。一路上她握著他手，感覺他握回來的微微力氣。到了醫院，他們等著掛號，坐在開放式的大廳，看著，或是避免看著，一個個走過的絕望表情。為了讓阿金分心，她興高采烈地問他學校的事情，阿金努力配合，但眼神中充滿倦意。

「這是我的E-mail地址。」他寫給她。

「哇，你也有E-mail了！」

「你會E-mail我嗎？我好喜歡收到E-mail。」

「我會天天E-mail給你。」

「真的？」

「我發誓。」

「你可不可以把你收到的笑話轉寄給我，我在收集笑話……」

「你在收集笑話？」

「我將來想當喜劇演員！」

「真的啊！」

「我已經有四百多個了。如果我每天講一個給你聽，一年也講不完呢！」

「好啊，那你就每天講一個給我聽。從今天開始的一年，我們每天都見面。」

掛到號，他們走到地下室的電腦斷層室旁等待。陰暗的走廊，讓走過的護士的白衣顯得刺眼。醫生快步經過，無視於他們的存在。四周沒有任何紅色數字在叫號，他們不知還要等多久。一旁的小姐，自顧自地在電話上聊天。

「小姐，請問大概還要多久？」

「你那邊坐一下，到了我會叫你。」

等了一個小時，阿金靠在她肩膀打瞌睡。

「你們顯影劑要打自費的還是公費的？」小姐問她。

「有什麼不同？」

「公費的健保給付，但有的人打下去會吐。自費的要一千二，副作用比較小。」

「自費。」

叫到阿金時，她跟著進去。她和醫生扶著阿金坐上細長的床，形狀和材質都像太空艙。

他躺下，頭被圍在機器的大圓圈裏。醫生固定他的手腳，把繃帶拉緊，阿金的臉抽動了一下，嘴角在顫抖。她和阿金說：「不要怕，我就在那扇門外面。」

阿金把顫抖擠成笑容，右手從繃帶中翹起來，比出勝利的V字。

靜惠站在厚重的鋼門外，鋼門貼著一個標誌：「放射線區域，請勿靠近」。她看紅色的警示燈亮起。

護士最後把片子給她，她不敢去細看，只瞄到黑色的片子上有好幾個紅鉛筆畫的圈圈。照完後，她帶他去吃麵線，他吃了兩口就放下。

「如果我得在醫院住一段時間，你會來看我嗎？」

「我每天都來看你，好不好？」

「真的嗎？」

「真的啊。你不是說要講笑話給我聽嗎？」

電腦斷層的結果顯示腫瘤的情況比原先診斷的還嚴重，阿金住進醫院。那天靜惠也請了假，穿梭於各個櫃台為阿金辦手續。化療會掉頭髮，醫生建議把頭髮全部剃掉。晚上她帶他去理髮，站在椅子旁邊，看著鏡子裏小姐用推剪毫不留情地把阿金的長髮剷平。阿金看到自己頭上的森林突然冒出一條跑道，傻傻地笑了。她轉過頭去，想起吳院長跟她講的話，「不要哭，如果你在阿金面前哭，只會讓他更難過。」

理完髮，她坐在床邊陪他。六人病房住滿了，旁邊那床來了七、八個探病的家屬，男女老少大聲喧嘩，把公共病房當成三代同堂的客廳。嘈雜中阿金仍睡著了，她安靜地坐在旁邊。那一晚，她睡在醫院。

「我們還是請個看護吧……」第二天一早吳院長說。

「不需要，我可以照顧他。」

「靜惠，我知道你很關心阿金，阿金也很感激。可是你畢竟不可能24小時照顧他，我們也不可能24小時照顧他。陳老師認識一個看護，最近剛好照顧完另一個病人。她可以24小時照顧阿金。你還是可以隨時來看他。」

靜惠搖頭。

「靜惠，這種病是長期抗戰，我們要有長期的計畫。」

三天後，她同意請看護。她堅持每個月拿出一點錢幫忙分擔。她離開醫院去上班的那個早上，阿金跟她說：「別忘了寄E-mail給我！」

「你又沒有電腦，怎麼看？」

「我可以溜到網路咖啡廳，打電動玩具，收我的E-mail。」

去公司的計程車上，司機在聽晨間政論節目，音量很大，但她完全聽不到。她看著窗外，笑了出來。他還要打電動玩具呢，她怎麼能悲傷？

53

回到公司，幾天沒上班，桌上積了一堆信。她一封封翻過，都是廣告和帳單。最後一個大的信封，來自徐凱的公司。

她刻意不去看它，立刻開始工作。阿金的事發生前，她一直想著徐凱。這個禮拜忙著阿金的事，想的次數少了。跟阿金的事比起來，她和徐凱的煩惱太微小了。

中午她看報，是關於昨晚國家劇院《杜蘭朵公主》演出的報導，她很平靜地讀完，輕輕把那張翻過。

「杜蘭朵公主壓抑而冷酷，她的追求者卡拉夫勇敢而激情，仔細想想，簡直跟你我的關係一樣。」徐凱曾這麼說。她沒看過《杜蘭朵公主》，不懂徐凱的比喻，如今也不需要懂了。

晚上回到家，她終於打開徐凱的信。那是兩頁英文雜誌上剪下來的廣告，左邊是紐約的一幢摩天樓，樓頂上一個大大的霓虹燈招牌，寫著「You, Inc.」（「你」公司）。右邊一整頁白底，文案是：

「你那個藏了很久的創業夢想
是該與世界分享的時候了
因為現在每個人都能成為e經濟的玩家
你的創意能和其他人的創意結合
而惠普的伺服器、軟體，和顧問服務可以把所有人的創意連在一起
你心中有一家新公司嗎？
在這裏發明它吧：www.hp.com/e-services

慶祝『你』的盛大開幕」

就這樣的兩頁廣告，沒有黃色的便利貼，沒有文字，沒有圖畫，什麼都沒有。

她好想打電話給他，現在終於有藉口可以打了。

「我收到你寄來的東西了，謝謝你，最近好嗎？」她想打給他，告訴他阿金的事。她想說，你可不可以陪我去看阿金，我一個人在那邊好孤單。

她沒有打。

下班後她直接到醫院，阿金顯得很有精神。只是一直咳嗽，咳的時候整個人前仆後繼。醫生說他有點感冒，化療要晚幾天才能開始。他拿他畫的一幅素描給靜惠看，那是他從病床上看靜惠坐在椅子上睡著的樣子。

「昨晚我半夜醒來，看到你睡著了。」

「我很喜歡，你把我畫得好漂亮。」

「以後你每次來，我都幫你畫一張好不好？」

回家的計程車上，司機跟她聊天。

「你是這裏的醫師嗎？」

「不是，我是家屬。」

「什麼病啊？」

「肝癌。」

「唉，年紀大，難免會有這些毛病，你要放輕鬆一點。」

她深吸了一口氣。計程車到家，她匆匆下車，甚至沒有拿回找的錢。

徐凱站在她家門口。

她跑到他懷中哭起來。

54

徐凱第一次和阿金見面，就讓阿金很高興。他帶給阿金一包油膩的滷菜和幾件鮮豔的毛衣。徐凱大聲說話，開心談笑，不讓阿金覺得自己是個病人。當他知道阿金也喜歡畫畫，他立刻拿出紙筆，用連環漫畫的方式介紹自己。

他先畫一個自己，手上拿著畫筆。

這個人走進一幢大樓，招牌上寫著廣告公司。

這個人在製圖桌上畫圖，旁邊放了一大杯咖啡。

然後一名很像老闆的胖子走到他旁邊，用鐵鎚敲他的頭。

阿金笑了，對著靜惠的耳朵說悄悄話，靜惠笑出來。

「他說什麼？」徐凱問。

「他問我你是不是我的男朋友。」靜惠說。

徐凱立刻畫下他和靜惠抱在一起親嘴，親出許多紅心。

「他很喜歡你，」走出醫院後靜惠跟徐凱說，「謝謝你來看他。」

「要我送你回去嗎？」徐凱問。

「不用了，我叫車。」

徐凱看她上車，她上車後沒有回頭，只是側頭看著窗外。街燈照著計程車後窗上貼的車號，影子映在她的大腿上，她伸手去蓋著，好像在保護她的腿。車開遠，路很平，她的心顛簸著。

55

他們沒有談東京的事。昨晚他在家門口等她，也許想要說些什麼，但她哭出來，說出阿金的事，阿金就變成他們唯一的話題。

其實她也不想談東京，他還能怎麼解釋呢？她不要他用力去合理化東京的事，他合理化的嘗試，只是二次傷害而已。

徐凱每天晚上都來醫院，總是帶一些小東西給阿金：棒球帽、飛機模型、素描用的有色鉛筆，甚至送給阿金一本雷諾瓦的畫冊。阿金打第一次化療針的那個下午，靜惠趕到醫院時，徐凱單獨坐在阿金旁邊，看護不在。

「你怎麼知道他今天要打針？」

「我問看護張小姐的。」

她從徐凱手中接過阿金的手，阿金睡得很熟。

「我讓張小姐出去走一走，她整天悶在這裏。你不介意吧？」

「怎麼會。阿金還好嗎？」

「他很勇敢，你看那針筒，」徐凱指著護士推車上一根像吹風機一樣大的針筒，「他看到那針筒一點都不怕，還畫了這個，」靜惠接下一張紙條，上面是漫畫式的針筒，針筒上加了頭、手，和腳，一個「針筒人」在他手臂上跳舞。

靜惠看著光頭的阿金，睡得安詳而和平，很難想像他體內正有一場戰爭在進行，而痛苦的是那個年輕的戰場。

陪著沉睡的阿金，他們輕聲講話，談的是工作上的瑣事。他的公司比稿贏了，接下那個新飲料的客戶，他把功勞歸給她，說要請她吃飯，她只是笑笑，直說自己什麼都沒做。啊……他們好客氣！

阿金醒了，靜惠和徐凱急忙站起來。

「你還好嗎？」

「很好，有點想吐。」

「沒關係，這很正常。頭昏嗎？」

「不會。」

「你想不想吃什麼？」

「想吃麵線。」阿金伸出舌頭淘氣地笑，好像覺得這個要求太奢侈了。

「我去買，」徐凱問靜惠，「你想吃什麼？」

靜惠本想說我跟你一起去，但又怕沒有阿金的緩衝，他們單獨在一起會很尷尬，「隨便買吧，我無所謂。」

半小時後回來，他遞給靜惠一個麵包店的塑膠袋，「這是給你的。」

靜惠打開，是紅豆吐司！

「你還記得！」靜惠高興地叫出來。

「華江橋下面有一家店，我打聽了很久才找到。」

「那你吃什麼？」靜惠問。

「我們一起吃吐司啊！」

「你不是只吃白吐司嗎？」

「誰說的，」他拿出一片紅豆吐司塞進嘴裏，「我最喜歡紅豆吐司了！」

晚上他還是照常送她回家。車到她家門口，他跟著下來。

「你來看阿金我很高興，可是我不想耽誤你太多時間。」

「不會啊……」

「這樣我會過意不去……」

「嘿，不要這樣。我來，是因為我想來，我想看到你，看到阿金，我覺得他很可愛，這麼年輕就要面對這種事很勇敢。我高興來，也高興你讓我來。」

「謝謝你。」

她拿出鑰匙，轉過身打開鐵門，再回頭，「拜……」

「早點休息……」徐凱說。

她走進去，關上門，背貼著鐵門內側。她感覺徐凱仍站在鐵門外側，也許背也靠著鐵門。這個夜好寧靜，天上的星星在眉目傳情，隔著一扇鐵門，他們就這樣背對背地站了好久。

56

阿金第一針後兩個禮拜都穩定。靜惠幾乎每天來，偶爾要加班也會打電話問張小姐阿金的情況。徐凱也來得很勤，有時來晚了，總是先打電話跟靜惠說。靜惠明知他沒有必要這麼做，但還是接受了。徐凱電話多，但在醫院裏他都關機，把精神集中在阿金身上。

第三個禮拜，阿金開始發燒。

「這是很正常的，」年輕的住院醫師說，「他現在白血球降得很低，抵抗力弱，發燒是正常的。」

「有沒有什麼方法讓他退燒，」徐凱焦急地問，「他已經燒了兩天了。」

「我們有給他退燒藥，你們不要擔心。如果繼續燒，你們給他睡冰枕。還有，你們陪病的最好都戴口罩，多洗手，不要把細菌傳給他。」

靜惠和徐凱戴起口罩，兩個人的話更少了。他拿出素描簿，畫了半個小時。

「你還在畫《小艾琳》？」靜惠彎著頭看徐凱的素描簿。

「有點自不量力……」徐凱調侃自己。

「怎麼會，我一直相信你會畫得很好！」

「你為什麼這麼覺得？」

「我看過你在東京畫的東西，我很喜歡。」

「那只是幾筆而已，離真正的畫還遠呢！」

徐凱笑笑，闔上畫簿，走到阿金床前。

「你要不要先回去，9點多了。」靜惠問。

「沒關係，我沒事。」

10點，阿金開始吐，他們反應不及，讓他吐到被子和床單上。徐凱袖子都沒捲，抓了衛生紙就擦起來。他扶阿金坐到椅子上，再幫張小姐和靜惠換床單。他平日那雅痞廣告人的味道全沒了，穿著一萬塊的襯衫，換沾滿嘔吐的醫院床單。

那晚他們忙到12點，回家的計程車上，靜惠低下頭。

「別難過啊，」徐凱說，「醫生不是說，這些都是化療的正常反應嗎？我們早就預期到了對不對？」

「但是他吐成那樣……」

他把手繞過她肩膀，把她往自己的肩頭拉。她順勢靠了上去，懸空了一天的頭找到了重心。

「要不要我陪你上去？」

她點頭。

「嘿，你怎麼沒有把我給你的『囍』字貼在門上。」一進門他抗議。

她疲倦地笑笑。

他們坐在沙發上喝了一口水，靜惠閉上了眼睛。

「去床上睡吧！」他把她安置在床上，蓋好被子。

他走到房門口：「晚安。」

「徐凱？」

「嗯？」

「你今晚可不可以陪陪我？」

他走回床邊，摸摸她的頭，「我睡在外面的沙發，你需要我就叫一聲。」

第二天一早，她被廚房鏗鏘的聲音吵醒。她走出臥房，看到餐桌上擺滿一桌早餐。走進廚房，徐凱跪在地上，撿著滿地的紅豆。看到她，立刻讚嘆：「這是全世界最乾淨的磁磚！」

「我每天刷！」她說。

「那幹嘛用白磁磚？有顏色不是比較耐髒？」

「我喜歡白的！」

「裝清純！」他調侃。

「你把我的紅豆怎麼了？」她故作生氣地問。
「打翻了，你家的掃把在哪裏？」
「掃把斷了，前幾天才丟掉，」她蹲下來幫他揀，「沒事幹嘛弄紅豆？」
「想幫你做紅豆吐司……」
像紅豆一樣，她的心被煮軟了。
她繼續揀，沒有抬起頭，但心裡很溫暖。他們跪著，沒有看彼此，沒有說話，揀了半個小時。
揀完後，他們站起來。他扶她走到餐桌，「你這樣走路，好像懷孕了。」
「腰好痛……」靜惠說。
「來，坐下。」
他拉開椅子讓她坐下，自己坐在她旁邊。
她看到他膝蓋上被紅豆壓出來的印子。
「趕快吃點東西。」
「這都是你做的？」
「牛奶，柳橙汁，培根火腿蛋三明治，我放了一個蘋果在你包包旁邊，你吃完午餐後可以吃。」
一切都回來了。
一切都回來了，以更強的力量。

57

去醫院成了晚上固定的行程，他們獨處只剩下11點離開醫院以後的時間。星期五晚上，他們會去趕午夜場。徐凱拿鹹爆米花，靜惠拿甜的，兩人的手交叉伸著去拿對方的爆米花，偶爾拿起各自的可樂，看到入神處，會錯喝到對方的可樂，然後用一個眼神來表達歉意和幸福。銀幕上的光影跳動，他們之間卻在演著另一部電影。

散場後出來，她接到程玲的電話。

「對不起，程玲，我現在在看電影，可不可以散場再回你電話？」

因為徐凱在身邊，散場後她根本忘了程玲。

回到徐凱家，他家門口真的貼著一個「囍」字。

「對不起，家裏很亂，很少待在家裏。」

靜惠看到餐桌上一本介紹癌症的書。

「喔，這本書很好，你應該看看。」徐凱說。

靜惠翻開那本書，裏面用黃色螢光筆畫了很多重點。其中一頁夾著幾份醫院印的化療病人的手冊。她翻開，上面寫著：「……接受治療時可能會出現疲憊、不適、昏睡……對消化道的副作用：口腔疼痛、噁心、嘔吐、食慾喪失、腹瀉、便秘……」

「我去找醫生拿的，」徐凱坐到她旁邊，「你看這裏……」他翻到其中一頁，「這裏說要在用餐時間及兩餐之間飲用大量水份，阿金喝的水根本不夠。」

靜惠闔上手冊。

「書上說化療患者應該多吃纖維質水果，我可以幫阿金做果汁。還有——」

「你真的不需要為我做這些……」

「嘿，你少臭美，我才不是為你做的，這是我自己要做的，」他故意把書搶走，站起來，「阿金可是我徒弟呢！」

她牽住他的手……

那天晚上，他們一起睡在徐凱的床上。她不時會碰觸到他溫熱的腿，一碰到，她就假裝睡著，讓自己的腿一直貼在他的腿上。

清晨徐凱醒來，爬下床，她立刻也驚醒過來。

「我上個廁所，妳繼續睡。」

他立刻爬回床上，在被窩裏握著她的手。靜惠很安心地閉上眼睛。她又醒來幾次，偷看徐凱，他始終瞪著天花板，眼睛眨也不眨。他早就睡不著了，但為了讓她有安全感，在床上硬躺了好幾個小時。她側身，蜷曲，把頭靠在他的胸膛上。她聽到他低沉穩定的心跳聲，覺得很安全。

起來後是星期六的早晨，靜惠沖澡後穿著徐凱的襯衫和運動褲。

「現在我們上過床了，」他攤開曾快遞給靜惠的結婚證書，「這個結婚證書你可以簽了吧？」

「我們哪有上床？」

「我們睡在同一張床上，還不算嗎？」

「當然不算！」

「天啊，」徐凱故意裝出驚恐的表情，「沒想到你觀念這麼開放！」

「我就是保守，才不能讓你怎麼容易就求婚成功。」

「這樣還不夠？」

「這樣當然不夠。拜託喔，你是創意總監呢，想個新的點子嘛？文具店買個結婚證書就想討到老婆？」

「你這樣說也對，我未免太小看自己了，好，你等著……」

「不要讓我失望！」

「但是我可以先送你結婚禮物嗎？」

「當然，禮物我是來者不拒的！」

他拿出一個長寬30公分左右的相框，上面還有灰塵。靜惠接過來，「嘿，這是你……」

「兩歲的時候，」兩歲的徐凱站在照相館的人工花園中，手扶著花園的一張藤椅，眼睛和嘴巴都睜得很大，一付「不然你想怎樣」的挑釁表情。他穿著白色長袖和長褲，有綠色的邊和小圓點。他的鞋是一隻鬈毛狗的臉，黃色底，黑色眼睛加紅色的嘴。

「你小時候就這麼帥！」

「大家都這麼說！」

「你真不謙虛。」

「這是我唯一的一張，給了你，我自己就沒有了。我可是把我終生託付給你了，你要給我什麼回禮？」

「先賣個關子囉！」

接近中午時，徐凱說，「我們去陽明山好不好？」

「現在？」

「你有沒有去過『秘密花園』？」

「沒有。」

「我們去喝東西……」他看到她猶豫的表情，「怎麼，你不想去？」

「沒有，沒有，我只是想去看看阿金。」

「喔……」

「我們晚上再去陽明山好不好？」靜惠問。

「好啊，沒關係。」

「你不會介意吧？」

「怎麼會？」

他們改去光復南路一條巷子裏一家花園般的餐廳吃飯，陽光從天窗照下，射在徐凱的臉上。

「這也是個秘密花園！」

「沒錯，這是我最喜歡的餐廳之一，你一定要試試他們的獅子頭。」

「我喜歡這裏的裝潢，好像在歐洲，在歐洲一個有錢人家的後院裏吃飯。」

「我們把這當做我們的『老地方』好不好？」徐凱說。

「就像很多人喜歡說：『我們老地方見』！以後我們說『我們老地方見』，就是指這裏。」

「好棒，我們有老地方了。」

「好甜蜜。」

「另外一個規則，以後打電話，不需要報名字，第一句就直接說『你在幹嘛？』或『你在哪？』還有，任何禮貌的字，請，謝謝，對不起，以後都不許用！」

「我一直在找一個能直接說『你在幹嘛』的人。」

「你找到了！」他的口氣，好像他是上帝，他的信徒找到他，是一種重生。

下午他們一起去醫院，徐凱用保溫鍋帶了一份獅子頭，阿金吃得很開心。看護張小姐也喜歡徐凱，「你們很配呢？」她拿下口罩說。

「謝謝。」

「護士小姐都在問，你是不是明星？」

「沒有，我家開屠宰場。」徐凱說。

「你們什麼時候結婚啊？」

「我們已經結婚了。」徐凱說。靜惠捨不得反駁。

阿金睡後，他們三人坐在旁邊。徐凱傳來一張紙條，「既然已經結婚了，你什麼時候要履行夫妻義務？」

她笑笑，把紙條揉掉。

他立刻又傳來一張，「既然已經結婚了，你什麼時候要履行夫妻義務？」

她再揉掉，他再寫，「今天星期六，是履行夫妻義務的好時機喔！」他看一旁的張小姐已經睡著，就扭動屁股，擺出做愛的姿勢，她立刻揮手要他停止。

「生氣啦？」

她用頭指著躺在面前的阿金。

她們7點離開醫院，沒有去陽明山，怕太晚回來在山上叫不到計程車。

「回家吃披薩，看錄影帶？」

回到徐凱家。在客廳裏，她坐在沙發和茶几間的地上看錄影帶，就著茶几吃披薩，怕把屑屑掉在地毯上。徐凱自己反而坐在沙發上，邊看雜誌邊吃，絲毫不管掉在沙發上的屑屑。

「這篇文章好有趣，你知道嗎？日本人把食物分成陽性和陰性。陽性包括肉類啊、菜根啊、蘿蔔啊。陰性的有地上長出的野菜、動物的腦啊、內臟啊……」

她不回頭，手伸到後面把雜誌拿過來，「你看得懂日文？」

「我看不懂，看圖就好了。」

他把雜誌拿回去，「我好喜歡這些日本雜誌，編得真漂亮……嘿，我去穿耳洞好不好？」

「神經病！」

「我就知道你會這麼說，你自己看，這個男生穿西裝戴耳環多帥……」

她沒有回頭看。

「你就是這麼固執……那我們去看Fuji Rock好不好？」

「那是什麼？」

「這邊有寫，好像是在富士山上辦的露天搖滾樂演唱會，有來自世界各國的團體，整個活動有三天三夜……哇，真酷，參加的觀眾都在山上露營，每天晚上都有party！這太好玩了，我們一定得去！」

「好啊！聽起來很有趣呢。」她只是附合著，卻沒有覺得特別興奮。日本，是他們的一個禁忌。

那晚，他們在床上掙扎了很久。他撫摸，他親吻。她緊張，她想釋放。但當他想要進一步時，她停止了。

「對不起……」她說。

「沒關係，」他摸她的頭，親她的臉頰，「早點睡吧。」

「我愛你。」她吻他，想要補償。

「我也愛你。」

58

她從來沒有睡得這麼好過。整夜沒有夢，沒有碎動。清晨醒來，沒有任何藕斷絲連的混沌。張開眼，看到徐凱在旁邊，她整個人很清醒，很清涼。像剛澆過水的草，剛吹過進行曲的小號。

禮拜一，靜惠走進公司。她來的比較晚，整層樓已經忙起來了。「我跟徐凱住在一起呢！」她邊走邊想，「我們這算同居嗎？」她邊走邊看同事，不知道他們會怎麼想。她不知道身旁有多少人和她一樣。

下午程玲打電話給靜惠，「你失蹤三天了！」

「嘿，程玲。對不起對不起，那天你打給我時我在看電影，不方便接……」

「你看電影看了三天？」

靜惠答不出話。

靜惠告訴程玲她和徐凱又在一起，不過沒有提到在他家過夜。

換成程玲答不出話。

「很好啊，」隔了幾秒，程玲說，「你那麼喜歡他。」

「他天天到醫院來陪我，為了阿金，他甚至去研究癌症。」

「這樣啊……」程玲應付。

「他真是體貼。」

「有沒有問他在東京的事？」

「沒有。」

「他也沒有主動提起？」

「我不想知道。」

「這樣也好，人家不是說：『水清則無魚』？」

「怎麼說？」

「他過去的事知道得太清楚，你反而沒辦法愛他了。愛一個人，還是睜一隻眼，閉一隻眼比較好。」

阿金順利地度過第一針的副作用，體力慢慢恢復。看護張小姐非常負責，讓靜惠很放心。偶爾她公司忙，晚上就不去了。讓靜惠很感動的是，在她不能去的時候，徐凱仍會跑去。

「你們到哪去了？」那天靜惠很晚到醫院，沒看到阿金和張小姐，坐在空床邊著急，半小時後，徐凱才和阿金走進來。

「我們去網咖打電動玩具。」阿金說。

「阿金好厲害，玩『戰慄時空』，兩三下就把我幹掉了。」

「你們有跟醫院請假嗎？」

「請什麼假？」徐凱說。

看到阿金開心，靜惠也就壓下自己的不高興。

「還想吐嗎？」

「剛才吐過了。」

「你剛才吐了？」

「吐在徐大哥的西裝上。真是不好意思。」他指著角落一個塑膠袋。

「沒關係，」徐凱說，「我本來就不太喜歡那一件。」

晚上離開醫院後他帶她去吃涼麵。

「你怎麼知道這麼多吃宵夜的地方？」

「愛吃嘛。」

「我們認識到現在，還沒有同一個地方去過兩次。」

「五年內大概都不會有這個問題。」

睡前他說：「你介不介意明天我晚一點去醫院？重慶南路有間光統書店，每個月8號和23號打八折，我想去買一些雜誌。」

「當然不介意，」她放下牙刷，吐掉泡沫，走出浴室，坐在徐凱面前，「我說過了，你來看阿金，我很感激，我也希望你來，因為我喜歡你。但是我知道你有自己的生活，所以不要讓這件事影響了你本來的生活。我們如果那樣子相處，是不可能長久的。」

「我知道，我沒什麼事，有事我會先跟你講。這禮拜六晚上小江找我，就是在電影公司做事的那個，我已經拒絕他好幾次了。這次我會去。」

「你當然應該去。」

「你想跟我們一起去嗎？」

「不用了，我去陪阿金。」

「真的沒關係，我希望你認識小江，他是我的好朋友，我也想認識你的朋友。」

「改天吧，等阿金好一點之後。」

徐凱去洗澡時，她躺在床上看書，幾頁就睡著了。她做了一個夢，夢中有歌聲。半夜醒來，書桌上的小燈沒關，咖啡杯的影子端莊地躺在桌面，窗簾在微風中搖擺，隱隱露出夜空的喉嚨。床頭電子鐘的紅色數字不斷地閃，好像剛才停過電。床頭音響小聲地放著阿妹的〈灰姑娘〉，她原本以為那首歌是夢中的，看到收音機上的紅燈亮著，才知道是現實中的。徐凱躺在床上，均勻地呼吸。她站起來，腳步變得很慢，有一種在懸崖邊緣行走的空闊感。她突然又感覺，也許她醒來這件事也是夢的一部分，光、影、風、歌，都只是白天記憶的循環。她回到床上，蜷曲躺在徐凱胸膛，腳底貼著他腳背，緩緩摩擦……

第二天徐凱先起來，她醒來時，小燈和床頭音響都關掉了。窗簾靜止，窗外是平坦的白光。她永遠不會知道，昨晚那美妙的歌聲是夢還是真……

59

禮拜六晚上徐凱和小江吃飯，她一個人在醫院，阿金精神很好，一直和她講話。

「你男朋友今天沒來？」張小姐問。

「他有事。」

「他實在很有心呢。我看他照顧阿金，幫他買飯，給他擦身，按摩，有時照顧得比我還好。」

「他很喜歡阿金。」

「很多病人的家屬，花錢請個看護，然後把病人丟給看護就跑了。護士們都在說，他們從來沒有看過你們這麼負責的家屬，而你們還不是家屬呢。」

她好想徐凱。

10點多，她去茶水間裝開水。

「你的手機剛才好像在響。」張小姐說。

回來後她拿起手機，是徐凱打來的，她很興奮地聽留言。

「嘿，找不到你。我們吃完飯了，小江今天心情不太好，我陪他回家聊一聊。你不要等我，先回去吧。我再打給你。愛你。拜。」

她打給他，他收不到訊號，她留了話。

半小時後，仍然收不到訊號。

一小時後她離開醫院時，「您的電話將轉接語音信箱，如不想留言請掛斷……」

回到家後，她坐在客廳，等著手機或家裏的電話響。她快轉頻道，電視都趕不上她。

她在急什麼？徐凱跟他的好朋友吃飯，朋友心情不好，他陪他回家聊聊。他收不到訊號，有很多種可能。她在怕什麼？張小姐今天不是還講，他沒有看過像徐凱這麼負責的家屬，而徐凱還不是家屬呢！徐凱做這一切，為的是什麼？她還怕什麼？

整夜她開著手機，沒有響。

60

第二天早上她去醫院，手機終於響了。

「你在哪？」是程玲。靜惠有些失望。

「要不要一起吃個午飯？」

她本來想拒絕，怕徐凱待會兒找她。但一夜的等待已讓她煩躁，她需要透氣，「好啊！」

她們約在醫院附近的餐廳，沒想到周勝雄也來了。

「我們早就想來看阿金。只是你都不開手機，找不到你。」程玲抱怨。

靜惠看到周勝雄，竟然有一種奇怪的歉意。特別是周勝雄一直開朗地微笑，小動作對程玲無微不至，更讓靜惠不停想著程玲和另一個男人在一起的樣子。程玲啊程玲，為什麼要告訴我？現在不只你要演戲，我也要演戲了。我以前罩你，到現在還要罩你。

程玲倒是落落大方，談起她最近正在爭取新竹科學園區一個案子，有時中午還可以跟周勝雄吃飯。

「我可是萬里尋夫呢！」她抱住周勝雄，搖果汁一樣搖他，「你到哪兒去找一個老婆，開一個半小時的車去和你吃午飯？」

「我是一個幸運的男人！」周勝雄說。

「他當然也不錯啦！」程玲說，「前幾天我月經結束，他還親自燉雞湯給我補！」他捏捏周勝雄的臉，「他大概是想把我養胖，這樣就不會有別的男人來跟他搶。」

靜惠看著程玲，不知該做何表情。

他們一起回到病房，阿金看到人多很高興。

「你趕快好起來，」程玲說，「我幫你介紹女朋友！」

「真的嗎？」阿金笑得很開心。

「你喜歡哪一型的？」

阿金想了一下，「像靜惠姊這樣的。」

「像靜惠姊這麼漂亮的？」

「還要像靜惠姊這樣，對我這麼好的！」

「你的要求好高，這種女生很少呢！」

「我這麼好，當然要找一個好的才配得上我。」

這一句，讓靜惠的心抽緊。

程玲和周勝雄留下來。3點多，徐凱來了。

「哇……神祕男友終於出現了。」程玲嚷嚷，故作正常。

「這是程玲，我的好朋友。」

「常聽靜惠談起你。」程玲笑得很陽光，好像面對即將提案的客戶。

「我們見過嘛。」徐凱配合，主動伸出手去握。

「是啊！看《女生向前走》那一次，」程玲說，「這是我男朋友周勝雄。」

周勝雄給徐凱名片，「你好面熟，是不是拍過廣告？」

「沒有。不過我在廣告公司做事。」

坐定之後，徐凱在一旁小聲地跟靜惠說：「對不起，昨晚手機沒電了。小江情況很糟，一直在喝酒、訴苦，我也不好意思打斷他打電話給你。」

程玲盯著徐凱。

靜惠拍拍徐凱的大腿，微笑說：「沒關係。」

聊了一下，程玲起身。

「阿金，我們先走了！」

「要走啦？」靜惠起身，徐凱坐著。

「還要回公司加班。」程玲說。周勝雄跟上

「開車小心！」靜惠說。

「徐凱，那我把靜惠交給你囉！」程玲說。

「你放心！」徐凱站起身，「周先生，我也把程玲交給你囉。」

程玲哼了一聲，笑了出來。

「慢走！」徐凱說。

「下次見！」程玲回。

61

靜惠和徐凱一直待到晚上10點。

睡前她在刷牙，看著鏡中的自己，想著徐凱昨晚的去向。她關上燈，走出浴室，徐凱平躺在床上。

「看這個……」徐凱說。

他開始扭動全身，做出各種奇怪的姿勢。他太用力，把床單都弄皺了。他做了七、八個姿勢後，氣喘如牛地說：「看懂了嗎？」

「你在幹什麼？」靜惠笑出來。

「我再做一次，注意看喔！」他開始重複先前那些動作，第一個是兩手兩腿併攏，手伸展到頭上面，全身變成一個「1」。第二個是腰彎90度，讓上半身和下半身垂直。第三個是身體拱成一個橢圓形……他又整套做了一遍，結束後攤在床上，不斷喘氣。

「這是瑜珈嗎？」

他挫折地用枕頭蓋住頭，在枕頭中說：「這是我用身體在寫『I LOVE YOU』！」

62

快樂如常，東京那晚早被淡忘。和小江在一起的那晚，回想起來也很合理。

徐凱還是常來醫院，最近開始做飲料的案子，有時會沒辦法過來，但都會打電話，並且開手機。星期五晚上11點，他竟然開車到醫院門口等她。

「你不是不開車了嗎？」

「我們去台中！」

「現在？台中有什麼？」

「什麼也沒有。但是明天是七夕啊！留在台北不是太浪費了嗎？」

他們在7-11買足了零食，一路飆去。徐凱車開得很快，靜惠必須抓著手把。他們聽著廣播，靜惠想轉台。

「我們轉台看看好不好？」

徐凱轉過頭看她，「什麼？」

「我們換別台聽聽看好不好？」

「當然好啊。」

「你想聽什麼？」

「都可以，你來挑。」

她找了幾個頻道，最後選了一個音樂頻道。

「這個好嗎？」靜惠問。

「這個是我最喜歡的。」

他們沉默地聽著正在播的一首歌，他的臉上慢慢露出微笑。

「笑什麼？」靜惠問。

「你是唯一一個在轉台前會徵求我同意的女生。」

到台中已經2點，因為七夕，所有汽車旅館都客滿，他們找了一小時才找到住處。進房後他說：「這些房間都有針孔攝影機，我們千萬不能做不軌的事情。」他大驚小怪的玩笑口氣紓解了她的壓力。她也跟著開玩笑說：「那太可惜了，我本來想在七夕那天給你呢！」

「我們立刻回台北！」

第二天中午才起來。退房之後，他帶她去逛第一廣場，然後在附近吃飯。吃到一半，他瞄了一眼牆上的鐘，然後說：「我去洗手間一下。」

他站起來，她看到他牛仔褲前面口袋中鼓起的手機。他走進廁所，她看牆上的時間：1點整。

他去了10分鐘，她用叉子刮著瓷盤裏的醬，一口也沒吃。

七夕呢，她為什麼不開心？

黃昏時，他們去精明一街。歐式的露天咖啡廳，空氣很悠閒。

「你等我一下。」她看他走開，不知道他又要去哪裏。她轉過頭，不想讓心情處在跟蹤他的狀態。她開手機，問了阿金的狀況。掛完電話後他還沒回來。

他回來時拿著一個紅汽球。

「情人節快樂！」他把線綁在她手腕上，她抬起手，好像要被汽球帶上天。她拉線，把汽球拿下來，上面用藍色簽字筆寫著：「永遠快樂，給親愛的老婆。」

她坐著抱住他，希望汽球能把兩個人都載上天。

「我打個電話給小江，看看他怎麼樣。」他撥號，沒人接。

他拿著手機等待，然後說：「欸，你的手機好像在響。」

靜惠打開包包，手機果然在響。她不接，關上包包，把包包放在地下。

徐凱還在等小江接電話。

「為什麼不接？」徐凱問靜惠。

「不重要的電話。」

「可能是醫院打來的，接接看嘛。」徐凱催促。

「沒有顯示來電姓名，沒關係。」

他也沒有找到小江，焦急地說：「他家電話沒人接，我有點擔心。」他再打一次。

「你的手機又響了。」他提醒她，「接吧，也許很重要。」

她接起來。

「誰說這通電話不重要？」她驚訝，手上電話裡的聲音，竟然是坐在她面前的徐凱。

她不可思議地看著他，又被他征服了一次。

「老婆，要永遠記得汽球上的話喔！」徐凱在她面前、透過電話，雙管齊下地說。

她拿著手機，在電話中聽徐凱呼吸，看著眼前這個男人認真的表情。她伸出手，徐凱跪到地上，臉貼在她的膝蓋，親吻她的手……

回台北時在休息站，她去上廁所。出來時遠遠看到他在打電話，他主動和她招手。回到車內，他掛掉電話。

「找到小江了。」徐凱說。

「他還好嗎？」

「在家猛睡。」

他們回到台北，上床之前，她想：多愉快的情人節！

63

「情人節去哪裏啊？」幾天後她和程玲吃午飯。

「我們去台中。一天一夜。你呢？」

「好玩嗎？」程玲問。

「好玩啊！」靜惠說。「你呢？」

「我在加班，周勝雄來陪我。我們好幾個同事都在忙，我也沒空照顧他，他就一個人坐在旁邊看書，足足坐了四個小時。」

「真是個好人。」

「真的，那天我在整理東西，一直在嚼口香糖，等到整理完了，要進去開會，他自動把手伸在我的嘴巴前……」

「讓你把口香糖吐在他手上？」

「我常覺得跟他在一起是在欺負他。」

「那你為什麼不對他好一點？」

「我對他很好啊，只是有時候覺得……覺得……他不是我的對手，你知道那種感覺嗎？」

「你為什麼需要對手？」

「那樣才有趣啊！」

「是嗎？」

程玲點點頭，很相信自己講的話，「你呢，徐凱最近對你好嗎？還想騙你上床嗎？」

靜惠搖搖頭。

「你們真是奇葩。」程玲搖搖頭。

「你知道我很喜歡他，只是我還沒準備好。」

「準備什麼？」

「我一直在等一種感覺，就是你百分之百確定這是你要的人，我還沒等到那種感覺。你會有那種感覺嗎？」

「百分之百的確定？我從來沒有這種感覺。」

「你和周勝雄……」

「我們認識一個月就做了。」

「你當時的感覺是什麼？」

「我喜歡他，他喜歡我，我們避孕，做完後我們都很快樂，感覺更親密。」

「你不覺得性應該是愛的極致嗎？」

「我不覺得。」

「我覺得。」

「其實性只是培養愛的一種方式。」

靜惠不說話，喝著玻璃杯裏的冰水，「我一直覺得性是像爬聖母峰，８８４８公尺，你爬上去，什麼都沒有，為什麼要爬上去？為的是爬上去的過程！」

「我同意，所以前戲很重要。」

「所以愛很重要！那個爬的過程就是愛，你唯有經過爬的過程的那些辛苦，最後站在山頂才有意義，不然大家坐直昇機登頂就好了，幹嘛還那麼辛苦地爬？」

「你把性看得太嚴重了，世上有幾個人登過聖母峰？如果性都得像登上聖母峰，那麼大家都出家算了。有時候性只是像在公園散步，那麼簡單，那麼輕鬆。你重視過程，沒錯啊，性就是那個過程啊！」

「性怎麼可能是那個過程？如果性是那個過程，那終點是什麼？」

「什麼終點？」

「終點啊！那個山頂，那個聖母峰是什麼？」

「我聽不懂你在說什麼……」

「我在說那個終點，一切的愛到最後是什麼？」

「快樂？」

「快樂怎麼會是終點？快樂是伴隨愛發生的東西！」

「唉，你們這些讀太多書的人都中了一種毒，喜歡把事情想得很嚴肅，把自己想得很悲壯，好像一定要活得很沉重，否則就不像在活一樣。聖母峰是什麼，我哪知道？沒有人在登聖母峰啊！我連二樓都懶得走，還登什麼聖母峰！為什麼我們要登山？為什麼不能在平地就好？有必要活得這麼累嗎？幫個忙好不好，Take it easy。」

「你把性講得好容易。」

「本來就很容易。你仔細想想，忘掉一切學校老師社會價值觀告訴你的，我問你，性和握手有什麼兩樣？我們把性賦予太多形而上的意義，最後把大家都弄得緊張兮兮的，幹嘛啊？」

「性和握手當然不同，這就是人和動物不同的原因。」

「喔，你是說人類是有文明的？」

「當然！」

「那你應該看看蜜蜂的社會，蜜蜂社會組織很縝密，分工很準確，蜂巢是六面體，非常精緻的設計，講文明，它們不輸給人類。它們對性的態度是怎麼樣呢？它們的蜂后飛到公蜂聚集區，幾千隻公蜂等著和她交配！她最後會跟18隻公蜂交配，這些公蜂樂極生悲，交配完後肚子會爆掉，慘死在蜂后面前。」

「你怎麼能這樣比？」

「為什麼不能？」

「如果要和動物比，我寧願當天鵝。天鵝是一夫一妻，從一而終的。」

「Well，」程玲笑笑，「如果你要的是一夫一妻，從一而終的，那你應該問的是：徐凱是對的人嗎？」

「怎麼說？」

「他絕對不是一夫一妻，從一而終的人。」

「你怎麼知道？」

「我們都看得出來。」

「『我們』？」

「周勝雄只見過他一次，就為你擔心了。你不是他的對手。」

「你們不必為我擔心了，」靜惠生氣了，「我跟你不一樣，不需要對手。」

他不喜歡他們聯手起來，把她當小孩。

「你就像我妹妹，我們當然為你擔心！」程玲說。

「妹妹」這兩個字火上加油。靜惠說：「你憑什麼做我姊姊？難道只因為你的性經驗比我豐富？難道只因為你常在『公園散步』？」

程玲愣了一下。她沒有預期靜惠的反應這麼強烈。

「你們都在嫉妒我！」靜惠大聲宣告，「不要因為你和周勝雄的感情出了問題，就嫉妒我和徐凱的真愛。」

「我比誰都希望，徐凱對你是真愛。」

「那你更不用擔心，我知道我們是真愛。」

64

這怎麼可能不是真愛呢？

阿金得了肺炎。

徐凱來接她，他們趕到醫院。在走廊上，他遞給她口罩，她接住，立刻戴上。面對緊急狀況，他們已變得如此熟練。

「他現在因為抵抗力很弱，很容易就會感染肺炎。我們會用抗生素。他現在痰很多，你們家屬每四個小時要來幫他拍痰，拍他的背，每邊拍十分鐘，拍完後再幫他抽痰。」

護士示範了一下拍痰和抽痰的方法，徐凱問了好幾個問題。

從下午到晚上，他們總共拍、抽了三次。徐凱做了兩次。第二次抽痰時，阿金一口痰噴到徐凱額頭上。他沒有去擦，先把痰抽完。

那晚，他們都睡在病房。徐凱去買了一個睡袋讓靜惠睡，自己靠在橘色的塑膠椅上。半夜4點，他自己一個人起來拍痰。靜惠和張小姐被聲音吵醒。靜惠起來，黑暗的病房只有床頭的小燈，徐凱臉上的陰影很尖銳，表情卻很柔和。阿金側躺著，徐凱一手扶住他的肩，另一手鼓起來，用力拍背。他的手始終鼓著，像個整夜有士兵站崗的碉堡。她跪在床邊，抓著阿金的手，抬頭看徐凱專心的模樣。

第二天他們兩個人都請假，又這樣忙了一天。

「你們回去吧！」阿金說。

「沒關係，我們陪你。」徐凱說。

「你們累了，我今天好多了，你們回去休息，明天再來看我。」

這怎麼可能不是真愛呢？

他們回徐凱家，那晚，他們發生了關係。

65

那晚之後徐凱對靜惠的好有增無減，對阿金也比以前更為周到。

早上出門，兩個人關上家門，他跪下來，把靜惠的腳抬起，幫她把鞋穿上，然後抱住她的腿親吻，從腳趾一路親到裙子裏。

中午，他請快遞送給靜惠他在辦公室做的果汁。裝果汁的紙袋，還是他自己做的，上面有「就是juice」的ＬＯＧＯ，鉛筆線畫出的裁切線，還沒有擦掉。

夜裏睡覺，她被蚊子咬到，癢得醒過來。他好像跟她有連線，立刻也就醒了。先用口水抹她癢的地方，然後打開抽屜，翻箱倒櫃地找萬金油。幫她擦完藥後，他穿上衣服，打開手電筒，拿著拖鞋，睡眼惺忪，像跳舞一樣地追著蚊子。

有一天早上醒來，她背又痛了，想去洗三溫暖。他還沒睡醒，卻仍爬起來，打１０４問了十幾家飯店的號碼，再一家家看哪一家有開放三溫暖給非會員。

週末，他總是有特別的禮物。

「這是什麼？」她興奮地打開包裝紙。

「你看嘛……」

她打開精緻的禮盒，拿出一塊「Do Not Disturb」的塑膠牌，再拿出像化妝品似的瓶瓶罐罐。

「這是『不要打擾』禮盒。」徐凱說。

「『不要打擾』禮盒？」

「國外的旅館不都有『Do Not Disturb』的牌子嗎？讓你掛在門把上，這樣清潔婦就不會進來整理房間，沒有人會打擾你。這個禮盒，就是在你不希望被打擾時用的。」

他牽她走到家門口，打開門，把塑膠牌掛在外面的門把上。關上門，拿起像化妝品的瓶瓶罐罐，牽她走進浴室。他打開熱水，拿起其中一個瓶子說：「你背痛，先洗個泡泡澡吧。」

洗完澡，他牽她到床上，拿出精油幫她按摩。她感覺背被打開，裏面的筋和肉被他重新整理清楚。他按了好久，竟然趴在她背上睡著了。

好多的快樂，超速的快樂，一路沒有紅燈的快樂，星火燎原的快樂，覆水難收的快樂，從心的這頭到那頭，從身體的這頭到那頭。

程玲不會懂得。她也不再需要程玲。程玲不懂愛，她永遠看人心最低賤的部分。但徐凱和她，已經走到了人心的聖母峰。

清晨，靜惠和徐凱躺在床上，肌膚黏著肌膚。一人翻身，另一人就跟上。翻了好幾次身，仍然黏在一起。

她希望今天不需要上班，一天24小時是夜晚。

晚上，和他坐在沙發前，頭靠著頭，她沒想到電視是這麼好看，勤快的她竟變得如此慵懶。她快樂，感覺每一秒鐘都在活著。她的體溫升高，腹部有一把火在燒，一杯甜咖啡慢慢在熬。

直到小事又開始發生。

66

那個星期五晚上他們看完午夜場，回到靜惠家已經2點多了。她在浴室刷牙，他在客廳看報。她關掉水龍頭時，聽見客廳的他接起一個手機。她把浴室門微微打開……

「嘿……在外面……你呢……沒有啊……怎麼會……你不要這樣嘛……我再打給你好不好……我再打給你好不好……」

她打開門，又聽到他在客廳打電話。

星期六清晨，一個惡夢讓她醒來，徐凱不在旁邊。

「對啊……其實不會……你很奇怪喔……才不會呢……拜託喔……」

她關上門，躺回床上繼續睡。幾分鐘後徐凱進來，回到床上躺下。像往常一樣，在被窩中握住她的手。

起來後，她若無事然，和他一起做早飯，吃得很愉快。

「下午你要去醫院嗎？」他問。

「對啊，我下午想去。」

「下午我公司有點事，我晚一點再去醫院好不好？」

「沒關係，你忙。」

他離開她家，親她的臉頰。她坐在客廳，看著放在沙發上的無線電話。她把它拿起來，放回話機上。突然靈機一動，按下話機上「重撥」的按紐。電話自動撥了一長串號碼……

「喂……喂……」一名女子的聲音。

她不出聲，等那女子掛斷後，再按掉電話。

到了5點徐凱仍沒有消息，她在醫院走廊打給他。過了七、八聲，他接起來。

「不好意思，我這邊事情還沒完。」

「我要離開醫院了，我來公司找你。」

「我們出來拍外景，我不在公司。」

「你們在哪裏？」

「淡水。」

「那你什麼時候結束？」

「很難說耶，你先回去，我再打給你好不好？」

她很生氣，但不願在電話中發作。

「好吧。」

「拜——」他掛斷。

晚上12點他才打來。

「你睡了嗎？」

「睡了。」

「我們剛剛才弄完，我要回台北了。」

「弄那麼晚？」

「你先睡吧，明天一早打給你。」

她一夜沒睡。

第二天他並沒有打電話給她，而是出現在她面前。他按鈴的時候，她正孤單地坐在餐桌上吃穀類早餐。

「吃早飯囉！」他進來，拿著一包包麥當勞，「喔，你已經吃了？我還以為這麼早你一定還沒起來。」

「今天起得很早，」她打量著他，搜尋任何的異樣。他輕鬆自然，像往常一樣陽光。

他立刻就大嚼起來，胃口奇佳。

她手撐著下巴看他，心想他昨天晚上在哪。

她幫他從紙袋中拿出可樂，插上吸管，放到他面前。

「No, No, No, No, No……」他抽掉吸管，掀開塑膠蓋，直接對杯緣喝，「我喝可樂從來不用吸管。」

「為什麼？」

「喝可樂用吸管是很沒男人味的事情！」

「這是什麼歪理？」

「還有我洗衣服也不放柔軟精。」

「這也會失去男人味？」

「還有吃綠豆湯不能加糖！」

他又成功地把她逗笑。懷疑，暫時被擋在門外。

他們一起去國父紀念館跑步，他為了她故意放慢腳步。她跑了五圈就不行了，他陪她走到草地上坐下。

「你去跑啊，我在這裏等你。」靜惠說。

「我跑不動了，」他故意裝出喘氣聲，「還好你停下來，否則我會倒在路上。」他彎下腰，兩手撐著膝蓋。

回家洗完了澡，他們在床上睡著。早上11點，他們從來沒有大白天在家睡覺。但靜惠睡得如此舒服，如此滿足。她的腿摩擦著他的腿，他的腿強壯而粗糙，像一根燒紅的木炭，無限量提供溫暖。

67

徐凱在身邊時，那樣的溫暖可以讓靜惠暫時忘記心中小小的懷疑。然而當週末結束，他不在身邊時，懷疑像一隻螞蟻，爬出洞穴，在心底四處覓食。而不管她如何阻止自己，仍抵抗不住餵螞蟻的誘惑。螞蟻不至於造成巨大的困擾，只是在腦袋中不斷爬出小小的問號。她不斷地自我辯論：他這麼愛她，會有什麼問題？就算有，他愛她的程度是不是可以抹煞那些問題？但如果在他如此愛她的情況下仍有問題，那麼那些愛是不是因為是虛假的而更為可恨，或是那個問題的程度已經遠超過她一廂情願地認為的他對她已經頗為巨大的愛？

她決定去消滅那些螞蟻。

她去電信局調出過去幾個月家中電話的詳細記錄。

在擁擠的大廳中央，她看著一長條邊緣有洞的報表紙。過去兩個月，她家的電話打出五次給一個手機號碼。時間都在清晨或深夜，但靜惠並沒有打這些電話。前幾天早晨她聽到徐凱打電話，也是那五個時間之一。

離開電信局，她呆站在門口，不知往哪裏去。

她沒有坐捷運。她突然有一種被活埋的恐懼。她必須看到街道，看到人，看到車，她不能感覺這麼孤寂。她是一個32歲，每天玩弄數字的專業人士，現在卻被一個10位數字一拳擊垮。她必須呼吸空氣，讓吸進的空氣在胸腔中像風一樣產生阻力，把心跳的速度降低，讓血液不要流得那麼急。她走在路上，風很大，把她的衣服裏灌滿風，她帶著一肚子的風，被飄起的頭髮拉著往前走。她上公車，找不到零錢，後面的乘客站在車門口等她，司機率領全車乘客瞪她。她拿出一張一百元塞進票箱，扶著鐵桿往後走。她步伐搖晃，一身正式的上班服裝和中午搭車的乘客格格不入。她走到最後一排坐下，像跑完馬拉松一樣疲憊。

她看著窗外，想著過去幾個月徐凱為她做的每一件事。她不懂。像是一個物理教授突然遞給他一個高深的習題，她連題目都看不懂，更別說解答。

緊急煞車，她差點摔到前一排。

下車後，她走到路邊的公用電話，拿起話筒，放在耳邊，投入硬幣，撥出那個她家打出過五次的號碼。

「喂？」對方是那個熟悉的女聲。

「喂……」靜惠無意識地說。

「找哪位？」

「……」

「喂？」

靜惠掛掉電話。

68

她和徐凱還是每天見面，他來醫院的次數不減。她沒有提起自己小小的發現，但和他之間已經有了一道牆，或至少是一道網，他的任何親密動作、任何甜言蜜語，都開始經過那張網的過濾。但她沒有表現出來，她必須讓他覺得一切正常，他才會繼續經營他原本在經營的東西。

然後是那關鍵的一晚。

「這禮拜六公司要去拍外景，我可能不能去醫院。」禮拜二晚上洗盤子時他說。

「沒關係，你忙你的。」

他從背後過來親吻她的頸背，她拿著白毛巾擦白盤子，算計著。

禮拜六中午她離開徐凱家，相約下午再手機聯絡。她走出他家樓下大門，卻沒有離開。她走到他家斜對面公寓的門旁邊，監視著徐凱家樓下的出入口。她刻意側著身，讓從徐凱家樓下出入的人看不見她。

她恨自己變成這樣。整個下午她扭曲著身體憋在那裏，整個下午徐凱沒有出門去「拍外景」。三名女子走進公寓，但不知道她們是去幾樓。

她恨自己變得這樣多疑，這樣猥瑣，這樣偷偷摸摸，這樣糟蹋自己。她不知道她想抓到什麼？徐凱和一名女子走出來？如果她抓到了，那代表什麼？那人可能是他的同事，他的妹妹。兩個人走在一起又能代表什麼？他可能只是送她去搭車，去散步。她不知道自己希望抓到什麼，卻知道自己必須親眼目睹。她想上廁所，卻忍住，怕去的時候錯過徐凱。她忍著尿、彎著腰，躲在街角一幢公寓門口。

一直到晚上8點，徐凱仍沒有出門，也沒有依約打電話給她。她撥他手機，響了十聲後沒人接。她本來要打電話到他家，撥了幾個數字卻作罷。她想：他明明告訴我他在外面拍廣告，我怎麼會打到他家找他？她幾乎要被自己當下所處的地理位置所矇騙。但轉念又想：手機找不到他，我當然打家裏的電話，打家裏的電話並不就意味著我知道他在家。如果他接起來，該解釋的是他，不是我。她打家裏，始終是答錄機。

到了晚上10點，她已經筋疲力盡。她餓、渴、想上廁所，想知道真相。一名婦人走向徐凱家大門，靜惠追上去。婦人打開門，靜惠若無其事地跟她走進去。婦人轉頭瞪了她一眼，她冷靜地微笑。

她們一起上樓，婦人要回家，靜惠還不知道自己上去要做什麼。按他的電鈴？在門外等？她聽見自己的腳步，響聲很空洞，好像她的意圖。萬一走到他家門口他們走出來怎麼辦？她僵硬地練習微笑，甚至練習伸出手來和對方握手。對方知道她的存在嗎？如果不知道，至少先不要傷害對方。「我姓林，我是徐先生的鄰居，」沒錯，她可以這麼說，「我住四樓，有空來玩。」

靜惠在三樓停下，作勢要按電鈴，婦人繼續上樓。她斜眼看婦人，確定她走開後，她退到樓梯上坐下。她低頭喘氣，卻立刻壓制住，她不能讓屋內的人聽到聲音……

她調勻呼吸，慢慢抬起頭……

在陰暗的樓梯間……

她看到徐凱門口放著一雙女人的高跟鞋。

她猛吸一口氣，把自己從肚臍部位往上提。她屁股突然變輕，好像要跟上半身支離。血流加快，她聽到隆隆的聲響，好像是血流撞擊血管壁的聲音。她覺得胸前很冰冷，開始顫抖。她靠著牆壁，想要讓顫抖停下。她想起摩擦取暖的方式，開始用手搓著雙臂。她腦中快速閃過徐凱和她在一起做過的事：傍晚公園的野餐、通化街的殺價、去基隆的火車月台、電腦螢幕慢慢露出《小艾琳》的肖像……

然後她想起此時他在裏面和另一名女子可能在做的事……

冷靜下來後，她低頭看那雙高跟鞋。名牌、黑色、尺寸很小、看起來很新。她回憶剛才走進公寓的三名女子，猜想這是哪一個的鞋，但她們的臉卻一片模糊。她輕輕靠上門，試著聽屋內的聲音，安靜無聲。

她往上爬一樓，在四樓門前的樓梯間坐下。她要等他們出來，她要看到她。但她又不敢直接看到，她沒有自信自己能夠承受。三樓是寫實的，四樓是安全的。

但那隻蚊子先出來了。很大一隻，飛到面前還會發出噪音。她揮手，自然是打不到它。她站起來，轉身尋找那隻蚊子。在陰暗的樓梯間，什麼都看不見。她對著空氣揮舞雙手，甚至用腳去踢。她一坐下，蚊子又回來了。

「你知不知道，」徐凱曾跟她說，「蚊子一旦吸了你的血，就不會叫了。會在你身旁一直叫的，都是還沒有吸到血的。」

她坐定，讓蚊子吸血。她為什麼要看到她？她已經知道徐凱因為另一個女人欺騙她，這還不夠嗎？看到她能讓她更理直氣壯做某些決定嗎？

她坐在樓梯間，對四樓的大門保持警戒。徐凱的鄰居若開門看到她坐在這會怎麼想？她只要聽到四樓門內傳來一點聲音，就立刻站起來，裝做只是從樓上走下來。

一個小時過去，徐凱就在一層樓下，但她覺得好孤獨，好浪費。那女人的高跟鞋在外面，那女人的腳在裏面，也許正穿著徐凱和她一起買的L.L.Bean的毛拖鞋。徐凱的人在裏面，心也許也在裏面。而她在外面，外面的外面。

她被咬了好幾個包，蚊子卻依然在叫。

她一邊抓癢，一邊無聊地打開皮包。捷運卡、健保卡、誠品書店卡、身分證、提款卡、ＶＩＳＡ信用卡。她把皺摺的統一發票弄平，疊在一起，對摺後整齊地放進錢包。他們會不會在裏面對統一發票？她想，那是徐凱約定要和她做的事情。她繼續翻皮包，翻出那張電信局的通話記錄。

她回到三樓，走到徐凱門前，用手機打通話記錄上那個陌生的號碼。她靠上門，聽見屋內有手機在響。

果然是這個人！

她感到找到真相的自豪。

但這自豪像一把朝向她的刀。

她聽著耳中的響聲和屋中的響聲和諧地奏鳴，身上的肌肉卻失去協調。她抽筋，緩緩坐在地上。

休息了一會兒，她站起來，一跛一跛地走下樓。她不再需要看到那個女的，也毋須跟徐凱對決。她用很卑微的方式，了解了一些事情，現在必須很尊嚴地離開。

她走下樓，相信自己是最後一次走下這樓梯。她一路墜落，但仍邊走邊整理自己的儀容。

她狼狽地來，但必須風光地走。走到一樓，她很堅定地打開鐵門，正要關門，猶豫一下卻沒關，似乎她還想再回來……

她走出公寓，看了一眼站了一整個下午的角落，那角落因為被她站過，顯得十分委屈。

她走到巷口，坐上車，回到家，直接鑽進被窩。她整個人坐在被窩裏，四周封死，沒有光線和空氣。

她一直喘氣……

第二天清晨，她站在浴室鏡前看自己紅腫的眼睛，突然衝上一股不甘心。她穿上運動衣，跑下樓，坐車到徐凱家。樓下的鐵門仍然開著，像在邀請她……

她走進去，一口氣爬到三樓。那雙高跟鞋還在門前，像一個符咒一樣保護著徐凱的城池。她爬到四樓，坐在昨晚的位置。她的身體蜷曲成一小塊，好像刺蝟進入備戰狀態，隨時可以和門內走出來的人決鬥。卻又好像是在用手腳遮掩著全身的破綻，不讓敵人一個開門聲把她擊碎。

陽光照進來，她累得睡著。醒來後她急忙跑下樓，鞋仍在。她躲回四樓，看表，12點10分。12點40分，門打開的聲音，靜惠是清醒的，卻有被叫醒的唐突和驚嚇。她隔著一層樓聽女子和徐凱走出來。

「你下午要幹什麼？」徐凱問。

「我想把你上次買的那個床單拿去換……」

「找時間一起去嘛……」

「等你不知道要等到哪一年。」

「我晚上再打電話給你。」

他陪她走出門，靜惠縮到牆壁，好像怕被看見。

「拜囉……」女子說。

「打電話給我……」

然後靜惠聽到親吻的聲音。

像炸彈爆炸的聲響，她摸著冰冷的樓梯，滿地灼熱的碎片。

十分鐘後，她走出徐凱的公寓。她坐上車，因為躲太陽光而坐到後座中間。她的手機響，是徐凱，她沒接。又響，她仍不接。她回到家，家裏的答錄機的燈在閃：「嘿，對不起，昨天到山裏拍片，手機一直收不到訊號，今天早上才回來，你好嗎？阿金好嗎？」

是「阿金」那兩個字讓她憤怒的。她拿起電話，撥給他。

「喂？」徐凱接起。

「我看到她離開你家。我看到你親吻她。」

69

阿金開始打第三針，在靜惠面前總是鼓起精神。

她在家裏做了一碗麵線帶來，小心地不讓湯流出來。她蹲在床尾，把床的前半部搖高，他自然就坐了起來。她為他架起可以放在床上的桌子，把麵線從保溫瓶中拿出來倒在碗中。這每一個動作，她都做得細緻而徹底，每一個動作，她都專心，希望這樣就能忘記發生在自己身上的事情。

「徐大哥最近怎麼沒來？」阿金問。

折疊好的橘色塑膠椅靠在牆邊，那原來是徐大哥的位子。

他們已經一個禮拜沒有講話。徐凱試著找她，手機和家裏都試了很多次。半夜1點，她躺在床上，聽電話無助地持續響著。徐凱留下的message中沒有說話，只是掛掉電話的聲音。他可能也知道她醒著，所以不停地打。她的確也是在數他打來的次數，只是不去接。這樣的你來我往，也變成一種溝通模式。

阿金吃完午飯，睡了一下。她拿著自己的麵包，走到病房外。

下午1點，她坐在醫院長廊的一排塑膠椅上。陽光斜斜地照進，吃掉一半的椅子。她的上半身裹在陽光中，雙手拿著全麥麵包啃。她戴起隨身聽聽廣播，俏皮的廣告熱烈地推銷手機。她拿起旁邊椅子上的礦泉水，陽光照著透明的水瓶，裏面搖動的泡沫閃閃發光。隔兩個座位菲傭用英文寫著家書，高挑的白衣護士快步從他們跟前走過，她聽著廣播中陶子唱著〈太委屈〉……

她低下頭，把嘴中嚼了一半的麵包吐回透明的塑膠袋中，口水沾到自己的手背。她的頭塌進手掌，把棕色框眼鏡丟在旁邊的塑膠椅上，用力揉著眼睛。她上下的牙齒咬緊，忍住不出聲……

那天之後，她就常戴著隨身聽。走在路上，感覺有人陪伴她。

她喜歡孫燕姿的〈開始懂了〉，走下捷運站，音樂圍繞著她，覺得自己好悲壯，好像在演電影，身後永遠有配樂。如果徐凱現在在看這部電影，應該會再喜歡她吧。站在月台，地上的紅燈閃爍，軌道洞口吹來的風把她的頭髮吹起，在列車的噪音中，音樂突然沒了。她低頭看，沒電了。她試著關掉電源，再打開，隨身聽就打不開了。

可惜，現實生活是沒有配樂的。

她學了好多流行歌曲，知道聽眾在什麼情況下點什麼歌。她聽著DJ念著點歌人給對方的話，覺得每個人故事都一樣，她的沒什麼不同。

有一天下午，她聽到台中的「鴨鴨」（應該是這樣寫吧），點了Macy Gray的〈I Try〉給台北的「阿毛」，鴨鴨說：「我們在一起，歷經了這麼多起起伏伏，如今雖然分手了，但我希望你知道，我仍然愛你，沒有你，我的世界將永遠是殘缺的。我誠心地祝福你幸福、快樂，早日找到比我更適合你的女孩。」

世上那麼多人，但只有一個故事。她很高興自己正在體驗那個故事。

她又回到一個人的生活，那種徐凱還沒出現前，多年來她認定的美好生活。早睡、早起、刷牙、洗臉、穿衣服、戴耳環、找鑰匙、穿鞋、下樓梯、出門、進捷運站、下樓梯、刷卡、走進月台、被想趕在車門關閉前衝上車的人撞到、等車、抬頭看紅色的數位字寫著「開車酒精濃度超過標準處一萬五千元以上六萬元以下罰鍰並吊銷駕照一年」、走進車、扶鐵桿、看著座位上的男孩把手繞過女友的脖子、下車、出站、買早餐、買經濟日報、對店員「需要袋子嗎」的問題說「要」、進公司大樓、把識別證戴在脖子上、進電梯、頸背感覺到陌生人吐出的氣、進辦公室、和沿路的同事微笑、開電腦、輸入密碼、進入交易系統、開始整個上午的廝殺、中午在辦公桌上吃便當、讀經濟日報「店頭理財」那一落、她的手機在響，她不接、吃完飯看著窗外的高樓和街道，計程車蠕動地像電動玩具中的精靈。她去洗手間、沖水、使用、再沖水、用洗手乳、把手洗乾淨。回到座位，把椅子往前拉，把自己卡在桌和椅之間。回覆E-mail，不用主詞，用最簡單的字和最短的句子。7點，離開公司，買便當，坐捷運到醫院，詢問張小姐白天的狀況，和阿金評論起每一個護士。11點，回到家，坐在沙發上看CNBC，發現自己的英文聽力越來越差。12點，刷牙、用牙線、吐漱口水、關燈、開始失眠。她去看醫生，醫生給她鎮靜劑，叫「Trazadone」。她在網路上輸入鎮靜劑的名字，跑出一大排文章。其中有一篇提到美國的瘋狂博士、「郵包炸彈手」泰德卡金斯基被補時，家裏也搜出大量的Trazadone。

她想找程玲，但沒有臉去找她。

但程玲似乎聽到她的求救，主動來找她。把她拉出家門。

她告訴程玲樓梯間的故事。程玲安靜地聽，不安慰也不指責。

「我該怎麼辦？」靜惠已經全面失守。

「不適合就不要勉強。」

「我們很適合啊，很多時候，我們的默契，是別人無法了解的……我們喜歡同樣的電影，我們一起忘記同一部電影的片名，我們都有背痛，我們還談過結婚呢……」

「結婚需要同質性很高的，你們根本來自不同的世界。」

「沒有人是真正來自相同的世界，我們都改變了自己去配合對方。」

「你還在想他對不對？」

「為什麼這麼說？」

「你還在替他辯護。」

「我沒有在替他辯護，我是在為我們辯護，我們畢竟都花了很多的感情和心力。我辯護，是希望那些感情和心力不是白費的。」

「你到現在還這麼MBA，斤斤計較。」

不甘心啊，靜惠想，每一個人都會吧，不只是MBA。如果我真的是好的MBA，早就認賠殺出了。

「我只是不懂，他為什麼在對我那麼好的情況下，還能跟別人在一起？」

「當然可以啊……」程玲說，「我很愛周勝雄啊，我想嫁給他。但是我還是跟別人見面。」

「為什麼？」

「我從兩個人身上得到的東西是不一樣的。」

「你為什麼要從兩個人身上得到東西，一個不夠嗎？」

「每一個人給你不同的東西。周勝雄給我安全感，他照顧我，可以依賴。別人給我的純粹是身體的，很單純的快樂，我們都沒有期待，也就都沒有負擔。」

「他們都不知道另一個人的存在嗎？」

「周勝雄當然不知道，他本來就憨，凡事都少根神經，又整天在新竹，怎麼會知道我在台北搞什麼。別人知道，但不在乎，我們都得到彼此想要的，其他的都不重要。」

「難道忠誠對你們沒有任何意義嗎？」

「沒有。」

「沒有？」

「對我，對徐凱，都沒有。你所謂的忠誠只是道德的規範，對我沒有意義。我只對我的感覺，我的情緒忠誠。我認識了別的男人，喜歡和他在一起，喜歡和他上床，這是我最真實的情感，最原本的情感。我對周勝雄，有時只是感激，只是責任，這只是在道德規範下衍生出來的東西。而我永遠不會讓衍生出來、第二級的東西，約束了最原本的東西。」

「你只是在為自己的放縱自圓其說。」

「我何必要自圓其說？我又沒有要說服誰。這是我的生活，我做我喜歡的事。我只是在解釋給你聽，你的很多框框都是人為的，它們其實並不合乎人性。」

「你跟一個人維持只有性而沒有愛的關係。這合乎人性嗎？」

「性和愛根本是兩回事。愛如果是魚類，性就是鯨魚，他們根本不是同類的，為什麼一定要同時發生？」

「當然要，我和一個人在一起，要的是全部，如果一下子得不到全部，我先要的是他的心，而不是他的身體。」

「那你還煩什麼？徐凱對你有心啊，看看他為你做的事情，如果你最在乎的是他的心，那麼為什麼不能忍受他的心在愛你的同時，身體和另一個女人在一起。」

靜惠答不出話。

「你看過那女人嗎？」

「沒有。」

「你想看嗎？」

「本來很想，現在不太確定了。」

「如果是我，我不會像你這麼難過，但我一定要看看那個女人長什麼樣子！你知道，像

《往日情懷》的最後，芭芭拉史翠珊一定要看到勞勃瑞福離開她，究竟為的是怎麼樣的女人？」

靜惠在人行道上的椅子坐下。

「我好累，我們休息一下好不好？」

程玲坐到她旁邊，兩人一起看著前方來往的車。

「沒關係，徐凱愛玩，就讓他去玩，幾個月後他就會後悔，再回來求你……」

「真的嗎？」靜惠問。

程玲停頓一下，「其實也未必。不是所有外遇的女人都是壞女人。」

靜惠點頭，微笑，「只是那樣想會讓我們比較好過一些。」

「事實上，她可能比你更適合徐凱，他們的故事可能比你還悲壯。」

「因為是地下的，他們見面如此不易，於是激情更強……」

「現在在台北另一個角落，也許那女的也在和她的朋友談你們的事，就像我們兩個在談論她。我相信你會被刻畫成一個嚴厲、刻薄、無趣、瘋狂的女人，她是拯救徐凱的天使，他們在你的壓迫下追求真愛……」

70

徐凱仍持續地打電話來，只是次數慢慢減少，偶爾他會留話：「我沒有別的意思，只是想確定你一切都好。」她沒有回。

張小姐說他來看過阿金幾次，都是趁她在上班的時候。阿金問徐凱為什麼晚上都不來了，徐凱只說最近在趕幾個案子。

在公司開會，她很專注地看著老闆，適時地點頭、合宜地微笑，卻沒有在聽他在說些什麼。結束後，老闆問她，「你晚上把這個弄好了打個電話給我，你再告訴我一下你的手機號碼……」

她說出一個號碼，老闆重複。

「對不起，我講錯了。」她又說了另一個號碼。

她第一次說的竟然是徐凱的號碼。

下班，她走在街上，店家放著孫燕姿的〈和平〉，她在櫥窗前停下來，看著窗內的衣服和窗上自己的身影，聽孫燕姿唱：

「愛是固執的
我只要在兵慌馬亂中找到和平
和平對待你
不掉淚是因為好多事還要努力……」

她走進自助餐廳，快打烊了，菜已陸續收起，鐵盤下的水上浮著幾條毛巾，冒出的熱氣模糊了她的眼鏡。

她坐在自助餐廳，只剩她和黃色制服的歐巴桑在吃。突然間某人的手機響起，鈴聲和徐凱的手機一樣。她立刻停止咀嚼，轉頭看誰接起來。一名歐巴桑接起，用台語說：「好了，馬上就回來，你先睡。」

她放下筷子，再也吃不下去。

走上捷運，她自然地往最後一節車廂走去。到了醫院，張小姐說棉花棒沒有了。她到地下室去買，走向電扶梯。那電扶梯好陡好長，站在頂端看不到下面的盡頭。她閉起眼睛，慢慢下降……

回到家，她坐在餐桌上整理信件。打開信用卡帳單，一條一條的消費，讓她回想起他們過去做過的事情：吃印度菜、洗溫泉、買傢俱……好多好多。

她打開手機的電話帳單，費用高的都是打給他的電話。她看著最高的數字，不過是一個月之前，他們曾經用手機講過１７８分鐘的電話。那時他在花蓮拍片，晚上剛剛收工，她站在醫院門口，請叫好的計程車離開。他們都不願回到住處再用一般電話繼續。對他們來說，有些話必須在當下講完。

她走到客廳，坐在沙發上。她身體前傾，坐在長沙發中間，頭轉向左邊，眼睛看著地面，右手托著臉，左手握成一個無力的拳。《小艾琳》的相框在旁邊，她們兩個人的眼神都沒有焦點。她看到桌上的蠟燭，頭上的芯短的幾乎不見了。

「你知不知道，這種蠟燭可以從另一頭把芯整個拉出來！」

「嘿，不要拉，那是我最喜歡的蠟燭！」

她想，這樣不聯絡，是誰比較難過呢？

「你不要去想這種問題。」程玲打電話來，「想了你自己痛苦。」

「他剛好可以跟那個女的天天在一起。」靜惠說。

「你也可以去交新的男朋友啊！追你的人那麼多。」

「我不會喜歡的，不會有跟徐凱在一起時相同的感覺。」

「那你注定要比較難過。他的優勢是他跟別人在一起有同樣的感覺，而你沒有。」

「也許他現在也和我一樣難過。」

程玲覺得這是自欺欺人，但沒有點破。只說：「去認識一些新朋友吧。當然不會有跟徐凱在一起時相同的感覺，但也許那對你是好事。」

靜惠聽不進去。她躺在床上想，不會再碰到那麼好玩的人了。32年來，她只碰到一個徐凱。她翻來覆去想著他們若還在一起可以做的事情，有些都已經講好的：一起過生日，去紐約、一起去聖誕舞會、在舞會上假裝初識、當晚發生一夜情……

「永遠會有另一個男人！」程玲把她從床上拉去健身房，一起在跑步機上快走，「我也曾經覺得某一個男人是全部，沒有他就活不下去，我也自殺過，最後被拉去灌腸。我當時覺得那麼強烈，那麼絕對的東西，現在想起來只是一個笑話。六個月，你就給自己六個月的時間，每天數每天數，到了第181天的早上醒來，你會發現徐凱已經很遠了。」

「當他真的遠離時，你難道不會懷疑，自己因為一時任性，而錯過了人生中最好的愛情？」

「徐凱欺騙你，和另一個女人過夜，你說這是你人生中最好的愛情？」

健身房回來，靜惠很早就睡了。夜裏被街上的狗叫吵醒，再回去睡就睡不著了。台北的夜有好多聲音啊，遠方警車開過、樓下有人發動摩托車、樓頂水塔開始抽水、沒關好的窗有風灌進來。她起床，走到客廳，打開落地窗，走到陽台。下雨了，地濕了。雨打在一灘灘的積水裏，像是沸騰的油鍋。黃色的路燈照著滾燙的油，整條巷子泛著被炸熟的金色。她回到床上，身體熱起來。嘴巴乾，喝水也沒用。

熬到7點，她換上運動衣去跑步。

國父紀念館內，消防局正舉辦著消防設備展示會。雲梯車載著一批一批的市民上升。他們在廣場內搭起「煙霧體驗室」和「地震體驗室」。地震體驗室是一輛會搖動的車，煙霧體驗室是一個透明的帳篷。

跑完後她停下來，告訴工作人員說她想嘗試「煙霧體驗室」。他們給她一個塑膠袋，要她戴在頭上，然後把她推進白煙瀰漫的透明帳篷。她蹲在裏面，隔著煙隱約地看到帳篷外的人在看她。她並不感到尷尬或窒息，反而有一種平靜，與世隔絕的寧靜。好像在希臘的一個小島，或是像挪威那樣遙遠的國家。

當她慢慢覺得呼吸不順的時候，心裏突然閃過徐凱。他現在在幹什麼？是不是剛和另一個女人從睡夢中醒來。抱著她的頭，親吻她的頭髮。想到這裏，她立刻從希臘回到徐凱家門口的樓梯間。她倉皇逃出煙霧體驗室，差點撞倒了帳篷。

「你還好嗎？」她一直咳嗽，工作人員拍她背。

「我還好，好真實。」

她回到公司，收到徐凱寄來的信。她把它當做信用卡公司寄來的促銷廣告，試著平靜地打開。裏面又是一張《杜蘭朵公主》的票，日期是今晚。

「打了幾次電話給你，你都沒接。

請你記得，這齣戲最後那個陌生人的名字。」

71

她沒有去。那個周末她回台南看爸媽。

「你瘦了。」

「哪有？」

「你臉色好差。」

「最近工作比較忙。」

他們對徐凱的事一無所知，她想現在也不需要告訴他們了。爸媽自然又對結婚的事嘮叨了一番，她努力擺出微笑，要他們不要擔心。

「到底有沒有對象啊？」

「還沒有。」

「要不要再跟陳阿姨那個兒子見個面？」

她想起程玲那句「去認識一些新朋友吧。當然不會有跟徐凱在一起時相同的感覺，但也許那對你是好事。」

但她還是說：「不用了，我自己會找到的。」

星期日晚上快12點才回到家，她很快就睡了。然後她被電話聲吵醒，翻過身，時間是半夜4點。她讓答錄機去接。對方沒有留話，只是一通一通地打。打到第五通，對方終於留話。

「喂，我可不可以見你一面？……」

她可以聽見客廳答錄機錄下的聲音，她已經完全清醒。她等著對方繼續說，但對方一直沉默，只聽得到他後面街上的噪音。她在床上坐起來。

「我想跟你說，不管你心裏怎麼想，我要你知道我是愛你的，我愛過很多女人，從來沒有人給過我這種感覺，不管怎麼樣，我要你記得，你記得好不好？……」

她想接起來，不管他怎麼對不起她，想想他為她做過的事，也可以原諒了吧。接起來，做個朋友吧。看不到他的這段日子，她畢竟是不快樂的。看不到他的日子，每一天都像一個巨大的工程，必須去奮鬥，去克服，把不打電話給他當做成就，把不想他當做成熟。每天睡前，她告訴自己，我10天沒跟他聯絡了，我11天沒跟他聯絡了，我又忍過了一天，我破紀錄了……

為什麼要這麼累呢？

「我不會再打擾你了，也不會再去打擾阿金。我希望你們都很快地好起來……我們夫妻一場，我希望最後你記得，我真的愛你，真的愛你……保重了，拜——」

「喂？」

是「夫妻一場」那四個字打動她的。

72

第二天晚上，他們在一家沒有個性、沒有氣氛的咖啡廳見面。她希望淡化這次見面，他們只是朋友了，不是嗎？

「她是我前任女友——」

「你不需要告訴我，真的，我不想知道——」

「我想要告訴你，我欠你一個解釋。」

「你不欠我什麼。」

「她是我前任女友，我們當初都同意分手，分手三個月後，她回來找我，說想要復合。我跟她說不可能。後來我和你開始交往，就更不可能了。但她還是一直打電話給我，我跟她說我已經有女朋友了，她說她不在乎。我告訴她我沒辦法再接她電話，她說我這樣會逼她走上絕路。那天她說她想通了，想見我最後一面，我答應了。我知道如果跟你說實話你是不會諒解的，所以我騙你。她那天來我家之後情緒立刻失控，整晚大哭大叫，我趕都趕不走。所以我讓她留下來過夜，第二天中午她就走了。」

靜惠回想那晚守在門外，並沒有聽到哭叫聲。

「你不必告訴我這些，如果你不想說實話，就什麼都不要說。」

「我現在告訴你的都是實話。我和你已經什麼都沒有了，為什麼還要騙你？」

她氣憤起來，氣他這個時候還在說謊。他的謊言把這段日子的痛苦瑣碎化，那些痛苦為的不是什麼偉大的愛情，而只是到現在還死不掉的謊言，「你在我家用我的電話打給她很多次，電話單上都有記錄，」她心平氣和地說，「你講的好像永遠是她來找你的樣子。」

「是她來找我，她會發了瘋地一晚上留五個留言，最後一個威脅要自殺，我能不回嗎？」

她拿著咖啡的小湯匙，看著窗外。

「你們那晚有發生性關係嗎？」

「沒有。」

她自己也覺得這個問題和答案的可笑。這是她評斷能否原諒徐凱的標準嗎？只要他們那晚沒有發生性關係，一切就ＯＫ了嗎？

「我們去紐約好不好？」徐凱說。

「什麼？」

「我們不是一直說要去紐約嗎？我們去，就像兩個朋友一樣去，沒有任何期待，任何責任。我們去，遠離這一切，遠離我前任女友，遠離醫院，讓我們看看，在一個只有我們兩個人的地方，我們會是怎麼樣？」

73

他們去了。她沒有想太多就答應了。她已經厭倦於思考。她想度假，有沒有徐凱都好。

在飛機上，徐凱睡著，她看著黑暗的窗外，尋找北極光。沒錯，他們的相處，參雜了太多外界的干擾，哪有人戀愛是天天在醫院裏談的？她記得阿金生病之前，他們的快樂是很單純的，像街上任何人在談的戀愛一樣：不停的電話、不停的禮物、不停的熬夜、不停的信義威秀。他們膚淺而快樂，卻覺得無比尊貴。

阿金生病以後，他們也是快樂的，是一起作戰的快樂，一起在做一件比他們兩個人更大的事情的快樂。徐凱做了，而且做得很好，從來沒有抱怨過，但她能期望他把這當做生活的常態嗎？他畢竟是一個對生活充滿了興奮和好奇的人，認識她之前玩過所有好玩的東西，隨時準備要去泰國，而不是急診室。他畢竟才28歲。

他醒來，對她傻傻笑著，喝醉酒似地很安詳。

「你睡飽了，我睡一下。」她說。

「你要睡覺？」

她點頭。

「你睡前我送你一樣東西好不好？」他說。

「什麼東西？」

他從包包裏拿出一個紅包袋。

「你必須猜中裏面是什麼，才能給你。」

「錢嗎？」

「當然不是。」

「這怎麼猜？」

「你問我問題，我藉回答來給你提示。」

「這太難了。」

「好吧，算了——」他收起紅包袋。

「等一下……」她開始好奇。

「這是紙製品？」她問。

「沒錯。」

「這是你買的，還是自己做的？」

「可以說是買的。」

「在什麼地方買的？」

「我怎麼能告訴你？……嗯，這樣說吧，可以說是在地攤買的。」

「是飾品嗎？」

「不是。」

「在地攤買的，但不是飾品……價錢呢？」

「兩千塊。」

「這個東西跟我們兩個人有關嗎？」

「有很大的關係。」

「嗯……上面有字嗎？」

「有。」

「是印刷的還是手寫的？」

「都有。」

「機票？」

「機票怎麼可能在地攤上買？」

「這太難猜了，你要給我一點提示。」

「我給你的提示是：我從來沒有買過這個東西，你也沒有……」

「你怎麼知道我沒有？」

「以我對你的了解。」

「一張卡片？」

「我們當然買過卡片啊！」

「我不猜了，你不要告訴我就算了。我要睡覺了。」

他從紅包中拿出一張粉紅色的紙，上面有紅、藍、黑筆寫得龍飛鳳舞的字。

「我去卜卦，算我們兩個的感情……」

她拿過來看，上面印著一些看不懂的字：「本卦」、「互卦過程」、「變卦結果」，每一欄下都畫著類似「三」的圖案，下面是「占」，寫著「乾為天（姜太公釣魚）……」

「要不是這張紙，我沒有勇氣來找你，」他說，「那個老師說，我們之間都是『乾』卦，這是最好的卦。他說我們目前很美好，中期是大吉，未來有姻緣。你看到『應吉』這一項沒有，他說快則一個月內轉機，慢的話也會在農曆11、12月前發生。他說我自己是主宰，一切要看我怎麼做……」

她把那張粉紅色紙放在椅背的桌上，用手去摸，好像要把摺紋壓平。

「老師還說，我們的卦是很好的卦，我們應該到行天宮去向月下老人還願，再求回兩根紅線，一根放在我的枕頭下，另一根放在你的枕頭下……」

她沒有抬頭看他，她還是摸著那張紙，想像他那天去卜卦的樣子。

「我想你大概不會跟我去，所以我就自己去了，求回了這個……」她轉頭看他，他從自己墊的枕頭下抽出一根紅線……

然後他從襯衫口袋裏抽出另一根紅線，把紅線放在枕頭下，把枕頭放在她頭下，再把她頭髮弄整齊。

「睡吧，你會睡得很好的。」

她一閉眼，就到紐約了。

74

他們住在她一個朋友家，朋友回台灣去了，整個家屬於他們兩人。

紐約很冷，家就更有家的感覺。兩個人都是第一次來，出去吃宵夜，見了店就進去。結果誤打誤撞，味道還不錯。回來的路上，寒風刮上臉，他抱著她，緊得像抱個嬰兒。

又回到初識的感覺：沒有責任，沒有負擔，每天都是假日，都可以分成早上、下午、晚上、夜裏，四階段來計畫。

一早，徐凱裝內行，自告奮勇地帶她去吃早飯。他帶她上1號地鐵，坐到72街下車。

「為什麼在這裏下？」

「你看這裏，」他指著車站牆壁上的地鐵路線圖，「72街是一個大圈，其他街都是小圈，所以這應該是一個大站。」

走出站，他帶她到街角一家咖啡店吃早飯。他用破英文點了牛角麵包、咖啡，和胡蘿蔔汁。她裝做一句英文都不會說，慢慢看他掙扎。她好喜歡看他費力。在台北，他是王子，一切水到渠成。在紐約，他顯得猶豫而笨拙，她反而更喜歡他。

下午，他們在格林威治村。徐凱拿出他從台灣帶來的紐約指南。

「原來你有備而來！」

「當然，我很重視和你來紐約！」

他帶她逛好幾家店。

「這邊都是賣女裝的，你來幹嘛？」

「替你買衣服啊！」

「在格林威治村買衣服？我不要變成嬉皮。」

「這是Armani的店，不是賣給嬉皮的。」

一個下午，他為了她買了三條裙子和兩雙鞋。她為他買了一張《征服情海》的海報。

「這是我最喜歡的電影！」徐凱說。

「我知道，我還記得。」

他們在一家咖啡廳坐下。

「『White Horse Tavern』，書上說這是鮑伯狄倫寫歌的咖啡廳，嘿，我有沒有告訴你，我在法國時，去過卡繆的咖啡廳？」

她搖頭。

「那時我在巴黎，跑去卡繆生前常去的一家咖啡廳。坐在窗口，學他一樣抽煙，看他的《異鄉人》。突然一個女的走過來，請我喝一杯咖啡，我說謝謝，她說我長得很像年輕時的卡繆。」

「她想把你……」

「沒有，她當時就從書裏拿出一張卡繆的照片給我看，我嚇一跳，還真有點像，當然我比他帥一點。」

「然後呢？」

「然後她問我：『你知道卡繆是怎麼死的嗎？』我哪知道？那時我看《異鄉人》也只是培養氣氛，對卡繆其實沒那麼了解。然後她說：『卡繆47歲的時候車禍死的。』然後她掉頭就走，把我嚇死了，我後來再也不敢到名人去過的咖啡廳。」

「沒關係，鮑伯狄倫還活得好好的。」

他們又可以講話了，又可以開玩笑，互相挖苦。

「你知道不接電話是很幼稚的。」徐凱說。

「不會比說謊更幼稚吧！」

他們好到可以互接瘡疤。

「我幫你拍張照好不好？」她說。

「為什麼？」

「回去看看你到底像不像卡繆。」

「來吧……」

她用數位相機拍了幾張，正面、側面都有。

「你頭低一點，笑一笑好不好？」

「還有規定姿勢的？」

「配合一下嘛！」

他低下頭笑，她從側面拍了好幾張。

「笑大一點！」

「笑大一點就不像卡繆了，他是憂鬱的存在主義者呢！」

拍完照，他們討論晚上的計畫。

「你想幹嘛？」他問。

「你不是有紐約指南嗎？」

「想不想看《藍人》？」

「想啊，現在是不可能買得到票的。」

他變出兩張票。

《藍人》是外百老匯一齣有名的表演。台上只有三個光頭男演員，全身漆成藍色，他們使用鼓和各種道具，配合燈光和現場樂隊，進行90分鐘毫無對白的表演。由於舞台上會濺出各種顏料，前排的觀眾還得穿雨衣。他們坐到很好的位子，徐凱一定早就買了票。

表演進行到一半，一名藍人走到觀眾席，選觀眾上台加入表演。當藍人的眼睛朝靜惠這方向看過來時，她就知道自己被選到了。一個東方女生，在觀眾席中太搶眼。聚光燈打到她臉上，所有的觀眾都在看她。

「去啊，一輩子只有這一次機會！」

觀眾開始鼓掌，她看著徐凱，他向她膜拜。

她站起來，觀眾的掌聲更大。

她走上台，坐在三名藍人中間。她一直在找台下的徐凱，徐凱很有默契地向她揮手。藍人什麼也不說，拿出餐巾，幫靜惠圍上，從穀類早餐盒子中拿出一顆顆像球的東西，放在他們和她面前的盤子裏。

第一個藍人吃了一個球，嚼了兩下，停止，卻立刻吐出兩個完整的球，觀眾歡呼。

第二個藍人不服氣，吃了一個球，嚼了兩下，停止，卻吐出四個完整的球，觀眾更高興。

第三個藍人想打敗他們，吃了一個球，用力嚼了兩下，停止，想要吐球卻一個都吐不出來。他張大嘴，裏面空無一物，觀眾大樂。

然後第三個藍人要靜惠吃，靜惠搖搖頭，觀眾笑了出來。第三個藍人故做生氣狀，和另外兩個藍人商量如何叫靜惠吃。結果三個人站起來圍著她，一付霸王硬上弓的姿態。

靜惠被他們擋住，觀眾看不見她，此時一個藍人把一根塑膠管放在她的餐巾下，然後把她的頭輕輕往下壓。藍人們站開，觀眾看到她，他們的手還放在她嘴邊，好像剛剛逼她吃下一堆球的樣子。當靜惠正要抬頭時，突然有一坨白色像嘔吐的東西從她餐巾下的管子噴出來，看起來好像她吃撐了在吐，全場觀眾又叫又笑。第三名藍人還站起來，用拍立得替她照了一張。

當靜惠走下台時，全場觀眾為她熱烈鼓掌。她當然不好意思，卻又感到一種難得的解放。她走回座位，徐凱站起來抱著她。她從沒感覺回到徐凱懷中是這樣光采，這樣有自信。

看完表演出來，竟下起雪來，把他們原本已經高亢的情緒再拉高。他帶她到《烈愛風雲》

裏那家叫「Kelly & Ping」的中國餐廳。挑高的天花板，昏黃的燭光，像明星一樣漂亮的侍者，開放式的廚房。他們在紐約，在一部電影裏。

「我帶你去跳舞好不好？」

「去那裏？」

「『Webster Hall』。書上說這是格林威治村最有名的舞廳。」

他們玩到2點。出來時，氣溫降低，風雪變大。他在門口替她整理衣服，把夾克的拉鏈拉到她下巴，帽子蓋住眼睛，指尖碰到手套的底。她把他的圍巾打好，尾端收到毛衣裏。她脫掉手套拿出面紙，幫他把鼻孔上的鼻水擦掉。

「擤一擤。」

他擤。

「用力！」

她擦完，把衛生紙摺起來塞進口袋。

他們牽手向前走，十分鐘仍叫不到計程車。

「風雪太大，你在這個店門口等我一下，我去找車。」

「我要跟你一起。」她把他的手抓得更緊。

他們逆風前進，風把雪一片一片地噴射到他們臉上，像小刀不停地在劃。

「低下頭，我牽你走。」

她低頭，把自己完全交給他。他一步一步，紮實地前進，不時停下來，回頭看後面有沒有車。這樣走了半個小時，她突然害怕起來。街道上的車慢慢淹進雪堆中，他們也一步步陷進地裏。

「我們這樣下去，會不會凍死？」

「什麼？」強風把她的話都淹沒了。

「我們這樣下去，會不會凍死？」

「當然不會，」他大叫，換手牽她，另一隻手繞過她的肩膀抱著她。

「林靜惠，我不會讓你凍死！」他對著紐約840萬人叫。

他搓搓她露在風雪中的下半邊臉，然後把自己的圍巾拿下來，幫她把那半邊也包住。

「我不要，這樣你就沒有圍巾了。」

他翻起外套領子，「這是卡什米爾，很保暖。Jil Sander的，你看吧，名牌是可以救命的！」

一台計程車在街角停下，上面的乘客要下車。他牽著她向前跑，勉強趕上。司機說他要回家休息，不載客了。他拿出一場百元大鈔，用他那破英文，以一種命令的口氣說：「載我們！」

回到家，他立刻把她丟進熱水澡中。她洗了二十分鐘，出來後，看見他坐在客廳發呆。他面前的窗外，風雪仍然猛烈。

「喝這個。」他從微波爐中拿出一杯熱牛奶。

「你去洗澡。」靜惠說。

他洗完出來，她已經趴在床上睡著。他替她蓋好被子，爬上床。她醒來。

「背好痛。」

「我替你按摩。」

他去浴室把乳液拿出來替她按摩。他開了床前的小燈，打開音響，選了一個古典音樂電台。

「你手好冰。」靜惠說。

他停下，兩手掌摩擦生熱。冰的乳液、熱的手掌，她背部的細胞收縮又膨脹，她的心也是。他的手指隨著鋼琴鍵的敲打按在她的背上，背上塞住的脈絡全都打通。她閉著眼，感覺他騎在她臀部。她很安心，不久就睡著了。

75

第二天，他們到更另類的East Village，走進一家鏡子店。

「幹嘛在國外買鏡子？」

「你看這個……」

徐凱拿起一個箱子，裏面兩面鏡子90度地組合在一起。

「你看鏡子裏的我們……」

「這有什麼特別？」

「你仔細看……」

「沒什麼啊……」

「真的嗎？」

她看鏡中的影像，她疑惑的臉，旁邊是徐凱自信篤定的神情……

「喔——是反的！」

「應該說是正的。」徐凱糾正她。

一般的鏡子，形象是反的，徐凱站在她左邊，映在鏡中是在鏡子的右邊。然而這面鏡子的形象卻是正的，徐凱站在她左邊，在鏡中也是左邊。

「這叫『真實鏡子』，全世界只有這裏有賣，這家店賣的全是真實鏡子！」

「你怎麼會知道這種地方？」

「我什麼都知道。」

「這種鏡子有什麼用途？」

「好玩嘛……我們買兩面好不好？一面放我家，一面放你家。」

「這一面要200塊呢！」

「讓我們看清自己的真面目，值得值得！」

「誰出國買鏡子啊！這怎麼帶？」

「我來帶。沒問題。」

他真的買了兩面「真實鏡子」！

他們在蘇活區混了一個下午。4點時，他說：「我們到中央公園去看看好不好？」

「天快黑了，現在去看什麼？」

「跟我走就對了。」

他帶她來到中央公園的旋轉木馬，許多父母帶著子女在排隊。

「你喜歡這裏嗎？」

「喜歡啊……」她很制式地說。

「不不不，你真的喜歡這裏嗎？」

「喜歡啊——」

「你真的、真的喜歡這裏嗎？『Phoebe Caulfield』……」

她想一想，會心地笑出來，把頭埋進他的大衣中。

「我猜你會想來看一看。」徐凱說。

「好開心喔……」

「《麥田捕手》的男主角，最後就是帶他妹妹來坐旋轉木馬啊。」

「你看了？」靜惠問。

「你不是說要送我一本嗎？我等得好苦啊！」徐凱抱怨。

「對不起，我忘了。」

「當初還說『我一定記得！』」

「對不起。」

「食言而肥！」

「啊，真的對不起，對不起。」

他把她的頭抱到自己肚子前。

「上去坐一次吧！」

「我太老了，跟這些小朋友搶，太丟臉了！」

「那有什麼關係？」

徐凱買了兩張票，花了一塊八毛錢。

「這是我用最少的錢，卻最快樂的一次消費。」

輪到他們時，徐凱爭先恐後地和小朋友搶馬，一個金髮小孩瞪他一眼，他反瞪回去。他們是唯一的大人，坐在馬上可以看到其他孩子的頭頂。音樂響起，木馬起動時，靜惠差點摔了下去，她連忙抓緊鐵桿，笑得合不攏嘴。徐凱逞英雄，放開雙手，轉頭看著靜惠。騎到一半，他竟然在馬上轉身，背對著馬頭坐著，兩手插在胸前看著靜惠，隨著音樂左右搖擺。

「你小心摔下去！」靜惠大叫。

「他們應該放『煙霧迷漫你的眼睛』。」

那是《麥田捕手》中旋轉木馬放的歌。

下來後，靜惠拉著徐凱的手，蹣跚地走著。

「好久沒坐旋轉木馬了，轉得我頭昏腦脹！」

「那好，我們剛好可以去溜冰！」

他帶她來到洛克斐勒中心的溜冰場，兩邊是摩天大樓，前面是全世界最大的聖誕樹。這是《麥田捕手》的主角霍爾頓帶她女友莎莉去溜冰的地方。

「你應該像莎莉一樣，換上會飄揚的短裙！」

「幫個忙好不好？莎莉17歲，我幾乎是她的兩倍！」

他們租了鞋，靜惠不會溜，徐凱陪她站在欄杆邊，扶著她走。

「你去溜啊！」

「沒關係，我陪你。」

「我要你溜給我看。」

他很熟練地滑了出去，頻頻回頭看她，向她招手。他輕鬆地繞了一圈，躲過幾個要撞上他的人。再繞一圈，他指著四周的高樓，她看過去，整排大樓內的燈光把黑色的夜空底部蒸出一條濃郁的霓虹。好像在遠方的天上，一場派對剛剛開始。他回來，快到她身邊時故意裝做跌倒，最後一頭撞在她肚子上。他拿下帽子，用頭髮摩擦她的小腹。

「好久沒有和你親密了。」他說。

「那昨晚算什麼？」

「喔，那只是性而已！」

76

他們離開洛克斐勒中心，橫跨紐約，一路走到中央車站。

「很多電影都是在這裏拍的。」

他們走過賣票的大廳，來到餐飲區。各式的餐廳排開，位子散佈在整個大廳，像是購物中心的美食區。

「要不要在這裏吃晚飯？」他問。

「我們先休息一下好不好？」

他們坐下，隔著厚重的大衣彼此靠著。他們脫掉帽子和圍巾，太陽穴貼著太陽穴。徐凱的手伸過靜惠頸後，抱著她的肩膀。下班回家的人潮匆忙地在他們面前走過，人潮越快，他們越靜，四周的噪音越大，他們越聽不到聲音……

他們坐在人聲嘈雜的中央車站裏睡著了。

他們同時醒來，立刻抱在一起，好像是慶幸隨身攜帶行李，包括對方，沒有因為睡著而失竊。

「我從來沒有睡得這麼好過。」靜惠說。

「我也是。」

「我們睡了多久？」

「半個小時。」

「只有半小時嗎？」

「感覺好久……」

「好神奇的感覺……」

「我們在大庭廣眾下睡著……」

他們站起，四周的食物香味讓他們突然餓了起來。

「要不要吃那家的漢堡？」徐凱問。

「我想吃麵，吃碗熱騰騰的湯麵。」

「我知道去哪裏。」

他帶她到時代廣場附近一家日本麵店。簡單的裝潢像個家，飯菜都在吧台後現做。

「我們坐在吧台好不好？」

「你不喜歡坐桌子？」

「我喜歡和女朋友坐在吧台，那種很近很近的感覺。」

他們坐上吧台，爐子上煮麵的熱氣撲上他們的臉。他們叫了拉麵和鍋貼，開始狼吞虎嚥。吃到一半，他突然停下，碰碰她的肩，給她一個眼神。他們一起瞄剛走進來的客人。

「李安？」靜惠說。

「噓……」

「真巧。」

「我要去找他簽名，《臥虎藏龍》是我最喜歡的電影。」徐凱說。

「你不是說《征服情海》才是你最喜歡的電影？」

「我改變主意了。」

「別打擾人家，人家在吃麵——」

話還沒說完，徐凱已經走去。靜惠看他很有禮貌地跟李安打招呼，李安回以靦腆的微笑。徐凱拿出紙筆，和李安解釋了一會，李安開始寫，寫好之後，徐凱有禮地和他握手，慢慢走回來。他拉開那張紙，拿在胸前：

「給靜惠，

心誠則靈

李安」

那晚最後他們走到時代廣場。一大組人馬正在拍電影，工作人員把TKTS售票亭四周都封鎖起來。一輛架著十排強燈的卡車，配合攝影機緩慢地前後移動。攝影師把攝影機背在肚子前，上面包著透明塑膠袋，兩個工作人員拿著傘替他擋雪。雪又大了起來，來自全世界的遊客越聚越多。大家交頭接耳地問是哪個明星。徐凱抱著靜惠的肩，不斷替她揮掉帽子上的雪。

「這是時代廣場，世界的中心。我們應該在那個Suntory的招牌下照一張相。」

「可是他們把那整塊都封鎖了。」

「所以我們必須衝過去。」

「衝過去？」

「我們衝過去，拍一張照，立刻再衝回來。」
「嘿，是他們在演電影，不是我們。」
「李安剛剛是怎麼跟你說的？」
他們對看一眼，她還沒有機會勸他，他就牽著她向前跑。她聽到風聲，車子的喇叭聲，然後是有人用英文嚇阻他們的聲音。他根本不管，只是一直跑。雪地很滑，她幾乎跌倒。他們跑到管制區的中心，Suntory的巨型招牌下，他站定，抱住她，把相機拿在胸前，由下往上照。管制人員跑過來，他把她的頭靠著他的頭，按下快門……

77

飛機降落在桃園，輪子觸地的聲音特別響。靜惠醒來，這個夢怎麼結束地這麼快。
徐凱下機時很沮喪。他放在隨身行李中的「真實鏡子」碎了。而且，兩面都碎了。
靜惠拍拍他，沒說什麼，但有了不祥的預感。
但並沒有不祥的事，反而有喜事。
程玲要結婚了。
她們一起午餐，程玲說：「訂在明年5月。」
「怎麼這麼突然？」

「我們講了一陣子了，我想，明年就33歲，我又想生小孩，是時候了。」

「我好羨慕你們。」

「你和徐凱去紐約還好玩嗎？」

「很好玩，一切都很順利，直到回程飛機。我們買了一張電影海報，回來託運弄掉了。徐凱買了兩面鏡子，放在手提行李中也碎了。」

「誰出國買鏡子啊！」程玲反應。

「就是嘛！」靜惠附和，「但他是徐凱，不按牌理出牌。」

「你能適應就好。」程玲欲言又止。

我能適應嗎？

靜惠轉移話題：「你現在要結婚了，你跟周勝雄說過你跟其他男人的事嗎？」

「我瘋啦？當然不會！他不知道，我也不會告訴他。你為什麼這樣問？」

「我只是不知道婚姻中兩個人要坦承到什麼程度？對於徐凱，我還有好多疑問，連談戀愛時都這麼沒安全感，怎麼去想結婚呢？」

「你愛他嗎？」

「愛啊。以前的我，對愛是有潔癖的。徐凱的事發生在別的男人身上，我一定立刻分手。但今天是徐凱，所以我願意改變自己。我願意妥協。」

「和他在一起快樂嗎？」

「快樂。」

「他對你好嗎？」

「從來沒有人對我這麼好過。」靜惠驕傲地宣稱，但又轉念說：「可是他也曾經對別人一樣好。他常跟我說他跟以前女朋友在一起的事，我雖然都假裝大方地在聽，心裏卻很難過，他怎麼可以愛那樣的人？他怎麼可以和別人也那麼親密？」

「每個人都有過去，不要問，下次他再講你也不要聽。」

「我當然懂這個道理，只是心裏還是會嘀咕，我到現在連在東京發生了什麼事都還不知道呢。」

「不要嘀咕，不然就問清楚。」

「我好羨慕你們。」

「我們快樂，」程玲說，「因為我們各自有很多秘密。」

78

程玲約靜惠去聽莫文蔚的演唱會。體育場下著濕冷的毛毛雨，莫文蔚穿脫之間，讓現場充滿熱力。當她最後唱到「忽然之間」，全場觀眾跟她一起唱起來。

「我打個電話……」靜惠撥徐凱家裏的號碼。

「喂……」徐凱接起。

「你聽這個……」靜惠將手機對著齊唱的觀眾，自己也跟著唱：

「我明白
太放不開你的愛
太熟悉你的關懷
分不開
想你算是安慰還是悲哀
而現在
就算時針都停擺
就算生命像塵埃
分不開
我們也許反而更相信愛……」

「聽到了嗎？」靜惠把手機拿到耳邊。
「趕快回來，讓我吃掉你！」
她掛掉電話，程玲不可思議地看著她。
「怎麼了？」靜惠問。
程玲搖搖頭。

「怎麼了嘛？」

「你沒救了。」

79

她喜歡跟程玲出去，她們能聊徐凱。她更喜歡和徐凱出去，他們不用講話都很快樂。徐凱會一手拿著爆米花，腋下夾著可樂，另一手把兩張票拿給撕票員。幸福是什麼？她想。

他們走過撕票員，他找正確的廳，她看著他，想著幸福就在剛剛那個角落。幸福就在一起去看一場電影，另一個人為你拿票撕票的感覺。

戲院暗下來，預告片開始，她伸手去拿爆米花，喝著可樂，幸福就在那些垃圾食物中。

和徐凱在一起後她吃了很多垃圾食物，戲院裏，深夜家中的錄影機前，火車上，床上。他們總有更重要的事要做，比吃飯更重要的事，於是垃圾食物就取代了正餐。她還記得上個禮拜天下午，他們走到信義威秀後面的中強公園。他們坐在椅子上吃漢堡，指著公園外新蓋的昂貴大樓，挑選將來他們要住哪一戶。他站起來，拿起公用呼拉圈，很熟練地搖起來。他邊搖還邊唱手語歌，嘴唇和手勢一樣熟練。靜惠看了很久才發現他唱的是「月亮代表我心」。她坐在椅子上，笑得直不起腰……

她坐在椅子上，電影開始了，她想，他總是能把人逗笑。那天中午，他們在凱悅吃日本料理，一直吃到2點半，侍者要收架上的食物時，禮貌性地問他們，「我們要把東西收起來了，先生小姐還需要什麼嗎？」徐凱一本正經地指著架上展示的一隻大章魚，「那隻章魚可不可以幫我打包帶走？」

他那天特別high，下班之後，他在樓下等她，去醫院之前，路過一家婚紗攝影，他帶她走進去。「我3月結婚，想看一些婚紗。」小姐一本一本地為他們解說，徐凱一邊看還一邊若有其事地轉過頭來和靜惠嚴肅地討論。最後當他們要走時，小姐把經理請出來，再向他們強勢推銷。「兩位很配呢！我做了這麼多年，很少看到像你們這麼有夫妻臉的！」「喔，你搞錯了，她是我妹妹，我要娶的不是她！」

電影在演，她一點都沒在看。他就是那張嘴，她想。有一晚離開醫院後，他們去一家叫「MOD」的PUB。

他問：「MOD是什麼意思你知不知道？」

靜惠說：「Mother of Duck？」

他指正她：「Movement of Deconstruction，解構主義運動！」

然後他滔滔不絕地跟她解釋什麼是解構主義，說他在法國去過解構主義之父德西達的研究室，從這家店的擺設，比如說玻璃後一張巨大人像，可以看出這是一家解構主義的店。講到這，服務生送上他點的堅果，他立刻停止高談闊論，「來，你丟堅果，我用嘴來接。」她開始丟，他仰著頭，像個老鼠一樣地接，「你剛才還在講解構主義，現在就在接堅果，你不覺得很幼稚嗎？」「哈哈，我就是在跟你示範解構主義真義，就是這種矛盾啊！現在你懂了吧？」

這是他的嘴。唉，他的嘴的故事真多，還有一次，他帶她去游泳，她沒帶蛙鏡，他把他的給她。屋頂的燈打在搖動的水面，繩結般的陰影映在池底。突然間池底分隔水道的藍線上冒出一張臉，是張大眼睛的徐凱，他潛到她身下，在水底對她說話。她看到氣泡不斷從他嘴裏冒出，卻分不出他在說什麼。他比手畫腳講了好幾次，氣都用完了，她還是不懂。最後他在水中抱住她，親吻她，從她嘴中吸氣，再貼著她耳朵說，她才知道他在說「我愛你」。

那晚回去，他耳朵浸水，她幫他拍出來，順便替他挖耳朵。她坐在沙發上，他的頭側躺在她大腿，右耳在上，看著電視。

「你多久挖一次耳朵？」她問。

「我從來沒挖過。」他說。

她挖出一顆顆像八仙果一樣大的耳屎，因為沾了油和水而有怪味。他把自己的耳屎拿過來玩：「這些千萬不要丟，我可以開個化石展。」

挖完右耳，她要他換邊，頭側躺在她大腿，左耳向上，他的臉正對著她褲子的拉鏈。「這種姿勢會令我對你有非分之想。」

他就會貧嘴。講著講著，當她挖完，用挖耳棒反面的毛球弄他的耳洞時，他竟然舒服地睡著了……

她轉頭看他，此時他正專心地看著電影，沒有睡著，黑暗中她還能看到他的鬍渣。那晚他從浴室走出來，「我的電鬍刀鈍了，鬍子刮不乾淨。」「我看看。」她把他拉上床，騎在他肚子上，近看他的鬍渣，密的像支掃把。「讓我來……」她說。她吻他，慢慢把嘴移到他的下巴，用舌頭舔到一根鬍渣，牙齒接上去，用力一咬，把鬍渣連根咬起。「奧！」他大叫，她吐出舌頭，鬍根在上面，「這樣不就一勞永逸了？」他看著她，表情好像她剛才說了髒話，他說：「你越來越壞了……」「這是讚美嗎？」

說到讚美，她常讚美他，特別是他的手。首先是指尖。那一陣子她背痛得受不了，他帶她去整脊。為了陪她，他自己也接受治療。他們趴在同一個房間的兩張床上，床是特別設計的，頭的地方有一個洞，趴的時候頭就卡在洞裏。他們看不到對方，只能伸出手去牽對方。床與床之間太寬了，他們牽不到手，只能勾到彼此的指尖。認識這麼久了，她碰到他的指尖仍會觸動，像碰到電流。指尖下面是指頭。

有一晚他們去淡水，她挑選地攤上的戒指，「你試戴一下這只……」她幫他戴上，老闆讚美，「先生的手很細，戴這個很好看！」她試了幾個尺寸，終於找到最適合他的。「等一下，」他說，「我要買一個一樣的給你。」回台北，他們坐在捷運上，牽著手，對戒摩擦著。回到家，睡前她說：「我們去學社交舞好不好？」他說：「不用學了，我教你就好了。」他們躺在床上，他把她的手拉過來，手掌打開向上，然後用自己的食指和中指當做兩條腿，在她手掌上跳舞，「探戈是這樣，華爾滋是這樣，恰恰是這樣……來，跟我一起跳……」他把她的手指拉過來，兩人四隻手指在他的胸膛，他一邊動，嘴巴一直哼著那種舞的旋律。第二天，他真的去報名，晚上在醫院，他把報名費收據夾在靜惠的報紙裏，她打開「證券投資」版，台積電大跌的頭條上赫然是YMCA的收據！

那晚阿金想吃水果，她去買。「我陪你去。」徐凱說。「你在這裏陪阿金，」靜惠說，「我馬上回來。」她從四樓走樓梯到二樓，身後有急促的跑步聲，「靜惠、靜惠……」她聽見徐凱叫她，便停下腳步，然後她聽到一陣錯亂的腳步和跌倒聲。她跑上樓看，徐凱跌倒在樓梯間，手上拿著她的外套。

「怎麼搞的？」她問。他發不出聲，抓著腳跟，顯然扭到了腳。「你幹嘛要跑？」她急得責怪他。「怕你冷……」他把手上的外套披在她肩上。

她扶他回到阿金的床邊，他完全不能走路。「現在應該冷敷還是熱敷？」四周竟然沒有一致的答案，其他病床的家屬各有高見，還有人拿蘆薈露給他們敷。她跑到護理站問醫生。「剛扭到，為了防止發炎，應該冰敷。」她蹲下，把他的腳放進冰塊盆中，幾秒鐘後再拿出來，這樣重複了一晚。

第二天一早，扭到的地方腫了一大塊，她帶他到青年公園旁邊一家國術館推拿。「你怕不怕痛？」醫生問他。他搖頭。「你能忍的話，我幫你揉用力一點，這樣好得比較快。」他躺在小床上，腳放在床旁的板凳。她站在床頭，握他的手。醫生在腫的地方抹上棕色的油，開始拉、揉、推、扭。徐凱的臉擠成一團，咬著藍色床單，把靜惠的手都抓紅了，硬是不吭一聲。醫生像做餃子一樣揉他的腳，徐凱的冷汗流到靜惠的手上。弄完後，他癱在床上，臉色蒼白。靜惠拿一杯溫水給他，他喝一口，都從嘴巴旁流出來。

休息一天後，他還是天天來醫院。禮拜五晚上，還是一跛一跛地陪她來看電影……

電影演完了，她站起來，抖掉身上的爆米花。徐凱一跛一跛地走在前面，她跟在後面，幸福是什麼？她想，幸福就在那一跛一跛之間。

阿金出院了。他打完三針，反應很好。雖然瘦了一大圈，但醫生說腫瘤已經小了很多。出院那天，阿金戴著徐凱送他的帽子，穿著如今已過大的衣服。徐凱借了一部車，用他的跛腳踩油門，他們開了一個小時才回到育幼院。

「我會再來看你！」徐凱說。

「你們以後不要吵架了好不好？」阿金說。

「我們沒有吵架啊！」徐凱試圖掩飾。

「我們以後再也不吵架了！」靜惠點點頭。

「你要好好照顧我姊姊。」

「我會的。」

80

然後就是西洋新年了。快到12點時，他們跑到仁愛路上，和跨年的人潮擠在一起。「我要全世界都看到我們在一起！」他牽著她向巨形的電視螢幕和攝影機跑去，穿過一波又一波的人潮。倒數時，他抓著她，在瘋狂的噪音中大叫：「記得這一刻！」

「記得什麼？」

「我們從20世紀愛到了21世紀。」

21世紀，他們緊緊地抱在一起。21世紀，地球自轉地更急。她覺得昏眩，快樂地無法呼吸。

接著就是他們的生日了。雙方都在秘密計畫著，誰也不願透露。週末他們整天在一起，只有趁著對方去上廁所這種小空檔打電話安排，講電話時還得頻頻回頭，怕被對方逮到。徐凱的生日先到，靜惠的壓力比較大。禮拜五下班後，她在他公司門口等他。

「去哪？」

「跟我走就對了。」

他們來到墾丁。冬夜的沙灘上只有他們兩個人，徐凱毫無準備，Prada的褲子捲起來走在沙上。為了配合他，靜惠也穿著上班的衣服。

「我們在沙灘上做愛好不好？」徐凱說，「在這裏做，搞不好遠在菲律賓的人都聽得到！」

「不行！」靜惠拒絕。

「為什麼？」

「這會破壞我的計畫。」

「我才不管你什麼計畫，」他抱住她，把她壓在地上，「今天是我生日，一切都得聽我的！」他扯開她的衣服，開始親她身體。他的吻好冰，像銀河的星星掉在她的皮膚上。她看著天上的星星，她已經好久沒有看到星星了。

「等一下……」她抓住他頭，「讓我把裙子脫掉……」她做勢脫裙子，趁他鬆懈時逃開。

「你欺負我掰腳不能跑！」他在後面大叫。

回到房間，他沮喪地坐在沙發上，她走進浴室。

「我身上都是沙，進去洗一下……」她在浴室內叫。

「嘿，今天是我生日，你應該讓我快樂才對！」

「什麼？」她裝做沒聽到。

「算你狠……」

他打開電視，無聊地看著。正當他要打瞌睡時，靜惠走出來，站在浴室門口……

她穿著北一女的制服。

81

他們坐飛機回台北，空中小姐送上餐盒。

「吃一點吧。」靜惠說。

「我不餓，你吃。」

她摸著有航空公司標誌的餐盒和旁邊的果凍。

「你晚上吃的很少，吃一點吧！」

「我真的不餓，你幹嘛一直逼我吃？」

「我是為你著想，不吃就算了。」

「好好好，我吃。」

徐凱打開餐盒，裏面是一個天藍色盒子。

「喔……」

他拿出來，是Tiffany's藍盒子。他打開，一只銀色戒指。他拿起來，戒指內側刻著：

「心誠則靈」

「我們共勉囉。」靜惠說。

「我被你打敗了，」他搖搖頭，「我不敢送你我替你準備的禮物了……」

「怎麼可能，你準備的禮物一定更棒！」她故意再給他壓力，她知道他承受得起。

「這應該很難刻吧？」徐凱問。

「還好李安不是多話的人……」靜惠說。兩人都笑了。

「我幫你戴……」靜惠把徐凱的手拿過來。

「很合適，你怎麼知道我的尺寸？」

「我就是知道……」

他握住她的手，不想再追究。他們都太聰明了，何必一定要揭穿對方？何不享受這一次？

「喔！淡水的那只戒指！」他恍然大悟，「我一直不懂那天你為什麼要買戒指給我！」

他以為生日已經過完了，沒想到星期一走進辦公室，看見吉他旁放著一幅用牛皮紙包好的畫。他站在前面笑，不願拆開。他打給她。

「你怎麼把東西放到我辦公室的？」

「我們不是說好，都不問的嗎？」

「我想我知道這是什麼。」

「對啊，你一定知道。」

他一手拿著手機，另一手拆開畫。

「Oh, God……」

如他預料，那是《征服情海》的海報。那部他最喜歡的電影，那張他在紐約找了半天，最後卻被航空公司運掉的海報。此時在他辦公室，黑框裱好，上面仍有他最喜歡的文案：「Everybody loved him……Everybody disappeared. Jerry Maguire. The journey is everything.」

出乎意料的，是她把那張海報做了特別的處理，把湯姆克魯斯側面低頭微笑的臉變成徐凱的臉，神奇的是，徐凱的臉的角度、陰影、皮膚的顏色、甚至連笑時嘴邊的皺紋，都和湯姆克魯斯完全一樣。徐凱的臉和海報融合地如此自然，好像海報上本來就是他。

「你想當Jerry Maguire，」靜惠說，「就讓你當Jerry Maguire。」

徐凱從來沒有笑得這麼久。

「我不問你是怎麼做到的……不過，你怎麼會有我的照片？」

「你就不能乖乖地佩服我一次嗎？」

「好，我乖乖地佩服你一次……」嘴巴上這麼說，但心裡還是在回想，「喔，該死，你在紐約鮑布狄倫的咖啡廳拍的！」

下禮拜就是她的生日，他整個禮拜都在降低她的期望，說他沒有辦法和她競爭。

「我們在一起，好像在比賽！」他說。

「對啊，我怎麼樣也打不過你。」

「這樣正常嗎？」

「我不知道，你經驗比較豐富，你以前交別的女友，也會這樣嗎？」

「從來沒有，跟你在一起，我自然會有很多靈感。You inspire me！」

「等一等，這好像是Jerry Maguire裏的台詞。」

「沒有，這是真心的。」

星期五下班，下著大雨。他來接她，在大樓門口等了半個小時。

「對不起，老闆一直拉著我講話，走不開。」

「沒關係。」

他們都沒有帶傘。他要她在大樓門口等，自己走到街上，在雨中淋了幾分鐘才叫到車。

他跑回大樓門口，用手蓋著她的頭，和她一起走上車。

「小心頭……」他輕壓她的頭，怕她撞到車頂。

「今天好累，會從早開到晚。」

「太好了！」他說。

她不知道他為什麼說太好了，等他帶她走到那家飯店的三溫暖的門口，她才恍然大悟。

「這是優酪乳ＳＰＡ。」

「優酪乳ＳＰＡ？」

「這是印尼爪哇島流傳的一種秘方，皇家貴族在出嫁前40天，每天要用這種秘方敷滿全身，這個秘方中有檀香木、薑、碎米粒、茉莉精油等等。他們先幫你全身按摩，然後再敷上秘方，然後再用優酪乳按摩全身。出來之後，你會全身雪白，連續做40天，你就可以出嫁了！」

「那我現在做會不會太早了？」

「你現在做剛剛好。」

她笑了笑。不用別的，這句話就是最好的生日禮物。

「為了讓你更舒服，我幫你請來了湯姆克魯斯來台灣時的按摩師。」

「虧你想得到。」

「是你給我的靈感，Jerry Maguire 那張海報，You inspire me！」

三溫暖後，他帶她到他們第一次約會的那家餐廳。給了她第二個禮物。

「沒什麼，只是一張生日卡。」

她打開，上面寫著：

「和我在一起，你不會錯過任何事情。」

卡片右半頁有一根迴紋針，夾著卡片背面的東西，她把卡片翻過來……

兩張去米蘭的機票和在米蘭看《杜蘭朵公主》的票。

徐凱說：「6月16日，我們到米蘭約會好不好？」

83

吃完飯，他們坐上計程車。

「我們到你家？」徐凱問。

「當然好！」收到這些禮物，她已經什麼都好了。

計程車開上忠孝東路，雨越下越大。時間已經晚了，路上的車不多。到八德路口時，徐凱突然叫計程車停下。

「怎麼在這裏下？」靜惠問。

他沒有回答，拉著她下車。他們衝進騎樓，徐凱還是什麼都不說。他拿起手機，打了一個電話。

「小張，可以開燈了。」他掛掉電話，轉頭對靜惠笑，「你看……」

他抬起手，指向忠孝東路和八德路交叉口的高架橋，她的眼睛慢慢跟著他手移到交叉口的紅綠燈，往上移到高架橋，再往上移到高架橋上的路燈，路燈上第一銀行的霓虹燈，霓虹燈旁的電影看板……

電影看板上的燈突然打亮……

上面的電影廣告是……

「Little Irene,
Would you marry me?
Little Irene,
HAPPY BIRTHDAY!」

右邊是英文字，左邊是雷諾瓦的《Little Irene》。

燈很亮，照著圖上小艾琳的眼睛閃閃發光。

燈很亮，把「Would you marry me?」照出了陰影，好像同一個問題問了兩次。

燈很亮，落下的雨一條條好清楚。

雨好大，水珠聚集在小艾琳的臉上。

雨好大，靜惠走進雨中，近看那個看板。雨從她的鼻下流進嘴巴，她吐出來。她回頭看徐凱，他走出來，理一理她濕掉而纏在一起的頭髮，然後突然把她從地上抱起……

「這個廣告整晚都會亮著，」徐凱親著她濕透的肚子，「你讓很多10點以後才回家的人不再孤獨。」

她不知道那晚有多少人看到那個廣告，多少人的孤獨得到安慰。但她知道，那一晚，她的孤獨退役了。那個征戰了33年的將軍，在徐凱的臂膀旁光榮地卸甲歸田。

回到家，她很滿足地倒在床上睡著。他親吻她說「生日快樂」時，她累得語無倫次，直說「最近是買美金的好時機，我下禮拜給你提proposal……」

第二天醒來，她發現脖子上多了一條項鍊。徐凱還在睡，她沒有叫醒他。她打開床前的小燈看，是一個心形的小水晶，裏面有藍色的水，水裏面是一顆紅豆。她把燈靠近，藍色的水閃閃發光。她搖一搖，水滾動紅豆，她這才看到紅豆正反兩面都刻了字：正面是「凱」，反面是「Irene」。

「還記得這顆紅豆嗎？」

不知何時他醒了，摸著她的頭髮說。

她點頭。

「我帶到紐約去訂做的喔。」他說。

「過海關沒被抓啊？」

「愛你又不犯法！」他理直氣壯。

她抱住他。

他說：「這樣，才真的是心心相印了。」

84

新的一年，新的一歲，阿金在恢復中，地球變得更溫暖。他們這樣很放肆地快樂了好幾個禮拜，直到奇怪的電話又出現。

那晚他們看完電影，回到徐凱家已經2點多了。在進徐凱家的樓梯上，他的手機響起。

「喂……嘿……好啊……沒有……嗯……我再打給你好不好？……拜……」

靜惠的心跳了一下。掛掉電話，徐凱什麼都沒說，她也沒問。她不想做一個疑神疑鬼的人。整晚，她躺在床上想。徐凱在旁邊安穩地睡著，發出安詳的呼聲。

第二天一早她就起來，7點不到就穿戴整齊。臨走前，她親吻他，他眼睛都還張不開，嘴歪斜地笑著。

「我先走了。你再睡一會兒！」靜惠說。

「今天好累，可以睡到中午。」

「我再打電話給你。」

「要不要我替你叫車？」

「現在早上了，外面很多車。」

她離開他家，走到巷口坐車。在計程車上，她打電話回他家，卻在講話中。她看表，7點15分。她再試一次，講話中。到了公司，看了一下總公司傳來的報告。8點20分。她再打，仍是講話中。「是他的電話沒放好吧，」她想。8點55分，交易開始前，她再打一次，通了，她一聽到鈴聲就立刻掛斷。

在徐凱家，靜惠開始睜大眼睛。

她不知道自己想要找到什麼。徐凱在她身邊，她當然不敢大刺刺地去翻他的東西。她只是變得不太專心，她感覺自己有兩個使命：一個是在徐凱面前做一個完美的情人，另一個是證明徐凱不是一個完美的情人。

「你們這樣怎麼走得下去？」程玲說，「你根本不相信他。」

程玲帶她來到婚後將搬進的新家，裏面正在重新裝潢，各種建材散置一地。地板全部被敲起，露出灰色的水泥地。木屑在空氣中飛，工人的煙屁股放在餐桌上。

「我希望證明我是錯的，我所有的懷疑都是多餘的。」

「我早就跟你說過，當你有任何懷疑的時候，事情就沒什麼好懷疑的了。」

「也許是我多慮，我一向是個多慮的人。」

「你為什麼不直接問他？」

「我問過。他說沒有。我再問，他不見得會說實話。」

「唉，你們就像我這個家，」程玲踢開地上一塊木板，「以前很漂亮，現在外面看起來不錯，裏面卻滿目瘡痍。」

「可是重新裝潢後，它會更好的，對不對？」靜惠很高興抓到程玲的破綻，「你花了這麼多錢，就是相信現在這些只是暫時的，將來這個家會更漂亮，對不對？」

85

「你和她還有聯絡嗎？」早晨的餐桌，他看著報，她從果汁中突然抬頭問。那是一個星期一的早上，她想，就算吵開了，她還可以逃到公司。用一個禮拜的忙碌來麻痺自己。

他放下報紙，「你說誰？」

「你知道我說誰。」

他搖頭笑，「當然沒有。你為什麼突然這樣問？」

「我覺得你最近怪怪的。」

「沒有啊，你為什麼會這樣覺得？」

「上禮拜六我們回家，半夜2點多，你接了一通電話，那是誰？」

「是小江啊。」

「真的嗎？」

他站起來，走到客廳拿起電話，再走回來，「你打電話去問他。」

她看著他，知道一場風暴要來了。他站在她面前，電話仍拿在她面前，她不拿下。

「你從來沒有真正要相信我對不對？」

她想要提起那天一大早她打電話回家，他的電話一個多小時都在講話中的事，但說不出口。

「當然不是，」靜惠辯解，「我相信你。只是這些事情，讓我覺得不舒服，我把我的感覺告訴你，不對嗎？」

「你不是『告訴我』，你是在『審判我』。我們天天在一起，你為什麼還會這麼想？和你在一起，我電話都不敢接，就是怕你起疑心。過去我三天兩頭去party，現在人家找我，我理都不理，也是在乎你。但你還是不相信我。我感覺像一個有前科的犯人，只因為做錯過一件事，到後來不管再怎麼努力，都沒有用了。」

他的聲音很大，在清晨聽起來更為刺耳。他背對陽台，擋住早晨的陽光。屋內很陰暗，空氣流動得很遲緩。灰塵黏在她的皮膚上，她全身發癢。她從來沒有看他這麼生氣過，臉漲紅著，手不停地顫抖。她走到他身後，搭上他肩膀，他用力把她甩開。

她離開。

86

那兩天她一直打電話給他，手機沒開，家裏和公司都是答錄機。她留言，問他好不好。她到他家門口等他，沒看他進出。她打電話到公司，找到總機小姐。

「他這兩天請假。」總機小姐說。

她打開抽屜，找出從電信局調出來的通話記錄，撥徐凱曾打過的那個號碼。剛好也關機。

是巧合吧，她想。

徐凱失蹤後的第四天，她終於用手機找到了他。晚上10點，他身後十分嘈雜。

「你好嗎？」靜惠問。

「還好啊，你呢？」

「我們見面談一談好不好？」

「現在嗎？」

她被他猶豫的語氣刺傷了，好像他們只是吵架的同學，過去的關係僅只於互抄作業。他們之間沒什麼大問題，有問題也不需立刻解決。

「別這樣，我們談一談嘛……」靜惠懇求。

「好啊……不過我現在在外面……我們約明天好不好……」

「你現在在忙嗎？」

「沒有啊……」

「那為什麼不現在談？」

他不講話，她聽著他身後的嘈雜聲音。是西門町？忠孝東路四段？某個舞廳的門口？某個ＰＵＢ的洗手間？

「那你明天什麼時候有空？」靜惠問。

「下午……」

「那我明天下午再打給你好了！」

「靜惠……」

「嗯？」

「謝謝你打電話來。」

她掛下電話，接下來一個小時，看著像棺木一樣靜默的電話。

她以為徐凱會立刻再打給她，但他沒有。

她想，她和徐凱畢竟是不同世界的人，不在於年齡、學歷、工作，或價值觀，而在於悲傷時的自處之道。不在一起的時候，比較難過的總是她。徐凱很容易找到分心的方法，她則總是無謂地在原地掙扎。徐凱能夠去熱鬧的地方，她走到哪裏都覺得像墳場。

她這樣想了4個小時，直到半夜2點。電話沒有響，他應該已經睡了吧。她突然很好奇，想知道他現在在哪裏。她打他手機，響了十幾聲後進入語音信箱。十分鐘後她再打，仍是相同的反應。

她拿著無線電話，用天線戳自己的額頭，她怎麼讓自己變成這樣？過去她自由獨立，一瓶礦泉水就可以快樂過一天。現在找不到徐凱，她坐立難安，對所有其他的事物失去興趣。她是一個專業的美金交易員，白天在持續的壓力下做即時的判斷。碰到徐凱，她喪失了判斷和承受壓力的能力。她不想看電視，不想看書，不想打電話給程玲，不想閉上眼睛。

她打電話到他家，響了很久，他接了起來。

「你回家了？」靜惠問。

「對啊……」

「你睡了嗎？」

「嗯……」

「我們見面好不好？」

「明天吧……」

「我們不要這樣好不好？」

「我們不是說好明天見面嗎？」

「這樣你睡得著嗎？」

他不說話。

「那為什麼不現在見面？把事情講清楚，大家都可以睡個好覺。」

他們靜默了一會兒，她已筋疲力盡。

「我現在過來，我盡最大的努力，要不要見我，你自己決定。」

87

她快車到徐凱家門口，打電話上去，他接起來，「我下來。」

雨絲飄過白色的路燈，脆弱地像掉落的白髮。她注視路燈泛開的白色光環，眼睛模糊開來。

他走出來，臉色很沉重。

「我想給你一個東西，」她裝出微笑，把音調提高，從口袋裏拿出兩張票，「這是《當真愛來敲門》的票，明天晚上的，我今天去買的預售票……」

「謝謝……」他收下，沒有特別的表情，「我們去走一走。」

「我們上去談嘛……」

「我想走一走，」徐凱說，「我們去走一走。」

那一刻，她就知道不對了。那一刻，她就該走的。為什麼她不走呢？不甘心？不服氣？不了解？不認輸？

「為什麼不讓我上去？」靜惠問。

「沒有啊，我想透透氣……」

「上面有人對不對？」

他笑笑，搖搖頭，「別這樣……」

「那我們上去，我的東西還在你家……」

「我改天拿給你。」

「我現在就要。」

「何必急於現在呢？」

「你現在給我好不好？」

「好，你等我一下，我上去拿給你。」

「我跟你一起上去。」

「靜惠，別這樣……」

「我沒有怎麼樣啊？我只是想上去拿我自己的東西。」

他看著她，不知道怎麼回答。

「我送你回家吧……」

「不是要上去拿東西？」

「太晚了，明天吧……」

徐凱已經說得很明白了。那些從街燈飄下來的雨絲落在她的臉上，她覺得好癢。可以走了，她告訴自己。她對自己的羞辱已經完成，她的尷尬明亮地像頭頂的路燈。

「走吧，我送你回家。」他撥手機叫車。

「不！」她粗魯地搶下他的電話。

「靜惠……」

「讓我上去。」

「別這樣，我們不要這樣……」

她握著他的手機發抖。

徐凱說：「想想紐約，想想阿金，我們之間有過一些美好的東西，不要讓最後變成這樣……」

他又提到阿金，她生氣了，放聲大叫，「這句話你應該講給你自己聽！」

「靜惠……」

她堵在門口，不說話，臉貼在鐵門上。徐凱抓著她的手，試著拉開她，她用力抵抗。徐凱感覺她在施力，鬆開了手，她的手反彈到鐵門上，磞的一聲，在深夜，撞擊聲更為響亮。

「靜惠，我們去看《當真愛來敲門》吧……」

她很固執地搖頭，背貼著鐵門不動。

他們沉默對峙。徐凱蹲下，看著地上一灘積水，小雨不斷地打進去。

她的腦袋一片空白，卻突然想起幾年前在美國看過的一部紀錄片，她常用那部片來激勵自己，告訴自己那是她要的愛情。

那部片講的是1996年5月，12隊登山者挑戰聖母峰。其中最大的一隊有50人，由經驗老到的紐西蘭登山高手羅伯霍爾領軍。

5月8日，他們在攻頂時遇到一場暴風雪，隊伍被打散，8人喪生。領隊羅伯霍爾知道自己也沒有希望了，用無線電和營地的同伴取得聯絡，同伴為他接通了遠在紐西蘭的太太珍。他在零下100度的低溫、6700公尺的高峰、史無前例的暴風雪，和完全的黑暗中，和地球另一端的太太告別。最後，他們一起為珍腹中七個月大的孩子取了名字。然後他就在冰雪中睡去，任憑珍在無線電另一端叫喊，也醒不來。

她想，和羅伯霍爾比起來，自己好猥瑣，好卑賤。

然後他們聽到樓上鐵門打開的聲音，好像從聖母峰傳來。她醒來，徐凱站起，他們四目交接。

「靜惠，我送你回家吧……」徐凱走過來，試圖牽她的手，她仍緊貼著鐵門不放，「靜惠，我送你回家吧……」

她搖頭，杵在門口，背貼著鐵門，徐凱靠著門邊的牆壁。

細雨打在她的嘴唇。

現在走吧，還來得及，何苦這樣傷害自己？

細雨打進她的眼睛。

「靜惠……」

樓梯間傳來高跟鞋的聲音……

現在走吧，就當做這是一個夢。明早醒來，你什麼都不會記得。

「靜惠……」

現在走吧，徐凱說得對，你們有過一些美好的東西，公園、基隆、小艾琳、心誠則靈，為什麼要把它們完全破壞？

樓梯間的腳步聲越來越近……

「靜惠，來，我送你回家……」

走吧，你如果愛他，就給大家都留一點顏面。

她仍站在門口不動。

高跟鞋聲走到一樓……

靜惠移到門旁。

鐵門從裏面被打開，「蹦」一聲，好像黑夜中有人開槍。

裏面走出的女子擦撞過靜惠，一直往前走。靜惠沒有看到她的正面，只看到她濃密的捲髮、高挑的身材、雪白的腿，還有那雙高跟鞋。徐凱低頭站在一旁。

沒有人講話，靜惠的屁股沿著鐵門慢慢下滑，直到她坐到地上。她的手卡到門縫，讓鐵門關不起來。裙子坐在地上，立刻就濕了。她的腿張開，內褲露出來，鞋掉在幾步之外，腳踩到地上的髒水……

「靜惠，我們起來……」徐凱蹲下來抱住她，「我送你回家……」

88

「最近台股一直漲，過年前只有4600多點，昨天已經漲到6000多點，是這段時期全球表現最好的市場。威盛從年前的210點漲到340點，簡直是瘋了。美股反而大跌，連Sun Micro、Cisco這種藍籌股中的藍籌股都跌了5%。倒是舊經濟的公司表現地很出色，菲利普莫瑞斯幾乎天天在漲……」

中午，靜惠和同事在公司的會議室吃便當，大家興奮地討論股市，靜惠維持優雅的笑容。

「靜惠最近在買什麼？」

「我的錢都在美國股票上。」

「科技股嗎？」

「Yahoo，Cisco……最近都跌得很慘……」

「這些股票本來就不穩定，它們漲得快，跌得也快……」

「我知道……」靜惠低下頭。

「你應該選穩定一點的股票……」

靜惠想著。

「你年紀不小了，應該選穩定一點的股票……」

「我知道，」靜惠自言自語，「他們漲得快，跌得也快……」

她不太敢回家，不敢走進臥房。徐凱的鞋子還在鞋櫃，衣櫥裏還有一排他的衣服。她在公司待到很晚，晚上12點，整幢辦公大樓只剩下幾個亮著的燈，她的區域是其中之一。回到家已經1點多，天氣很冷，她走進浴缸沖澡，沖在身上的水卻半天熱不起來。她直打顫，跳出浴缸，草率地擦了身子，套上運動衣褲，走到後陽台看熱水器。她反覆轉熱水器，毫無反應。她冷，開始打噴嚏。她看到熱水器上電池容量的指針已經到零。她回到臥房，把濕的頭髮綁起來，穿上毛衣和外套，打開門，一階一階走下樓梯，打開大門，跑到巷口的7-11。她買了電池，跑回家，裝在熱水器上，她坐在浴缸上，打開蓮蓬頭，水濺到她的臉上。她把手伸到水柱中，一分鐘、兩分鐘，仍然是無情的冷水。她的屁股從浴缸邊滑到地上，蓮蓬頭濺出的水流到浴缸外，慢慢淹濕她的運動褲……

她以為自己可以很堅強，可以忘掉徐凱。畢竟從頭到尾她沒有對不起他，她的良心完整，應該可以心安。然而早上起來，第一個念頭是徐凱在幹什麼？他昨晚有沒有回家？他和誰睡在一起？他在想什麼？鄰居一大早在施工，鑽牆壁的噪音刺到她的骨頭裏。她坐起來，走到廁所，拿起牙刷，發現牙膏沒有了。她打開抽屜，翻了一下，找出一條牙膏，牙膏旁邊，是一盒開封的保險套……

「跟我們出去走走，台北海洋館有一個侏羅紀海洋化石展。」程玲說。

「我好累，想在家裏休息。」

程玲找她吃晚飯，她也拒絕了。一個人走進公司旁邊那家拉麵店，熱情的女侍者迎上來。

「一位。」她說。

「男朋友今天沒來？」

「沒有。」

「好久沒看到他了。」

「他出國了。」

因為一個人，她被安排坐在吧台。一抬頭就是鏡子，她看著自己的臉，覺得自己老了好幾歲。她低下頭，鼻子和湯只有幾公分的距離。也許是餐廳希望顧客有熱呼呼地吃拉麵的感覺，冷氣開得特別強。她把外套的一邊蓋到另一邊上面，把自己像個包袱一樣包起來。她匆匆吃完，害怕熱情的侍者又來問她男朋友的事。

「這張貴賓卡送給你，」侍者說，「你男朋友也可以用。」

邱志德打電話約她喝東西，她想分心，立刻就答應了。邱志德顯然被這樣快速的接受嚇到，一時間竟然說不出個地方。半小時後他打回來，約在她公司附近一個ＰＵＢ。

她進去PUB時還四處觀望一番，怕撞到徐凱。看到邱志德，她很安心，但沒有興奮。他還是像往日一樣的熱情、誠懇，標準的好男人。

「我上個月升經理了！」他說。

「太好了！」她說。

她的恭賀是真心的，只是沒什麼力氣。

「你好嗎？」

「很好啊……」

「你的氣色不太好。」

「最近工作比較忙。」

「有沒有什麼我可以幫忙的？」

她笑笑，側過頭去。他們談起一些共同的朋友，大學的同學，MBA的朋友，她覺得好陌生，一年來，她活在徐凱的世界，原先她自己的那個世界已經逐漸模糊。

「阿明過世了。」

「阿明？」

「車禍，在加州的高速公路上。」

「喔……」

她被自己的冷漠語氣嚇到。阿明是他們的大學同學，他過世了，而她竟無動於衷。

臨走時，邱志德從袋子裏拿出一個禮物。

「你不需要每次都送我東西！」

「我知道我不需要，但是我喜歡。」

她拆開包裝紙，裏面是一個心形的熱水袋。

「天氣冷，你也許用得到。」

回到家，上床前脫掉牛仔褲。聞到牛仔褲沾的煙味，覺得好傷感。她和徐凱是不是就要像那煙味一樣，當時抽煙談笑的快樂已經沒有了，只剩下黏在身上和衣服上的煙味，有一點過氣，有一點廉價，洗個澡、洗個衣服、一天、兩天，煙味也會消失。

89

「你再拒絕我，我就跟你翻臉，」程玲說，「我下午在新竹開會，晚上和周勝雄在新竹吃飯，你過來，我們帶你到新竹逛一逛。嘿，搞不好還會遇到電子新貴！」

她在行政院門口等開往新竹的巴士，忠孝西路和中山南路的車陣發射出幾萬瓦的燈光，模糊了她的視線。上車後，車在市區轉了半個小時才上高速公路，一個半小時後，她到了新竹。

「程玲被客戶拉去吃飯，要晚一點才來。」在清大外的Starbucks，周勝雄告訴她。

「她不是講好要和我們吃飯嗎？」

「你知道程玲的……」周勝雄笑笑。

和周勝雄單獨吃飯有些奇怪，雖然他們見過好幾次面，她和徐凱的事他也都知道，但在他面前靜惠並不自在。也許是因為她知道程玲一些秘密，一些她覺得周勝雄應該知道，卻又絕不能知道的秘密。他們在清大旁一家小店吃麵，頭頂上的電視播著八點檔。他們默默吃著，氣氛尷尬。

「你和徐凱還好嗎？」周勝雄終於問。

「我們好幾個禮拜沒見面了。」

「你還是很喜歡他對不對？」

「你為什麼這麼說？」

「我看得出來，你談到他時的樣子，和他分開對你的生活的影響，程玲和我都說，靜惠永遠離不開徐凱。」

「真的嗎？」靜惠笑笑，「你們低估了我的意志力。」

周勝雄笑。

「笑什麼？」

「這又不是比賽，沒有人在觀賞或打分數。你憋著不打電話給他，讓自己痛苦，只為了證明自己有意志力？誰在乎呢？」

「我在乎。我記得我曾經是一個怎麼樣的人，徐凱的事，讓我把對人和對愛情的標準一點一點地降低。我不是自己了，我很難過。」

「不和他聯絡，你也難過吧……」

「這是短暫的，我會好起來。」

「確定嗎？」

「我有點驚訝你會這麼說。我們兩個算是比較類似的人，但我覺得你好像是在替徐凱說話。」

「我是替你講話。沒錯，我們其實是很類似的人，所以我才替你講話。」

「我不懂你的意思。」

「你還是很喜歡徐凱對不對？如果他今天回來，保證他永遠不和那個女人聯絡，或是說那個女人不見了，出國了，不會再成為你們之間的問題，你還是會接受他對不對？」

靜惠看著他的眼睛。

「因為你們真的愛過，完全失去那份愛，比繼續一個殘缺的愛，痛苦太多了。」

「你怎麼知道？」

「因為我就是這樣。」

靜惠一時反應不過來，她看著周勝雄的眼睛，那雙眼睛一動也不動。

「你說什麼？」靜惠問。

「我和程玲5月結婚……」

「還有四個月……」

「我知道她到現在還在跟別的男人在一起。」

靜惠倒抽一口氣，假裝他的話只是頭頂上電視劇中的一句台詞。她把口中的麵嚼完，慢慢吞下去。她抬起頭，周勝雄的眼鏡仍然端正，領帶仍然整齊，折騰了一天的白襯衫仍然堅挺。

「我和程玲在一起兩年，一直有別人，我都知道。」

「不會吧……」靜惠說。她突然想起多年前那個下午，她站在教室中央，老師拿著點名簿，問她程玲到哪裡去了。

「我不知道她有沒有跟你說，所以我也不方便多講，我只是想告訴你，有別人，並不代表你們不能在一起。」

「我了解程玲，她雖然愛玩，但還不至於這樣……」

「她有沒有這樣其實不重要，」周勝雄笑笑。

幾秒鐘後，他說：「就算有，我也試著忘記。」

「不會的，程玲不是這種人，你不要胡思亂想。」

「我沒有胡思亂想，我看到過。」

「你一定看錯了。」

周勝雄搖搖頭，「你不了解程玲……」

「我跟她從小一起長大，我當然了解她。」

「我只是要說，徐凱在你背後做了什麼，你不要想，你只要看他在你面前，是不是真的愛你？你們快不快樂？」

靜惠又回到這個從台北一路帶到新竹的問題。

「這太難了，如果是你，你做的到嗎？」

周勝雄點頭，「一開始我也很痛苦，我們不在一起的晚上，我明明知道她跟別人在一起，我整晚都睡不著覺，我會想去找她，甚至想抓到她。」
靜惠不回答，她拿捏不到自己的立場。
「特別是她第二天回來，還能裝著若無事然，對我甜言蜜語，我就好氣……」
「如何你是我，你會怎麼辦？」靜惠努力地把對話帶回她和徐凱。
「我會忍住……」
「忍住？」
「我不想破壞我們在一起的快樂時光。」
「那種情形下你還能快樂嗎？」
「程玲是一個快樂天才，她在任何時候都能讓你快樂。」
「然後呢？」
「然後我慢慢不再去追究她的下落，不再去調查她有沒有欺騙我。我只是專心的，管好我們兩個在一起的時間。」
「你真的能不去想？」
「只要練習，你什麼都能！」
他微笑，她從來沒有看過那麼悲傷的笑。
「一開始我也在想，以我的條件，可以找一個完全忠誠，完全愛我的女人。但我知道和他們在一起不會有和程玲在一起一樣快樂。程玲是一個奔放的人，那是和她在一起會快樂的原因，既然要快樂，就得承受奔放的人會帶來的痛苦。」

「如果程玲真的是這樣，你為什麼不跟她好好談一談？」

「何必呢？為什麼要讓她難堪？好幾次她當著我面扯謊，我都想揭穿她，最後都忍住了。」

「為什麼？」

「拆穿她，我自己覺得痛快，覺得伸張了正義，但她卻覺得羞辱，覺得難堪……」

靜惠想起她曾經這樣拆穿徐凱，「那是說謊應該付出的代價……」

「我不覺得，」周勝雄看著她，在她、程玲、徐凱之間，靜惠從來沒有聽過那麼堅定的語氣，「知道她在說謊而不拆穿她，應該是愛的基本禮儀吧。」

「我佩服你，我永遠做不到這樣……」

「你自己說的，不要低估了你的意志力。」

「我知道我是個怎麼樣的人，我給了徐凱我珍貴的東西，我就希望他用同樣的東西回報。」

「你給了他什麼？」

「我的愛，我專心的愛……」

「你能給他最珍貴的東西不是愛。他條件這麼好，任何女人都會愛他，都會像敢死隊一樣地給他愛。」

「那我能給他最珍貴的是什麼？」

「自由。」

他們不講話。周勝雄拿起玻璃杯，慢慢喝了一口水。靜惠轉過頭，看外面騎過的一輛輛機車。

「你還愛程玲嗎？」靜惠問。

「我們5月要結婚呢！」

90

周勝雄盡地主之誼，帶她去看城隍廟。一進廟門，「金門保障」、「理陰贊陽」兩個扁額懸在空中。右邊是大爺謝將軍：瘦、高、黑眉、白臉，吐出長舌。左邊是二爺蘇將軍：矮、胖、黑臉。這就是七爺八爺吧。她覺得好肅煞。她不信教，不了解為什麼保衛人民的神，看起來竟如此恐怖。她走到後廳，正中間是「都城煌爺夫人」，右邊有「註生娘娘」，左邊是「大二少爺」。

一名戴著眼鏡、二十來歲的瘦小女子跪地祈禱著。香慢慢地燒，空氣凝止不動。靜惠專注地看著她，對這名女子的興趣大於供奉的神明。她在求什麼？她的世界是怎麼樣？如果她遇到徐凱，會是什麼樣子？我的難過跟她比起來，是不是微不足道？另一名男子走進來跪拜，閉起眼睛彎下腰去，她也好想跪下來。這廟裏充滿了絕望和渴望，這世界充滿了絕望和渴望。

程玲一直到11點才出現，帶著一身煙酒味。

「不好意思，顧客拉我去喝酒，脫不了身。」

周勝雄替她扣好襯衫的扣子。

「你今天沒開車？」周勝雄問。

「車借給朋友了。」程玲說。靜惠看她一眼。

「要不要我開車送你們回去？」周勝雄問。

「不用了，我們坐巴士就好了。」

她們搭上巴士，周勝雄在路上跟著跑，直到巴士把他甩掉。

「周勝雄有帶你去走走吧？」

「有，他帶我去城隍廟。」

「好玩嗎？」

「很好玩，我很喜歡新竹。」

「你們聊什麼？」

「沒什麼……他告訴我婚禮的計畫，還有你們新家佈置的進度。」

「再過兩個禮拜就完工了。」

「到時候我一定要去看。」

「這個家可是我的心血結晶。周勝雄的品味多差你知道嗎？他本來還要買一套咖啡色的皮沙發，像他爸媽家一樣。天啊，我真受不了他——」

「程玲……」

「嗯？」

「別這麼說周勝雄。」

「怎麼啦？」靜惠看著程玲，酒精讓程玲的動作整個放慢，她轉過頭來。

「他的品味很好。」

「為什麼這麼說？」

「你很幸運。」

91

新竹回來後第三天，禮拜五晚上，她11點多離開公司，跑到西門町去看《天人交戰》。那是一部描述美國和墨西哥境內販毒、反毒的電影，一名高中女孩不管怎麼努力，總是戒不了毒。毒癮不但破壞了她的身體，也改變了她的個性和價值觀。

靜惠越看越怕，她想起徐凱，想起那晚在他家跟他辯論大麻應不應該合法化。她不抽大麻，卻有別的毒癮。

她明知道和徐凱是不可能了，但還是在想他，想打電話給他。她一早起來打他手機，只為了趁他還沒開機前聽到他語言信箱的聲音。

看完電影，走在深夜的西門町，排班的計程車等著接舞廳的小姐和客人。她想起幾個月前在西門町和他看《危機四伏》。他們坐在戲院，她一直聽到低沉的鼓聲，她說：「這部電影的配樂好奇怪——「笨蛋，那是樓上舞廳的聲音。」看完那部電影，也是這個時間，他們坐上排班的計程車，激動地討論。回到家，她躺在床上，他上網，把美國的影評念給她聽。她聽著聽著，眼皮壓下來。徐凱關掉電腦，替她蓋上被子。她覺得被子像一身輕快的羽毛，徐凱一吹，她在夢中飛了起來……

如今回到家，寂寞像一件濕重的雨衣，她坐在沙發上晾了半天也乾不了，反而滲透進去，變成她的皮，流進她的血液。

她打開電視，漫無目的地換頻道。她走到臥房浴室，用冷水洗把臉。手機在客廳響起，她臉也不擦就衝出去，結果發現是電信公司的廣告。

她站在客廳，突然聽到外面有嘈雜聲。她打開陽台的落地窗，節奏強烈的音樂聲灌進來。對面公寓的屋頂上正開著party，臨時搭起的棚子垂下許多長條形的汽球，黑夜中藍色的燈光打在被微風吹動的汽球上。靜惠走到陽台，她只看得到party客人扭動的黑色身影。7、8、9、10、11……十多名客人在棚內飲酒談笑。她看不到他們的臉，但扶著陽台欄杆的手能感覺到他們音響低音的震動。她看著那個歡愉的場面，如果從空中走過去，快樂離她只有幾步的距離……

她回到客廳，倒在沙發上。她想錯了嗎？也許周勝雄是對的，徐凱是愛過她的，過去幾個月，他的確把大多數的時間花在她身上。這是重點，其他都不重要。

她看著電話，和牆上緩慢的秒針。她拿起電話，猶豫了又放下。聯絡一下吧，他是我的男朋友，我為什麼要走開？如果是三角戀愛，我不能不戰鬥就服輸！就算我服輸了，聯絡一下又有什麼關係？就算是急救措施吧。生死垂危時，電擊是可以接受的。聯絡一下吧，人生太短了，為什麼要拿來怨恨？就算只是找個排遣寂寞的伴侶，就算只是朋友，朋友總是可以打電話的啊。不要見面，只講講話。我不會吃虧的，我只是在利用他……

「喂……」對方接起電話。

「徐凱？」

「靜惠！」

「你好嗎？」

「靜惠……」他想講話但講不出來，她只聽到他沉重的呼吸聲。安靜的電話線像一個空曠的廣場，他們兩個各站在一角，看不清楚對方，「靜惠……」

「方便講話嗎？」

「方便……靜惠……我好想你……」

他們見面，去那家他們最喜歡的店吃涼麵。

「我感覺好久沒有見到你。」他說。

「幾個禮拜了……」

「有一種『代遠年湮』的感覺……」

「什麼感覺？」

他指著牆上一份日曆，日曆上除了農曆日期和吉凶資訊外，還有成語介紹。

「『代遠年湮』……」徐凱念出日曆上的成語。

「什麼意思？」

「我也不知道，應該是很久很久的意思吧！」

他們回家、做愛，像是在補償、懲罰。

92

他們又恢復了舊日的習慣，除了上班時間都黏在一起。甚至上班時也用E-mail通信。他送給她一張電子賀卡，上面除了問候的字句，還有一首歌曲。

「我們公司的電腦沒辦法放歌，你選的是哪一首？」她在E-mail上寫。

「你猜啊！」

她怎麼猜？她回送給他一個賀卡，選的是梁靜茹的〈勇氣〉。

下班後，她到公司附近的網路咖啡廳上網，打開徐凱給他的賀卡的歌，竟然也是梁靜茹的〈勇氣〉。

他們並沒有機會好好談一談，因為徐凱生病了。

她帶他去看病，排在45號。她拿著寫著「45」的紙條，盯著牆上的數字。她沒有這麼急過，像在等美金升到32.845，然後把手中一大筆美金賣掉。徐凱一直往她臉上咳，她把他抱到自己懷中。旁邊一個戴著口罩的小女孩看著他們，她對小女孩微笑。看了醫生，大大小小的藥拿了一堆。睡覺前，他一直想吐。他蹲在馬桶前，她跪在他身後拍他的背。

「想吐就吐出來……」

她看他吐出來的東西，都是胃裏的酸水。

他躺下，開始猛咳，整個人隨著咳嗽蜷曲起來。她拿出一條毛巾，泡了熱水，敷在他喉嚨上。他很快就入睡了。她起來，到廚房煮了一鍋稀飯。煮好了後發現冰箱裏沒有任何配稀飯的菜。

她走到7–11，買了鰻魚、花瓜，和肉鬆。她回來，進門時發現門口的拖鞋太亂，幫他整理了一下。她打開鞋櫃，看到那雙高跟鞋。

那雙曾讓她在樓梯口痛苦了一晚的高跟鞋，那雙曾讓她在樓下門口失去所有尊嚴的高跟鞋，現在已經有了固定的位置。

她在客廳坐了好久，睡不著。她走進房間，徐凱仍在熟睡。

她開始翻他的東西。

她知道，這就和第一次和徐凱發生性關係一樣，是跨越了一條線，從此以後，她再也不能理直氣壯地怪罪徐凱不忠，再也不能驕傲地以為自己在這段感情中是完全的純潔。她知道這樣做，她就失去了道德的優越性，她就和徐凱平等了。

客廳和飯廳裏沒有任何東西，她走到廁所，打開鏡子後面的櫃子，裏面也沒有什麼。

她走進臥房，坐在書桌前，在黑暗中小心地四處張望。徐凱發出平穩的鼾聲，她不時回頭看他。桌上很零亂，燈、文具、筆記本、零錢、拆開的帳單、未拆的信。她的手安靜地放在大腿上，眼睛卻快速搜尋……

還可以回頭，她告訴自己，現在回到床上，她還算什麼都沒做，可以全身而退，以後不管和他怎麼樣，她回想起這段感情，不會覺得骯髒，不會鄙視自己。還可以回頭，站起來吧，回頭，回到床上。

她看了徐凱一眼，輕輕打開抽屜，抽屜的滑輪慢慢滾過，沒有發出聲音。

裏面是銀行帳簿、幾支迴紋針、沒蓋筆套的筆，和幾張剪報。剪報都是布萊德彼特的汽車廣告，斗大的「Break Into Style」的字。

她打開另一個抽屜，裏面是散落的發票，和一個紙盒。她打開紙盒，裏面是他們交往的紀念品：他們去看《女生向前走》試映會的票、去過的餐廳的統一發票、去紐約的機票、紐約地下鐵的地圖、他們去淡水射飛標得到的獎品、他們看過的電影票根、結婚證書……

回頭吧，程玲不是說過，水清則無魚，周勝雄不也說，只要專心在你們兩個在一起的時間。你為什麼要知道？知道只是傷害自己而已。

她打開第三個抽屜，裏面是他的信件。她轉頭看徐凱，仍沉睡著。她拿出用橡皮筋包好的一捆，第一封就是一張別人寄給徐凱的卡片。粉紅色的信封，上面有秀氣的字跡。沒有郵票，也沒有寄件人姓名。她摸著那張卡片的表面，深呼吸。

徐凱咳了兩聲，她縮緊身子，把那捆信夾在大腿間。「我睡不著，起來坐一下。」如果他發現的話她就這麼說，信，讓它自然地掉在地上。

她轉頭看，徐凱翻過身去，背對著她，睡得很安穩。她把卡片從那捆信中抽出來，打開封口，拿出卡片，打開：

「昨晚很開心，你總是能逗我笑。

我家旁邊那幢公寓還空著，你要不要搬過來？民生東路三段這邊離你公司也近。

或是直接搬到我家……

S.」

寫信日期是三天前，在「代遠年湮」那天之後。

93

「道瓊指數14日猛跌317.34點，跌幅逾3%，以9973.46點作收，加上12日才狂瀉436.37點，藍籌股陷於13年來最黑暗的一周。以科技股為主的那斯達克，也跌42.69點，收在1972.09點，是本周第二次跌破2000點心理關卡……」

靜惠把報紙放下，離開公司。

她白天和徐凱通過電話，他在家休養，聲音仍然沙啞。她裝著什麼都沒有發生，說再見時還是說「Love you. Bye.」。

下班後，她到屈臣氏幫他買了一個裝藥的盒子，一格一格的，上面標示著「M」「T」「W」……代表「星期一」、「星期二」、「星期三」。

然後她去買徐凱喜歡的小米稀飯和蒸餃。等的時候，到超級市場買了蜂蜜。同事說蜂蜜加熱水可以治喉嚨痛呢。

徐凱吃完飯就睡了，她坐在床上想，她不能在這時候離開他，她不能在他生病的時候離開。她要忍著，等到徐凱再犯錯，那時候離開，他們的結局就永遠要由徐凱負責。她不要將來任何一方在回述這個故事時，任何聽的人會皺眉頭說，「徐凱固然不對，但林靜惠怎麼可以在他生病時離開他？」

夜裏，她醒來，徐凱熟睡。她去洗手間，看見馬桶裏有嘔吐的殘留物。她上完廁所，拿起地上鴨子形狀的清潔劑，清洗馬桶內側。

「你在幹嘛？」徐凱問。

「洗馬桶。」

「對不起，我剛才又吐了。」

「沒有沒有，是我剛才大號沒沖乾淨。」靜惠為他圓場。

她回到床上，摸著他的頭髮。他的頭髮好多，好厚，在生病時仍然有彈性，想要飛揚。她想，一個人好看，就什麼都好看，眼睛、眉毛、鼻子、嘴巴，完美無暇。他怎麼樣都好看，熬夜、抽煙、喝酒、吸大麻，仍然毫髮無傷。

「你有沒有口香糖？」徐凱問。

「什麼？」

「口香糖。嘴巴好苦，想吃口香糖。」

她去7–11買了口香糖。

他躺著，側過頭來看她，慢慢嚼，慢慢想像。她側躺看著他，猜想他和S的見面，他怎麼樣逗她開心。他逗S開心那晚，她一個人坐在公司，用滑鼠一則一則地點選路透社的新聞。半夜1點，保全公司的人打電話來，查詢他們公司的保全為何沒有設定。她報出自己的名字。

「林小姐最近常加班？」

「對，最近比較忙一點。」

「待會兒離開時不要忘了設定。」

「好，謝謝你。」

那晚她本來想打電話叫徐凱來接她，但想一想，他們才剛復合，給他一點空間。

還好她當時沒打，打了的話，換來的一定是不接或謊話。

徐凱躺著，一邊微笑一邊嚼，「你要不要看我家的蠶寶寶？」他問。

「你有養蠶寶寶？」

他點頭。

「放在哪裏？」

「這裏……」

他的嘴扭成奇怪的形狀，牙齒在嘴中動。然後用舌頭送出白色、被嚼成蠶寶寶形狀的口香糖。

他們一起笑了起來，蠶寶寶被噴到枕頭上。那一刻，靜惠是快樂的。沒有S、沒有半夜的電話、沒有高跟鞋、沒有謊言。那一刻，她眼裏只有這個生著重病時，嘴巴裏還會跑出蠶寶寶的大男孩。

他把口香糖塞回嘴巴。

「你要不要看兩隻蠶寶寶？」

94

徐凱很快就好了，他們又開始戀愛。但靜惠已變得保留，像一條彈性疲乏的橡皮筋，對外力的反應變得遲鈍。

她不再那麼常睜大眼睛，伸出舌頭，瘋狂大叫，笑到彎腰。徐凱依然生氣勃勃，但她只是微笑。徐凱依然對她很好，但她發現自己開始低頭看表。

她知道他們走不下去了，在一起只是猜忌。在餐廳，每一次他去上廁所，她懷疑他去打電話給S。

每一次他接手機，故意裝出輕鬆自然的口氣，她覺得是S。

每一次她晚上打手機給他，他若說待會兒再打來，她知道他和S在一起。

每一次他穿一件她沒看過的衣服，戴一個和他平常風格不合的戒指，她猜想是S送的。

那晚在他家，他們叫披薩，她向104問披薩店的號碼，拿起電話旁一個信封記，她寫下披薩店的號碼後，翻過信封，是信用卡公司寄來的，上面有徐凱隨手記東西的筆跡，徐凱寫著：「你哪一天回國？哪一天？哪一天？……」

但靜惠並沒有出國啊。

95

「為什麼不分開？」程玲問她。

「怕寂寞吧。」

「以你的條件，很快就會碰到更好的男人。」

「我三十幾年都沒碰到呢！」

「你三十幾年，從來沒有一刻像現在的條件這麼好，你漂亮、成熟、聰明，有好工作，街上哪個男人不要你？」

「我做過實驗，花一整天走在街上，從東區走到西區，從宏泰大樓走到龍山寺，我注意看每一個男人，問自己有沒有可能和他們在一起。那一整天，我大概看了三、四百個男人吧，沒有一個我有興趣認識。」

「你在認識徐凱前，不也這樣想？」

她笑一笑，「這好像是一種毒癮，你明知道自己不該再打電話給她，但還是忍不住。你明知道你們沒有未來，但你總想，過了今晚再說吧……」

「失敗的感情，都是以一個晚上為單位在計畫的。你每天都在想，今晚能不能見面，明晚還會不會在一起。真正有未來的感情，是以一年為單位來計畫的。今年我們結婚，明年我們生小孩……」

「我知道我們沒有未來，但我想，也許我們能做個朋友，畢竟他是一個這麼有趣的人，對我這麼好過……」

「可是你們一旦再見面，他真的用朋友的方式來對你，你又無法忍受。你無法忍受他繼續和另一個女人聯絡，無法忍受晚上他不睡在你旁邊。」

「我知道，我很矛盾。」

程玲替她倒一杯水。

「我們有很多美好的回憶呢！」

「過去就過去了，」程玲說，「中壢站過去就是桃園了。你要靠回憶過活嗎？」

「我知道，可是我總是想，如果我們當初能做到那種程度，為什麼不能克服眼前的困難？」

「當初哪種程度？當初他就和這個女人在交往，你以為你在經歷偉大愛情時，他搞不好已經跟那個女人上過床。你們的美好在他們認識時就結束了。」

「不是的，你不了解我們，他沒有你講的那麼壞。我在那裏，阿金生病的時候我在那裏，我看到他怎麼照顧阿金，怎麼照顧我的。他不可能是你想的那樣！」

「不管他是不是那樣，都不重要了。你願不願意和另一個人分享他？」

「當然不願意。」

「那就說拜拜吧。你總是要繼續走下去，不能老在這個泥淖中掙扎。吵一架，分開幾天，忍不住，又聯絡，又在一起，快樂幾天，又開始懷疑他，為一件小事再吵一架，再分開。靜惠，你也不小了，不要讓自己過這種生活。我這麼愛玩，我都要結婚了。你還在辦家家酒，有沒有搞錯啊？」

靜惠說不出話。

程玲說：「我很喜歡許信良當初離開民進黨時說的一句話，他說：『親愛的朋友，過去那美好的一役我們已經打過了，現在我要往前走了。』，靜惠，你也該向前走了！」

靜惠笑笑，「許信良……呵呵，去年我和徐凱都投宋楚瑜呢……」

96

靜惠遲遲沒有行動，冬天慢慢過去，春天要來了。氣溫回暖，她更不願處理悲傷的場面。星期六一早起來，煎蛋吃到一半，徐凱突然說，「我們去台中好不好？」

「台中有什麼？」

「台中科博館在做兵馬俑特展，聽說很棒。我們可以在那邊度週末。」

他們坐上火車，一路上擁抱、親吻，手滑到披在大腿上的外套下。到了台中，他們住進一家豪華飯店，下午1點，窗外的太陽正烈，他們拉上窗簾，親熱起來。徐凱在上面，努力運動，她側著頭，看著窗簾細縫外的陽光。結束後他們睡著，醒來時已經晚上7點。

「兵馬俑展還有嗎？」她問。

「大概關了。沒關係，我們明天再去。」

他把手繞過她的肩膀，把她抱向他，她很柔順地靠過去。他仍閉著眼睛，她在他懷裏，眼睛張得好大。

他的手機響了，在口袋裏發出沉悶的鈴聲。他沒有接，她的眼睛睜得更大。十聲後停止，不一會兒又響了。他嘆了一口氣，仍然沒接。第三次響時，他跳起來，抓起衣服，把手機從口袋中拿出來，關機。

「我好愛你。」他回到床上，抱緊她，「我們不要回台北，好不好？」

當然不可能。星期日晚上他們回到台北，吃了晚飯，回到他家。他翻報紙，她看雜誌，很久沒有講話。突然間她又覺得幸福，好像他們不是在談戀愛，而是在生活。

「我們去看電影好不好？」徐凱問。

「好啊，你想看什麼？」

「我們可以去看我們一直沒機會去看的《當真愛來敲門》……」

「好啊……」

「我答應過你的，和我在一起，你不會錯過任何事情。」

她離開他家時，拿起自己的皮包。

「你今天要回家？」徐凱問。

「我今天想回家，我好久沒回去了，你不介意吧？」

「當然不會。」

她拿著皮包，徐凱空手，坐車到了戲院。下車時，徐凱回頭看，「好險！」他打開車門，拿起掉在座椅上的手機，「差點又掉了。」

走進戲院，上樓。

「我去上廁所。」他說。

「我去買爆米花。」她走到中間的販賣部。前面排了兩個人。她轉頭看角落的廁所，徐凱從廁所走出來，站在牆角，低著頭，想著事情。輪到她，她點了爆米花和可樂，等服務生裝可樂時，她再轉頭看牆角，徐凱不見了。買完後，她兩手滿滿地走到牆角，找不到徐凱。她坐下來，等了五分鐘，電影已經開始了。徐凱從廁所走出來。

「對不起，拉肚子。」

「你還好吧？」

「沒問題。晚上那家餐廳不乾淨。你肚子痛不痛？」

「還好。」

「對不起，電影開演了。」

她笑一笑，「沒關係，我們進去吧。」

她知道，事情又不對了。

97

看完後，他們走出戲院，熱烈討論著結局時男主角問女主角該不該賣房子的那段。

「那真是最好的示愛的台詞。」

「我喜歡它的海報。」她指著大廳內《當真愛來敲門》的英文海報，上面的文案是：

「Two strangers fell in love, only one knew it wasn't by chance.」

「兩個人戀愛了，只有一個人知道那不是巧合。」徐凱說。

「寫的好好。」

「嘿，我們就是因為電影海報文案而認識的。」

「對啊，《女生向前走》。真巧，今天又看到了一張我們都喜歡的海報。」

「下個月就一周年了。」徐凱說。

「一年了。」

「我都計畫好了，你完全不用操心！」徐凱說。

「什麼計畫？」

「當然不能告訴你。」

他牽著她，走過戲院中庭。

「你真的要回家嗎？」他問。

「你拉肚子，要不要我陪你？如果你要我陪你，我可以明天再回去。」

「沒關係，我沒事，」徐凱說，「倒是你要不要我陪你？我跟你回去好不好？」

「不用了。」

「我可以回去整理一下再去找你？」

「沒關係。」

「那我送你回去。」

「沒關係，」靜惠說，「你家比較近，先送你。我到家再打給你。」

她到家立刻打到徐凱家，他立刻接起。

「你還好吧？」

「還在拉。」

「要不要我過來？」

「沒關係，睡一會就好了。」

「哪你好好睡，夜裏有事再打給我。」

「你也是，我手機都會開。」徐凱說。

他們掛掉電話，她打了一個電話回台南，然候去洗頭、洗澡。她知道今晚會有事，她要給徐凱多一點時間去醞釀。

一小時後，她打到徐凱家裏，沒人接。她試了兩三次，還是沒人接。她試手機，關機。她搖頭，苦笑的意味大於氣憤，徐凱太可預期了。他們的愛情充滿創意，他們的背叛卻乏善可陳。

她換上運動衣褲，坐車到徐凱家。按了十分鐘的電鈴，沒有人回應。她再試他的電話和手機，仍是相同的反應。她站在門口，路燈照得她好明顯。影子已經爬上二樓，迫不急待要去偷窺徐凱的家。她退到角落，等著徐凱的鄰居進門。鄰居進門，自己就可以若無事然地混進去。敲他的門，看他門外的鞋，羞辱自己，和自己賴以為生的甜蜜回憶。

等了兩個小時，沒有鄰居回家。試了兩個小時的電話，仍然沒有反應。

凌晨4點時，她想到了。

她拿出手機，撥那幾個徐凱常叫的無線電計程車行的號碼。

「對不起，小姐，」靜惠問，「我想請你幫個忙，我有一個朋友晚上坐你們的車來找我，可是一直到現在還沒有到，我很擔心，可不可以麻煩你幫我查一下？」

「他什麼時候叫車的？」

「大概12點左右。」

「從哪出發？」

她說出徐凱家的地址。

「沒有紀錄耶。」

她好高興，也許徐凱已經睡著了，也許她的忍耐終於改變了他，也許他們終於苦盡甘來。她邊問第二家邊想，也許他們苦盡甘來。

「小姐，我們沒有記錄，你說他是搭到哪裏？」

她不知怎麼回答，立刻掛了電話。

徐凱肚子痛，想好好休息。他把手機關掉，如此而已。

她打第三家車行……

「12點半叫的車對不對？」小姐說，靜惠屏住氣息，「到民生東路三段，12點45分就到了啊！」

「你說他坐到哪裏？」

「民生東路三段啊。」

她什麼都沒說，掛斷，一切都清楚了。

98

第二天早上，徐凱沒有消息，到了下午才打來。她沒有接。他留言，興高采烈地說「親愛的，今天還好嗎？很想你喔！Call me! Call me! Call me!」

下班後，她去看程玲和周勝雄的新家。敦化北路一條巷子裏，一幢三房兩廳的公寓。一個月前散置的木材和工具已經完全不見，一開門，是一幢全新傢俱、全新裝潢的新家。

程玲迫不急待地替她介紹：這是客廳，地板是最好的木頭，沙發是我們到五股買的，音響就花了三十幾萬。這是飯廳，光為這個椅墊的顏色，就不知道失眠了多少次。這是主臥室，King Size的床，做愛時有足夠的空間。這是主臥室的廁所，裏面有一個SPA。我們要在天花板裝一面大鏡子，還沒做好，怎麼樣，很色吧？這是書房，櫃子都是訂做的，直接嵌在牆上。這些都是周勝雄的書，我的只有幾本。你看，他還有《葉珊散文集》，酷吧！來，跟我來看客房，這是客房，也充當我媽的麻將間。旁邊這是嬰兒房，以後baby就住在這裏……周勝雄一直跟在一旁，好像他也是參觀的客人。

「這是我見過最棒的家。」靜惠說。

「不知道花了多少錢、多少時間！」程玲說。

「我好羨慕你們。」

從頭到尾，周勝雄只是微笑著，讓程玲享受所有的光榮。

她回到家已經12點了，答錄機有三通徐凱的留言。她沒有回。她去洗頭、洗澡，在浴室的鏡子前，她摸著自己的皮膚，好久沒有保養了，5月她要做伴娘呢，她得好好整理自己一下。

她關上浴室的燈，坐在客廳沙發上等頭乾。沒有電視，沒有音樂，沒有電話，沒有手機，陽台的落地窗開著，風微微吹進來，晚歸的摩托車發出噪音，醉酒的人走過。狗，那幾隻常吵架的狗呢？

她的對講機響起。

她本來不想去接的，讓它響了五分鐘。但她想，還要拖到什麼時候呢？她不想再牽腸掛肚了。她不想再豎起神經，每天抓徐凱的疑點。她不想逼徐凱，每天用新的謊言來遮掩前一個謊言。成全他們吧，我退出。徐凱的King Size床好大，但我睡得好擁擠。這種遊戲沒有結局，而我的時間已不夠了。這是她第一次意識到她和徐凱年紀的差距。他29歲，S看起來大概20出頭，而她已經33歲了。她怎麼可能贏呢？或者說，這種事最後會有贏家嗎？讓他們去吧，祝福他們，也算幫助自己。徐凱、她，和她不認識的S，都是好人，都值得一個更好的生活。徐凱的熱情、她的心、S的高跟鞋，都值得一個更好的位置。

她開門，他走進來，焦急地說：「你到哪去了？我找了你一整天，」他摸著她，檢查她是否毫髮無損，「我差點去報警。」

她看著他，摸他的頭髮，對他微笑。他真是一個很好看的男生呢，連焦急時都這麼迷人。

「你還好吧，為什麼不說話？」

她搖搖頭，笑一笑。

「你說話啊，到底怎麼搞的？」

她轉頭，看到放電話的茶几上的《小艾琳》，猶豫了一下，但還是拿起電話旁的筆和黃色的便利貼，一筆一畫寫著：

「Thank You.
Good-bye.」

徐凱沒有表情，連原本抓住她的手都沒有鬆開。聰明的他，應該懂了吧。

他很勇敢地看著她的眼睛，她也看著他。他眼睛裏還看得到她的臉呢，她快樂地想。她眼睛裏是什麼呢？應該是那些美好的回憶。

「真的嗎？」他寫。

她想了很久，她想起不和徐凱在一起那些寂寞、慌張、冰冷、失眠的夜，想起醒來後第一個念頭總是徐凱，因為沒有徐凱而不願意起來，想起一次次分開後又忍不住打給他，想起《天人交戰》那部電影，想起莫文蔚的演唱會，想起阿金，想起他們曾經很單純，很快樂地在一起，想起那部不知所云的法國電影，想起在徐凱辦公室的那個晚上，想起東京，想起紐約，想起墾丁，想起周勝雄在新竹跟她講的話，想起離開徐凱，要花多少時間去找另一個人，找到他後，要花多少時間去建立她和徐凱有過的東西，想起徐凱離開這裏，可能會直奔民生東路，另一個人會給他安慰，給他愛情。自己也許因為氣憤，會一個禮拜不跟他聯絡，但是一個禮拜後一個星期一的晚上，她會忽然想起他，想他在幹什麼，是不是跟別人在一起，是不是在熱鬧的地方，是不是正在跟別人做她和徐凱曾經快樂地做過的每一件事情，然後好想打電話給他，願意再無條件地接納他，有第三者也好，你愛她也好，只要你也愛我……她想起這一切，想起這循環想過千百次的東西，然後從他手中拿過紙筆：

「真的」

徐凱走了，沒有戲劇性的擁抱或哭泣，像下班，提著背包就走了。她沒動，一直坐在那兒，頭髮始終乾不了，心也忘了跳。

一個小時後，徐凱打電話來，答錄機接起。半夜2點，他在街上，嘈雜的街上，他講得很快，口氣很焦急，他在哭吧，或哭過了，很重的鼻音：

「靜惠，我剛才應該說的，可是沒說，我要你知道，不管怎麼樣，我要你知道，我是愛你的，不管你現在還相不相信，我要告訴你，我是愛妳的。你和我過去愛過的人都不一樣，你的年紀，你的工作，你的個性，你對愛的想法……」他停頓，用力調著呼吸，「你知道我一直想革命，愛你，是我的第一場革命……」

他又停下，只剩背景的嘈雜聲，靜惠的左手按住右手，她不能去接……

「靜惠，我們的愛有好大的責任，對你，對阿金，你知道我玩慣了，這種責任我從來沒有經歷過，我怕了，所以想逃。我和她，不是你想像的那樣。你看過她寫給我的信，我知道你看過，那你應該知道。靜惠，你記得，你記得好不好，我們雖然分手了，但是你記得，我愛你。以後你想起這一年，要想起，我是愛你的……」

她坐在答錄機旁，閉起眼睛，微笑著……

99

他們沒有再見面。阿金的病又復發了，他回到醫院，進行第二階段的化療。

靜惠每天晚上都去。起初幾天，阿金會問徐大哥呢，她總說他今天在忙。一個禮拜後，阿金很有默契地不問了。

他在病床上睡著，她坐在床旁邊，趴在他腿上打瞌睡。阿金醒來，摸摸她的頭髮。她以為是徐凱，高興地醒來。看到是阿金，她仍然很開朗地笑笑。阿金閉上眼，手仍摸著她的頭髮。她趴下，臉側著，正要闔眼，卻看到床頭櫃子上一頂NIKE紅帽子，那是當年她送給阿金的帽子。他又拿出來戴了！他要告訴她什麼？

「我還在……」阿金說。

她抓住他的手。

「你記不記得我要你轉寄笑話給我？因為我在收集笑話。我講一個我收集的笑話給你聽好不好？」阿金說，「有一個小弟弟，跟他媽媽去海灘散步，看到一隻死的海鷗躺在沙灘上，小弟弟就問他媽媽：『媽媽，媽媽，那隻海鷗怎麼了？』媽媽說：『海鷗死了，然後上天堂去了。』小弟弟說：『那牠怎麼會躺在這裏呢？是不是上帝把牠趕出來了？』」

她本能地笑笑，卻立刻感到一種更大的悲傷。她仍然趴著，側著臉。她讓阿金摸她的頭，好像她是他的女兒。那年靜惠33歲，一名33歲的女兒。

靜惠在奧斯汀的好友Ann懷孕了，她將自己第一張baby的超音波照片E-mail給靜惠。入夜的辦公室，同事都走了，她看著電腦螢幕，圖檔慢慢地從上而下露出。那是自《小艾琳》之後，她第二次這樣感動。

「我寄給你一本雜誌，你收到沒有？」Ann在E-mail中寫著，「你現在可是名人了！」

幾天後，靜惠收到Ann寄來的ＤＨＬ。收到時是下午３點，正是最忙的時候。客戶要她在３２．８６８時賣美金，50支的量。她專心的看著電腦，最高買價在３２．８３７，她等價錢上升。

價格好一會兒沒有變動，因為好奇，她打開信封，裏面是一本雜誌：「The New Yorker，Jan. 29, 2001」，《紐約客》雜誌，薄薄一本，封面是漫畫，一名老太太坐在大雪覆蓋的中央公園。她在Ann家看到過這本雜誌，卻沒有去翻它。她拿起雜誌，其中一頁冒出一張便利貼，應該是Ann放的，靜惠翻開……

是她和徐凱在中央車站睡著的照片。

她的電腦閃起，美金的價格掉到３２．８２７……

她看到照片嚇了一跳，沒有去理會電腦上的數字。那是一張全頁的黑白照片，正是和靜惠和徐凱閉眼熟睡的模樣。她前後翻雜誌，確定不是黏上去的。

她看照片下的說明，寫著「The Journey, Grand Central Station.」

32．743，電腦上的美金價格繼續下降，她應該賣了，她已經在賠錢，現在賣至少可以減少虧損……

但她繼續研究雜誌，那張照片是一個攝影專題中的一張。整個專題有12張照片，全部黑白，呈現紐約的形形色色。

32．674，她的虧損越來越大……

專題名字叫「Nights in New York」，攝影師是Stephen Goldberg。

32．491……

而這些都不重要，最重要的是，她看到照片中，兩人在熟睡時，徐凱那穿著大衣的臃腫的手，還是緊緊、緊緊地抱著她的肩膀……

100

靜惠和徐凱周年那天，快遞送來一幅牛皮紙包好的畫框，靜惠迫不及待地拆開……是雷諾瓦的那幅《小艾琳》。帆布油畫，像一張海報那麼大。

「好漂亮！誰送的？」同事圍上來。

「一個朋友。」

「嘿，畫上這個女孩跟你好像喔！」

「真的嗎？」靜惠問。

其他幾位同事靠近來，大家都這麼說。

「這是誰的畫？」

「雷諾瓦，」她很驕傲地介紹，「法國印象派畫家。」

「這該不會是原件吧？」

「我不知道……」

「真的好像你。」

「謝謝。」她不知道在謝什麼，但她很得意。

她難得高興起來，這是她和徐凱分開一個月來第一次高興。沒有信，沒有message，只是一幅畫。

那晚看完阿金，回到家，把畫掛在電視後面的牆上。她走近臥房，打開燈，打開衣櫃，撥開大衣，拿出一個禮餅鐵盒。她坐在床上打開，盒蓋內側的金黃色反光照到她的眼睛，她閃過頭，摸著箱子裏的東西。她想起那天在徐凱家裏翻他的紙盒，想起那裏面的東西，突然意識到他盒子裏有的東西她都沒有。她有的是徐凱留在她家的牙刷、刮鬍刀、棉花棒（誰會料想到一個男生需要那麼多棉花棒？）、他送她的通化街手環、他求婚的鈕扣、參加《藍人》表演的照片、心形水晶項鍊、算命的粉紅紙，在紐約時代廣場亡命天涯拍到的照片（Suntory招牌是照到了，但他們的臉卻一片模糊）。裏面還有一張阿金在醫院為靜惠畫的素描，她不知道為什麼會把它放在這個盒子裏，也許阿金已經成了她和徐凱之間一段重要的過程。沒有阿金，他們不會走到這裏。

盒子內和徐凱的盒子重複的，只有結婚證書，和那張到米蘭的機票和看《杜蘭朵公主》的票：6月16日，還有三個月……徐凱不是要她記得劇中那個陌生人的名字嗎？她到現在還不知道呢。

她把那本《The New Yorker》拿出來，再看了一遍他們在中央車站合照的照片。

她突然很想打電話給他，但壓抑了下來。這一個月來她已經習慣了壓抑，現在已經變成本能。她不知道徐凱有沒有試圖打給她，她的答錄機有幾次接通後立刻就掛斷的聲音，不知道是不是他。

她走到廚房，倒了一杯水。

她拿起杯子，仰起頭。水流過喉嚨，她想像徐凱在身後。

她把杯子放下，用抹布把流理台擦乾淨。

她走出廚房，關燈。

然後她突然感到右腳踩到什麼東西，她打開燈，蹲下來……

那是一顆……

徐凱曾經跪在地上撿的紅豆。

一顆孤單的紅豆，在磁磚上回憶屬於它的時空……

你不是去紐約，然後變成項鍊的嗎？怎麼會在這？

迷路了？

然後她注意到紅豆下面的白色小磁磚，縫隙間髒了。

怎麼弄髒的？一年前，不還是「全世界最乾淨的磁磚」？她在廚房地上坐了很久，注視著沉默的紅豆。然後站起來換上運動衣褲，拿起鑰匙，走向大門。

這是她的方法，每次想打給他，她就出去走一走。出門前，她再瞄了一眼牆上的《小艾琳》，忍不住又走近，摸摸畫的紋路。她聞一聞，想聞出顏料的年紀。她若有所思，慢慢走到門口。突然站定，好像想起什麼。她跑到臥房，拿出一盒捲尺，回到客廳，抽出尺，量那幅畫的大小……

長61公分，寬57公分。

她在紙上寫下：61×57。

和雷諾瓦原畫的尺寸一樣。

她看著那張紙，慢慢微笑起來。61×57，她突然意識到，那剛好是徐凱和她出生的年份。

她微笑，感到驕傲。她看著牆上的畫，很高興知道，她和徐凱曾經相乘過，而最後是這樣一個美麗的結果……

她關上門，滿足地下樓。她走出家裏的巷子，走到大街。

午夜的台北仍然熙來攘往，這城市自顧自忙著，沒有心思去理會她的喜怒哀樂。她等著過馬路，好幾輛計程車以為她要坐，在她面前減速，她揮揮手，他們悻悻然開走。綠燈亮，她過馬路，走到路中間，她想通什麼，笑了出來……

徐凱這小子，終於畫出了《小艾琳》……

國家圖書館出版品預行編目（CIP）資料
61×57：王文華的愛情小說
王文華 著；再版．臺北市：
蛋白質女孩有限公司．2017.1
360面；15×21公分．—（小說：1）
ISBN 978-986-94284-1-5（平裝）
1. 小說
857.7　　105025573

小說 01

61 × 57

王文華的愛情小說

作者　王文華
統籌　蕭宜珊

責任編輯　王筱玲
美術設計　IF OFFICE
封面攝影　陳敏佳

出版發行　蛋白質女孩有限公司
E-mail　service@dreamschool.com.tw
Facebook　www.facebook.com/wangwenhua

印刷　永光彩色印刷股份有限公司
負責人　陳建霖
地址　新北市中和區建三路九號

改版一刷　2017年2月
定價　新台幣280元